책벌레의 하극상

사서가 되기 위해서라면 뭐든지 할 수 있어

제 1 부 **병사의 딸 I**

카즈키 미야
miya kazuki

길찾기

신전

북문

길드장의 집

길베르타 상회

상업 길드

마석을 구입해 주는 가게

서문

중앙광장

시장

장인거리

에렌페스트

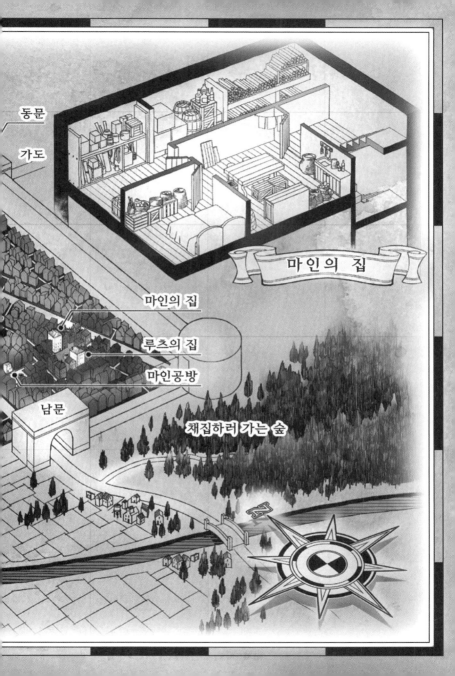

동문

가도

마인의 집

마인의 집

루츠의 집

마인공방

남문

채집하러 가는 숲

일러스트 시이나 유우 **지도제작** 후지시로 요 **번역** 김 봄
디자인 백진화 **편집** 정성학 김일철 **마케팅** 정다움

제1부 **병사의 딸 ―**

프롤로그

모토스 우라노는 책을 좋아한다.

심리학, 종교, 역사, 지리, 교육학, 민속학, 수학, 물리, 지구과학, 화학, 생물학, 예술, 체육, 언어, 전설……. 인류의 지식을 가득 담은 책을 진심으로 사랑한다.

한 권에 다양한 지식이 정리된 책을 읽으면 굉장히 이득을 본 것 같고, 서점이나 도서관에 진열된 사진집을 통해 직접 눈으로 본 적이 없는 세계를 보는 일도 세계관이 넓어지는 것 같아 황홀했다.

외국의 오랜 전설도 다른 시대의 다른 풍습을 엿볼 수 있어 흥미로웠고, 모든 분야의 역사를 읽다 보면 시간 가는 것조차 까맣게 잊는 일이 허다했다.

우라노는 도서관에서 낡은 책을 쌓아놓은 서고 특유의 곰팡내나 퀴퀴한 먼지 냄새를 좋아해서 도서관에 가면 일부러 서고 안으로 들어갔다. 그곳에서 묵은 냄새가 밴 공기를 천천히 들이마시며 세월이 흐른 책을 둘러보기만 해도 기뻐서 흥분됐다.

물론 새 종이와 잉크 냄새도 참을 수 없을 정도로 좋아했다. 거기에 무엇이 쓰여 있는지, 어떤 새로운 지식이 담겨 있을지 상상만 해도 즐거웠다.

무엇보다 우라노는 눈이 항상 글자를 쫓고 있지 않으면 불안했다. 우라노가 살기 위해서는 목욕탕에서도 화장실에서도 이동 중에도 손에서 책을 떼어놓을 수 없었다.

어릴 적부터 대학 졸업을 코앞에 둔 지금까지 이런 생활을 해 온 그녀를 아는 주변 사람들은 우라노를 생활에 지장이 생길 정도의 '괴짜 책벌레'라고 불렀다.

하지만 우라노는 남이 뭐라고 하든 신경 쓰지 않았다. 책만 있으면 그걸로 행복하니까.

커다란 화물차가 배기가스 냄새를 내뿜으며 우라노 옆을 스쳐 지나갔다.

뜨뜻미지근한 바람이 확 일며 우라노의 앞머리가 흩날렸지만, 전혀 신경 쓰지 않았다. 다만 제 마음대로 넘겨지려는 책장에 당황하며 서둘러 책을 눌러 고정했다.

"우라노, 위험하니까 좀 더 이쪽에 붙어."

"응~"

우라노는 시야에 들어오는 글자들을 눈으로 좇아 안경을 밀어 올리며 건성으로 대답했다. 그리고 앞머리가 독서에 방해가 될 정도로 흐트러져 있음을 눈치채고 잽싸게 손가락으로 정리했다.

체념한 듯한 한숨 소리가 들리더니 누군가가 우라노의 팔을 거세게 잡아당기자 우라노는 미간을 찌푸렸다.

"슈, 아파."

"너 말이야, 아프다고 불평하지 마. 화물차에 치여 죽는 것보단 낫잖아!"

"하긴. 난 책에 파묻혀 죽기로 결심했으니까."

우라노는 평생을 책에 둘러싸여 살고 싶었다. 할 수만 있다면 책이 상하지 않게 햇볕이 들지 않고 통풍이 잘 되도록 지은 서재에서 평생을 살고 싶었다.

만약 주어진 모든 시간을 독서에 할애하는 바람에 피부가 창백해져서 보는 사람이 섬뜩하게 느끼더라도, 운동부족으로 건강이 안좋아져도, 식사를 깜빡해서 꾸지람을 받는다 해도 평생 책을 손에놓는 일은 없지 않을까?

어차피 죽는다면 책에 파묻혀 죽고 싶었다. 다다미 위에서 멍하니 생을 마감할 바에야 책더미에 파묻혀 죽는 편이 훨씬 행복한 죽음일 거라고 진심으로 생각했다.

"길을 걸을 때만이라도 책 읽지 말라고 항상 말했잖아. 지금처럼 책 읽으면서 걷다가는 진짜 사고사당할 거다. 나한테 고마워해야 해."

"항상 말해 줘서 감사 감사~"

"전혀 고맙단 생각 안 하고 있지?"

"하고 있다고. 이렇게 책 읽으면서 심부름을 갈 수 있는 것도 다슈 덕분이야. 하지만 난 죽으면 하느님한테 빌어서 꼭 다시 태어날 거야. 그리고 또 책을 읽는 거지. 괜찮은 생각이지? 히히."

"그게 네 맘대로 되는 줄 알아? 바보야."

그렇게 이야기를 나누다 보니 어느새 집에 다다랐다. 바로 옆집에 사는 슈도 자기 집이 아닌 우라노 집으로 함께 들어왔다. 소꿉친구면서 우라노처럼 모자가정이라서 어릴 때부터 남매처럼 자랐다. 지금도 슈는 "다녀왔습니다." 라고 인사하고 우라노 엄마는 "어서와." 라고 대답한다.

"엄마, 이거 부탁한 거. 난 서재에 있을 테니까 저녁밥 다 되면 불러 줘."

"네, 네. 슈는 저녁 어떻게 할래? 오늘 너희 엄마 뭐하시니?"

"일이라고 하셨으니까 오늘 저녁은 같이 먹을게요. 우라노, 게임 빌린다."

"응, 맘대로 해."

우라노는 총총걸음으로 어릴 적 돌아가신 아빠가 쓰던 서재로 향하면서 슈에게 대답만 외치고는 서재문을 열고 전등을 켰다.

서재에는 환기용 창문이 있긴 했지만, 책이 빛에 바래지 않도록 커튼이 쳐져 있다. 수많은 책장 안에 빼곡히 나열된 책들과 그 수가 불어난 탓에 책장에 들어가지도 못한 책들을 산더미처럼 쌓아 놓은 책상이 놓여 있다.

우라노는 책에서 눈을 떼지 않은 채 익숙한 동작으로 의자에 앉아 그대로 책 읽기에 집중했다.

그때 갑자기 눈앞이 기우뚱하고 흔들렸다.

아아, 지진이네, 라고 생각하며 무시하며 계속 책을 읽어 나갔다.

이때까지와는 사뭇 다른 심한 흔들림에 더는 책을 보기가 힘들어지자 짜증에 미간을 일그러뜨리며 고개를 들었다. 그 순간 수많은 책이 시야를 가리며 덮쳐 왔다.

"우앗!?"

우라노는 피할 새도 없이 기울어진 책장에서 빠져나와 자신을 향해 쏟아지는 책더미를 눈을 크게 뜬 채 바라봤다.

새로운 생활

뜨거워……. 괴로워, 이제 싫어…….

불만과 괴로움이 섞인 어린 목소리가 내 머릿속에서 직접 울려 퍼지는 듯 호소했다.

……그런 말을 한들 나보고 어쩌라는 거야?

그렇게 생각하는 동안 어린 목소리가 점점 작아져 갔다.

어라? 아이 목소리가 더는 들리지 않는다고 생각한 순간, 나를 감싸고 있던 막 같은 껍질이 터지며 사라지더니 의식이 천천히 위로 떠오르는 느낌이 들었다. 그리고 마치 독감이라도 걸린 듯한 고열과 관절통이 온몸에 퍼져 나가는 것을 느꼈다.

"정말 뜨겁고 괴로워. 나도 싫어." 라며 어린 목소리에 공감했다.

하지만 목소리 주인의 대답은 돌아오지 않았다.

뜨거움을 참지 못한 나는 이불의 서늘한 부분을 찾으려 몸을 뒤척이려고 했다. 열 때문인지 몸이 마음대로 움직여지지 않았다. 그래도 어떻게든 굼실거리며 몸을 움직이자 몸 밑에서 바스락바스락하고 종이나 풀 따위를 문지르는 소리가 났다.

"무슨 소리지?"

열 때문인지 걸걸해야 할 내 목에서 어린아이 같은 높은 목소리가 튀어나왔다. 아무리 생각해도 익숙한 내 목소리가 아니라 조금전 머릿속에서 들린 어린 목소리와 흡사했다.

고열 탓에 온몸이 나른해서 계속 자고 싶었지만, 낯선 이불의 감촉과 내 것이 아닌 듯한 높은 목소리를 더는 무시할 수가 없었다. 나는 천천히 무거운 눈꺼풀을 열었다. 꽤 열이 높은지 시야에 물기가 어리어 일그러져 보였다. 눈물이 안경 역할이라도 하는 걸까? 평소보다 눈앞이 훨씬 선명했다.

"어?"

순간 창백하고 깡마른 어린아이의 손이 내 눈에 들어왔다. 내 손이 이런 영양실조에 걸린 것 같은 작은 어린아이 손일 리가 없는데. 뭔가 이상하다.

쥐었다 폈다 하며 의지대로 움직이는 작은 손이 익숙한 내 손이 아니라는 충격에 입안이 바싹바싹 타들어 갔다.

"뭐야…… 이거?"

울먹이는 눈에서 눈물이 흘러내리지 않도록 조심하면서 눈동자만 굴려 이리저리 주위를 둘러보니 확실히 이곳은 내가 태어나고 자란 환경이 아니었다.

누운 침대는 매트리스가 없어 딱딱했고 이상하게 까끌까끌한 소재가 베개 대신 쓰이고 있었다. 몸을 덮은 구지레한 천에서는 이상한 냄새가 났고, 벼룩이나 진드기라도 있는지 몸 여기저기가 가려웠다.

"자, 잠깐만, 여긴 어디지?"

마지막 기억에서는 어마어마한 책더미에 짓눌리고 있었는데, 왠지 간신히 구출된 것도 아닌 듯하다. 내가 아는 한 적어도 이런 더러운 천 위에 환자를 눕히는 불결한 병원이 일본에 존재할 리가 없다. 이 상황이 도통 이해가 되지 않았다.

"틀림없이…… 죽은, 거겠지?"

아마 죽었을 거다. 산더미 같은 책에 짓눌려서. 그 정도의 흔들림이면 기껏해야 진도 3이나 4 정도다. 사망자가 나올 정도의 큰 지진이 아니었다. 보나마나 TV에서 '졸업을 앞둔 여대생이 자택 서재에서 책에 깔려 사망했습니다' 정도로 보도되겠지.

부끄러워! 한 번은 물리적으로, 한 번은 사회적으로, 나를 두 번 죽이다니.

나는 몸이 뒤틀릴 것 같은 부끄러움에 침대 위를 데굴데굴 구르려고 했지만, 두통과 몸을 짓누르는 듯한 무거움에 포기하고 조그마한 손으로 내 머리를 감싸 안았다.

"아냐, 아냐, 아냐, 어차피 죽는다면 책에 파묻혀 죽고 싶었잖아. 다다미 위에서 생을 마감할 바에야 책에 파묻혀 죽는 편이 훨씬 행복한 죽음일 거라고 말이야."

하지만 이건 내가 생각한 죽음이 아니었다. 책에 둘러싸여 책을 읽으면서 행복하게 생을 마감하는 이미지를 떠올렸는데 지진에 책이 무너져 깔려 죽는다고는 솔직히 예상하지 못했다.

"너무해. 겨우 취직이 결정됐는데. 우우, 대학 도서관……."

취직이 어려운 이 시대에 대학 도서관 취직이 정해진 지 얼마 지나지 않았다. 책에 둘러싸여 가만히 있기만 해도 행복을 느끼는 내가 끈질긴 노력과 근성으로 시험과 면접을 이겨내고 겨우 쟁취한 취직자리였다. 여느 직업보다 책에 파묻힐 시간이 압도적으로 긴데다, 오래된 책과 자료도 다양하게 겸비하고 있어 내겐 더없이 완벽한 직장이었다.

'다행이야. 우라노가 남들처럼 취직하다니, 정말 다행이야' 하고 나를 가장 걱정하던 엄마가 울먹이며 기뻐해 주셨는데 이게 무슨 일이람.

동시에 나의 죽음에 통곡하고 있을 엄마의 모습이 뇌리를 스쳤다. '그러니까 책을 줄이라고 몇 번이나 얘기했는데!'라고 이제 두 번 다시 만날 수 없는 엄마가 울면서 화를 내고 있을 게 분명했다.

"엄마, 미안……."

나른해서 무거워진 손을 들어 눈시울에 맺힌 눈물을 닦았다. 그리고 무거운 머리를 들고 열이 펄펄 나는 몸을 천천히 일으켜 세웠다. 땀으로 흠뻑 젖은 머리카락이 끈적하게 목에 달라붙었지만, 아랑곳없이 조금이라도 정보를 얻기 위해 방 안을 이리저리 둘러봤다.

방 안에는 침대로 보이는 가구 두 개와 그 위에 깔린 꾀죄죄한 홑이불과 수납용 나무 상자가 여러 개 놓여 있을 뿐이었다. 내가 찾는 책장은 어디에도 보이지 않았다.

"책이 없잖아. 죽을 때 나타난다는 환각이라도 보고 있는 걸까……?"

소원대로 하느님이 나를 환생시킨 거라면 이곳에 책이 꼭 있어야 한다. 나의 소원은 '다시 태어나도 책을 읽는 것'이었으니까.

나는 고열로 띵한 머리로 고민하면서 검게 그을린 천장에 매달린 거미집을 멍하니 바라보고 있었다.

그러자 내가 움직이는 소리에 눈치챘는지, 아니면 목소리를 들은 건지, 열려있던 문 입구에서 한 여성이 모습을 드러냈다. 삼각건 같은 천을 머리에 쓴 이십 대 후반 정도로 보이는 미인이었는데 형색은 꾀죄죄했다. 길거리에서 봤다면 멀리서도 더럽다고 생각할 정도다.

어디에 사는 누군지 모르지만, 이왕이면 옷도 얼굴도 깨끗이 씻고 청결하면 좋을 텐데 아깝구려.

"마인, %&$#+@*+#%?"

"으악!"

의미를 알 수 없는 여성의 말이 귀에 들어오자 그와 동시에 내 것이 아닌 누군가의 기억들이 머릿속에 봇물 터지듯 흘러들어왔다.

몇 번 눈을 깜박거리는 짧은 순간에 마인이라는 여자아이가 가진 몇 년 동안의 기억이 머릿속을 헤집고 들어왔다. 뇌수를 마구잡이로 휘젓는 듯한 불쾌함에 무의식적으로 머리를 강하게 짓눌렀다.

"마인, 괜찮아?"

아냐. 나는 마인이 아니야 하고 반박하고 싶었지만 극심한 두통에 그러지 못했다. 그러는 사이 빈약한 어린아이의 손과 꾀죄죄한 낯선 방이 어느새 익숙해진 듯한 느낌이 들면서 내 몸에 전율이 일었다. 조금 전까지만 해도 전혀 알아듣기 어려웠던 언어가 지금은 머릿속에서 이해되고 있음을 깨달은 순간 소름이 돋았다. 대량의 정보를 갑작스레 받아들인 내 머리가 혼란스러운 상태임에도 눈에 보이는 모든 광경이 나를 우라노가 아닌 마인으로 바꿔 놓고 있었다.

"마인, 마인?"

걱정 섞인 목소리로 나를 부르는 여성은 내가 전혀 모르는 사람이다. 그런데 이 익숙한 느낌은 무엇이며, 왜 마음 언저리에서 그녀를 향한 그리움마저 이는 걸까.

그 그리움이 마치 나의 감각이 아닌 것 같아 기분이 이상했다. 머리는 눈앞의 여성이 엄마라고 인식하고 있었지만, 감정은 그것을 순순히 받아들이기가 어려웠다.

마음속에서 그리움과 그에 대한 반발심이 서로 얽히고설키는 사이, 여성은 계속해서 나를 '마인'이라 불렀다.

"엄마……."

낯선 여성을 당연하듯 엄마라고 부른 순간, 나는 우라노가 아닌 마인이 되어 버렸다.

"괜찮니? 머리가 매우 아파 보이는구나."

기억 속에 존재하고, 알고는 있지만 모르는 엄마가 내민 손이 내 몸에 닿는 게 싫어 나는 피하듯 냄새나는 이불 위의 몸을 뒤척였다. 그대로 눈을 감아 그녀의 접촉을 거부했다.

"또, 머리 아파. 잘래."

"그래, 푹 쉬렴."

나는 침대 두 개로 꽉꽉 찬 침실에서 엄마가 나가길 기다렸다가 어떻게든 상황을 파악해 보려고 머리를 쥐어짰다. 고열에 머리가 어질어질했지만, 이렇게 혼란스러운 상태로 얌전하게 잠만 잘 순 없었다. 어째서 이런 상황이 벌어졌는지 이해하기 어려웠다.

하지만 이렇게 된 원인을 찾기보다 앞으로 어떻게 해야 할지를 생각해야 했다. 내가 알고 있는 마인의 기억으로 주위 상황을 조금이라도 이해하지 않으면, 가족들에게 의심을 살 게 뻔하다. 나는 수많은 마인의 기억을 천천히 되새기기 시작했다.

그런데 아등바등 생각해 보려 해도 아직 언어 발달이 덜 된 어린 여자애의 기억으로는 아빠와 엄마의 말을 이해하기 어려웠고, 도통 알 수 없는 언어였다. 필연적으로 사용할 수 있는 어휘가 적으니 의미가 대부분 불투명했다.

"으아, 잠깐만, 이거, 어떡하지……."

어린 마인이 본 기억 중에서 확실한 정보는 엄마 '에파'와 언니 '투리', 아빠 '귄터' 이렇게 네 식구라는 것. 그리고 아빠가 직업병사라는 것이었다.

무엇보다 가장 충격인 사실은 이곳이 내가 알고 있는 세계가 아니라는 점이었다.

기억 속의 엄마는 삼각건을 두르고 있었지만, 엄마의 진짜 머리색은 비취와 같은 짙은 녹색이었다. 염색한 듯한 부자연스러운 색이 아닌 진짜 녹색. 가발인지 아닌지 머리를 잡아당겨 확인해 보고 싶은 그런 색이다.

참고로 투리의 머리는 청록색이고, 아빠는 파란색. 내 머리는 짙은 남색이다. 내 머리가 익숙한 검정에 가까운 색이라서 다행인 건지, 아니면 검정이 아니라서 한탄해야 하는지는 잘 모르겠다.

이 집 안에는 거울이 보이지 않아 아무리 기억을 헤집어 봐도 머리색 이외에 자세한 용모를 알 수가 없었다. 그래도 부모님 얼굴과 투리의 생김새를 살펴보건대 그리 못생긴 얼굴은 아닐 듯했다. 어차피 책만 읽을 수 있다면 생활하는 데에 얼굴 따위 그다지 문젯거리가 아니었다. 우라노 때도 그리 잘난 얼굴은 아니었으니까 이제와서 꼭 귀여울 필요는 없다.

"하아, 그건 그렇고 책 읽고 싶어 죽겠네. 책만 읽으면 열 따위 싹 내려갈 텐데."

어떤 환경에서도 책만 있으면 견딜 수 있다. 견디는 거야. 그러니까 책, 내게 책을 줘.

나는 머리에 손가락을 가볍게 갖다 대고 책을 찾기 위해 기억을 더듬어갔다. 자, 이 집안 어디에 책장이 있을까?

"마인, 일어났어?"

사고를 방해하는 가벼운 발소리를 내며 예닐곱 정도의 어린 소녀가 들어왔다. 언니 투리다.

엉망으로 땋은 청록색 머리가 한눈에 손질하지 않은 상태임을 알 정도로 부스스했고, 엄마처럼 꾀죄죄했다. 귀여운 얼굴인데 아깝네.

내가 이렇게 생각하는 건 어쩌면 외국에서는 병적이라 느낄 정도로 청결을 좋아하는 일본인 시점에서 그녀를 보기 때문인지도 모르겠다.

하지만 어떻든 무슨 상관이랴. 세상살이에는 그것보다 훨씬 중요한 것들로 넘쳐나고, 지금 이 상황에서 가장 중요하고 최우선으로 해야 할 일은 단 하나다.

"투리, '책' 좀 줘."

언니가 글자 정도는 읽을 수 있을 나이이니 집 안엔 분명 그림책 열 권 정도는 있겠지. 병들어 누워 있어도 책 정도는 읽을 수 있다. 모처럼 환생했으니 다른 세계의 책을 철저하게 탐색하는 것이 무엇보다 중요했다.

하지만 투리는 귀여운 동생이 조르는 모습을 멍한 얼굴로 쳐다보며 고개만 갸웃거렸다.

"응? '책'이 뭐야?"

"뭐…… 음, 그러니까 '그림'이랑 '글자'가 '적힌' 물건인데…….'"

"마인, 무슨 말인지 전혀 모르겠어. 똑바로 말해 봐."

"그러니까, '책'! '그림책'이 필요하다고."

"그게 뭐야? 잘 모르겠는걸?"

아무래도 마인의 기억에 없는 단어는 일본어 발음으로 나와 버리는 모양이다. 내가 아무리 열심히 설명해도 투리는 잘 모르겠다는 듯이 고개를 갸우뚱거릴 뿐이었다.

"아아, 정말! '번역 기능, 작동 좀 해'!"

"마인, 왜 화를 내는 거야?"

"화내는 거 아냐. 그냥 머리가 아파서."

우선은 다른 사람이 하는 말에 귀를 기울여 조금이라도 많은 단어를 외우도록 전력을 다해야 할 것 같았다. 어린 마인의 유연한 뇌구조와 대학까지 졸업한 스물 두 살의 내 이성과 지성이 더해진다면 언어를 외우는 것쯤이야 간단하겠지. 아니, 제발 간단했으면 좋겠다.

우라노 때도 다른 나라 책을 읽기 위해서 한 손에 사전을 들고 끊임없이 노력했다. 그때처럼 이 세계의 책을 읽기 위해서 넘어서야 할 벽이라면 언어를 외우는 것쯤이야 큰 고생도 아니다. 나의 책에 대한 열정과 사랑은 주변 사람들이 혀를 내두를 레벨이었으니까.

"아직 열 때문에 화내는 거야?"

열을 잴 생각인지 투리가 꾀죄죄한 손을 나를 향해 뻗었다. 나는 나도 모르게 그 손을 잡아챘다.

"아직 열 있으니까 옮을 거야."

"하긴 그러네. 조심할게."

세이프.

나는 상대를 걱정하는 척하며 싫은 일을 요리조리 피하는 어른들만이 가능한 기술로 투리가 더러운 손으로 내 몸을 만질 수 없게 피했다. 언니가 청결하면 괜찮겠지만, 지금은 그 손으로 날 만지는 게 싫다. 그런 생각을 하며 꼬질꼬질한 내 팔을 내려다보고 한숨을 내쉬었다.

"아아, '목욕'하고 싶어, 머리가 간지러워."

그렇게 중얼거린 순간, 마인의 기억 속에서 아주 가끔 대야 안에서 물로 가볍게 헹구고 걸레 같은 너덜너덜한 천으로 몸을 닦는 모습이 반짝 떠올랐다.

NO—! 그건 목욕이 아니야. 거기다 화장실은 요강!? 제발 아니라고 해 줘. 난 불편함 없는 생활이 가능한 곳에서 다시 태어나고 싶었다고요, 하느님.

나는 입이 쩍 벌어지는 환경에 진심으로 울고 싶었다. 우라노 때는 지극히 평범한 가정에서 자라서 욕실도 화장실도 옷도 먹거리도 책도 불편하다 느낀 적이 단 한 번도 없었는데, 이 정도면 환경 차이가 너무 심하잖아.

일본은 뛰어난 물건들이 넘쳐나는 좋은 나라였다. 감촉이 부드러운 옷이라든지, 폭신한 침대라든지, 책이라든지, 책이라든지, 책이라든지……

아무리 그리워도 이젠 이곳에서 살아야 한다. 그렇다면 이렇게 한탄만 할 게 아니라 어떻게든 가족들에게 위생 관념을 철저하게 주입해야 한다.

내 기억에 마인은 허약한 몸으로 자주 열이 나서 병치레를 해 온 것 같았다. 침대에 누워 있는 기억이 대부분이었다. 환경을 개선하지 않으면 앞으로 살기 어려워 보였다. 게다가 미친 듯이 아파도 이런 환경에서의 생활 레벨에서 예측되는 의료 행위에 절대로 내 목숨을 맡기고 싶지 않았다.

우선 방 청소랑 목욕부터 어떻게든 해치워야겠다.

일본에선 편리한 가전제품마저도 사용하기 귀찮아서 집안일을 돕긴커녕, 오로지 독서에만 시간을 할애하고 싶은 쓸모없는 인간인 내가 과연 이곳 생활에 익숙해질 수 있을까?

나는 잠시 생각에 잠겼다가 고개를 절레절레 흔들었다.

아~, 안 돼, 안 돼. 모처럼 다시 태어났으니까 좀 더 긍정적으로 생각하자. 일본에 없는 책을 마음껏 읽을 수 있을 거야, 럭키! 좋아……. 이제 좀 기대되기 시작하네.

거리낌 없이 책을 읽으려면 우선은 체력부터 조절해야 할 것 같았다. 나는 휴식을 취하기 위해 천천히 눈을 감았다. 의식이 암흑 속으로 빨려 들어가는 동안 생각나는 건 단 하나였다.

뭐라도 좋으니까 빨리 책을 읽고 싶다. 아아, 하느님. 저를 불쌍히 여기시어 제발 책 좀 내려 주세요! 혹시 괜찮다면 덤으로 산더미처럼 책이 쌓인 도서관도 주시면 더 좋고요.

집 안 탐색

내가 마인이 된 지 어느덧 사흘이 지났다. 이 사흘간은 나에게 고통의 나날이었다. 눈물 없이는 들을 수 없는 치열한 전투가 있었다.

우선 집 안에서 책을 찾으려고 엄마 눈을 피해 몰래 침대에서 내려갔다. 하지만 혼쭐난 후 다시 강제로 침대에 끌려왔다. 몇 번인가 도전했지만, 결과는 참패였다. 화장실에 가는 것 외에 침대에서 내려오기만 하면 다시 침대에 눕혀지기를 반복했다. 결국, 책을 찾지 못한 채 내 도전은 끝이 났다.

그리고 유일하게 이동이 허락된 화장실도 격한 전쟁터였다.

이곳 화장실은 침실에 둔 요강을 썼다. 게다가 이전까지 마인은 혼자서 볼일을 볼 수 없었던 모양인지 반드시 가족 중 한 사람이 지켜보는 가운데 일을 치러야 했다. 내가 아무리 "혼자 쌀 수 있으니까 제발 보지 마!"라며 울어도 소용없었다. 도리어 "그러다 오줌 지리면 어쩔 건데!?"라고 꾸지람을 들었다.

다른 사람 앞에서 오줌을 지리는 것보다야 낫겠다는 생각에 속으로 눈물을 흘리며 요강에다 볼일을 보면 투리가 "우와, 마인. 이제 잘 싸네? 금방 혼자서도 쌀 수 있겠는걸?"이라고 칭찬했다. 여동생의 성장을 진심으로 기뻐하는 건 알겠지만, 덕분에 인간으로서 중요한 나의 자존심과 존엄과 체면은 너덜너덜해졌다.

더 믿기 어려운 건 가족들도 침실 요강에 볼일을 보는데, 오물이 다 차면 그냥 창밖으로 부어 버린다는 거였다. 그때 난 내 눈을 의심했다.

옷을 갈아입는 것도 치열했다. 낯선 아빠가 나를 발가벗겨 옷을 갈아입히는 게 창피해 혼자 하겠다며 울고불고 난리 쳤지만, 버릇 없는 어린애 취급만 당했다. 정말 해도 해도 너무하네.

사실 우라노 때 아빠를 일찍 여읜 탓에 나는 아빠라는 존재와 어떻게 지내야 할지 전혀 감이 없었다. 기억 속 마인이 아무리 좋아하던 아빠라도 나에게는 근육이 울뚝불뚝한 불량스런 아빠로밖에 보이지 않았다. 그런 직업병사인 아빠의 강력한 팔심에 비하면 비실비실한 어린애 반항 따위 한 줌 거리였다. 당해낼 재간이 없었다.

가족 전원에게 연달아 사흘간 패배를 맛본 결과, 나는 소녀가 가지는 예민함과 부끄러움을 버렸다. 나는 그저 어린 여자아이이고 가족의 뒷바라지를 피할 수 없다는 걸 몸소 깨달았다.

그렇게 생각하지 않으면 살 수가 없다고요!

모든 걸 내려놓기 전까지는 더는 이런 생활 못 해먹겠다고 생각했지만, 어쩔 수 없었다. 지금 상황에 나 같은 어린 환자가 느닷없이 집을 나간다 해서 원하는 생활을 누릴 수 있을 리 만무했다. 제대로 된 화장실과 목욕탕을 찾겠다고 가출한들 기껏해야 창문에서 떨어지는 오물을 뒤집어쓰고 비명 지르며 뛰어다니다 결국은 길가에 쓰러져 죽겠지.

언뜻 보기에 완벽한 나의 패배인 것 같지만, 사실 꼭 그렇지만은 않았다. 나에게도 작은 승리는 있었다.

일단 몸이 간지러워 견딜 수 없었던 나는 투리에게 부탁해서 매일 따뜻하게 적신 천으로 몸을 닦기로 했다. 어차피 옷을 갈아입을 때 홀딱 벗겨지는 몸이다. 한발 앞서 몸을 닦게 하는 것에 그 어떤

저항이 있으랴.

투리는 매일같이 이상한 눈으로 나를 쳐다봤지만, 난 상쾌해졌다. 첫날은 대야에 받아놓은 물이 뿌옇게 탁해질 정도로 더러웠지만, 최근에는 그 정도가 덜했다. 하지만 머리가 아직 가렵다. 없는건 알지만, 샴푸가 쓰고 싶다.

그리고 나는 또 한 가지를 손에 거머쥐었다.

바로 머리를 묶어 올릴 수 있는 비녀다. 부스스하게 흘러내리는 머리를 고정할 비녀를 갖고 싶다고 하자 투리가 나무를 깎아서 만들어 줬다.

사실 내 눈에 투리의 인형 다리가 비녀를 만들기에 가장 적당해 보였다. 부러뜨려도 되느냐고 물었을 때 투리가 반 울상을 지었는데 그땐 정말 미안했다. 사실 아빠가 나무를 깎고 엄마가 옷을 만들어 주었다는 투리의 소중한 인형은 얼핏 제웅을 닮았지만, 자세히 보지 않으면 그 형태를 알기 어려웠다.

완성된 비녀로 머리를 한데 모아 올리려고 하니 투리가 "어른만 머리를 올릴 수 있어." 라고 지적하길래 할 수 없이 반올림 머리로 만족해야 했다. 문화 차이가 커서 익숙해지기까지 시간이 걸릴 것 같다.

부끄러운 생활에도 슬슬 체념했으니 이제 빨리 몸을 회복시켜 생활 환경을 바로잡는 일만 남았다. 그러기 위해선 책이 필요했다. 나의 생활 환경을 잡기 위한 첫걸음이 바로 책이기 때문이다. 책만 있으면 언제까지고 침대 위에서 뒹굴며 지낼 수 있고, 여러 불쾌한 상황도 견딜 수 있을 것 같았다. 아니, 견뎌낼 거다.

그런 이유로 나는 오늘이야말로 집 안을 탐색하기로 마음먹었다. 너무 오랫동안 책을 읽지 않은 탓에 "책! 책 내놔, 우캬!"라며 짖거나 으르렁거리거나 울부짖거나 하는 이상한 금단 증세가 나타날 지경이었다.

"마인, 자?"

투리가 문을 열고 얼굴을 빼꼼 내밀었다. 내가 얌전히 자는 모습을 보고 만족했는지 고개를 끄덕였다. 요 사흘 동안 눈만 뜨면 책을 찾겠다고 침대를 벗어나 집안을 서성거리다 쓰러지길 반복하니 엄마는 물론, 간호를 맡은 투리까지 철저하게 나를 단속했다.

투리는 정오가 되면 일을 나가는 엄마의 신신당부로 나를 침대에서 단 한 발자국도 못 나가게 필사적으로 막았다. 아무리 도망치려해도 몸집이 작은 나는 투리를 이길 수가 없었다.

"언젠가 꼭 '**역전**'하고 말 거야."

"마인, 뭐라고?"

"응? 빨리 키가 컸음 좋겠다고."

에둘러 말한 내 말에 감춰진 참뜻을 알 리 없는 투리는 곤란한 듯 웃어 보였다.

"마인이 건강해지면 분명 더 클 거야. 네가 계속 아파서 밥을 제대로 못 먹으니까 다섯 살인데 세 살로 보이는 거야."

"투리는 커?"

"나는 여섯 살인데 일곱이나 여덟 살로 보인다고 하니까 큰 편 아닐까?"

한 살 터울인데 왜 이렇게 체격 차이가 나는 거지? 역전하기는 조금 힘들지도 모르겠다. 그래도 절대 포기하지 않겠어. 식사도 위생 환경도 신경 써서 꼭 건강해질 테다.

"엄마는 일 나가셨으니까 설거지하고 올게. 절대로 침대에서 나오면 안 돼. 안 자면 병도 안 낫고 병이 낫지 않으면 키도 안 크니까."

나는 침대를 탈출한 전과가 있었기에 어젯밤부터 투리의 경계심을 풀기 위해 얌전하고 착한 아이인 양 연기를 하며 투리가 밖으로 나갈 때를 조용히 기다리고 있었다.

"그럼, 다녀올게. 얌전히 기다리고 있어."

"네~에."

내가 고분고분 대답하자 투리는 침실 문을 닫았다.

후후훗……. 자, 빨리 나가라.

나는 투리가 그릇이 든 바구니를 안고 밖으로 나가기를 조용히 기다렸다. 어디서 설거지를 하고 오는지 모르겠지만, 항상 삼십 분 정도 나갔다 들어오는 걸 보면 집집마다 수도가 설치되어 있지 않은 모양이다. 아마 밖 어딘가에 공용 우물이 있겠지.

찰카닥, 하고 열쇠를 잠그는 소리가 나더니 계단을 내려가는 투리의 발소리가 점차 멀어졌다.

좋아, 찾아 볼까?

여섯 살짜리 언니가 있으니까 집 안 구석구석 찾아 보면 분명 어딘가에 그림책 열 권 정도는 있겠지. 없을 리가 없어. 만약 있다 해도 아직 이 나라 글을 모르니 못 읽겠지만, 그림으로 상상하며 글자를 추측하는 정도는 가능하지 않을까?

나는 투리의 발소리가 완전히 들리지 않자 침대 바닥으로 슬그머니 발을 내디뎠다. 모래와 흙이 밟히는 감촉에 얼굴을 살짝 찡그렸다. 가족들이 신발을 신은 채로 다니는 더러운 바닥 위를 맨발로 걸으려니 끔찍했지만, 내가 집안에서 활개치지 못하게 투리가 사보[1]처럼 생긴 나무 신발을 빼앗아 간 이상 어쩔 수 없었다.

발이 더러워지는 것보다 우선 책을 찾아야 해.

아직 열이 많은 나를 가둔 침실 침대 옆에 바구니가 놓여 있었다. 그 안에는 나무나 짚으로 만든 장난감이 들어가 있지만, 책은 없었다.

"이 안에 있었으면 이야기가 빨랐을 텐데……."

한 발씩 움직일 때마다 발바닥에 밟히는 작은 모래에서 사박사박 소리가 났다. 여기는 집 안에서도 신발을 신고 생활을 하니까 불평해도 소용없겠지만, 그래도 나는 "제발 누가 빗자루와 걸레 좀 가져와 줘~"라고 소리를 지를 수밖에 없었다.

물론 집 안에 아무도 없으니 답변도 돌아오지 않을뿐더러 빗자루와 걸레가 뿅 하고 나타날 리도 없다.

"이런, 이거 처음부터 난관인데?"

집안 탐색 첫 관문은 침실 문을 여는 것이었다. 온 힘을 다해 발끝을 치켜세워 팔을 뻗으면 손잡이까지 겨우 닿긴 했지만, 손잡이를 잡고 돌리는 건 생각보다 어려웠다.

발판으로 쓸만한 게 없을까 방 안을 둘러보다가 옷이 든 나무상자를 발견했다.

"크으윽…."

우라노 몸이었다면 나무상자쯤 간단하게 움직였을 텐데, 지금 이

---

1 옛 유럽인들이 신었던 나막신

작은 손으로 밀어 보고 당겨 봐도 꼼짝도 안 했다. 체격이 작으니까 장난감 상자를 뒤집어서 올라가는 방법은 어떨까 생각했지만, 체중에 따라 상자가 부서질 가능성도 있었다.

"빨리 커야 할 텐데. 이 몸으론 할 수 없는 일이 너무 많아."

침실 안을 둘러보며 스스로 움직일 수 있는 물건이 없을지 이리저리 궁리한 후, 엄마와 아빠가 덮고 자는 이불을 돌돌 말아 발판 대신으로 써 보았다. 내가 덮는 이불을 더러운 바닥 위에 올리는 건 죽어도 싫지만, 이런 생활환경에 익숙한 부모님이라면 아무 문제 없겠지. 분명, 그럴 거야.

아빠, 엄마. 미안……

책을 손에 넣기 위해서라면 꾸지람 정도는 참아야지.

"영차."

둥글게 만 이불을 밟고 올라가 쭉 뻗은 팔에 모든 체중을 실어 겨우겨우 손잡이를 잡고 돌렸다. 그러자 찰칵 하는 소리와 함께 문이 열렸다. 안쪽으로.

"우앗!?"

모든 체중이 쏠려 있던 탓에 내 쪽으로 열린 문에 세게 머리를 부딪칠 뻔하자 황급히 손을 뗐지만 때는 이미 늦었다. 그대로 뒤로 넘어가 둥글게 만 이불에서 데굴데굴 굴러떨어져 쿵 하는 화려한 소리를 내며 바닥에 머리를 부딪쳐 버렸다.

"아야야……"

부딪친 머리를 문지르며 몸을 일으켜 세웠다. 일단 문은 아주 살짝 열려 있다. 아픔 따위야 명예로운 부상이라 생각하자.

나는 힘차게 일어나 문틈 사이로 손을 집어넣어 힘껏 문을 열어

젖혔다. 엄마 아빠의 이불이 바닥 위에 슬라이딩하듯 끌렸다. 덕분에 바닥 한쪽이 깨끗해진 것 같지만, 못 본 걸로 해야겠다. 이렇게까지 이불을 더럽힐 생각은 없었는데.

정말 죄송합니다…….

"앗, 부엌이다."

침실을 나오니 부엌이 나왔다. 주방이라 부를 만큼 세련되지 않았고 기구도 제대로 갖추어지지 않아서, 그냥 '간단히 조리하는 공간' 정도로 보였다.

부엌 중앙에는 그리 크지 않은 식탁과 삼발이 의자 두 개가 놓여 있었다. 그리고 의자용으로 쓰는 듯한 나무상자 하나, 오른쪽에는 식기장으로 보이는 손잡이 달린 나무 찬장이 있었다.

침실과 가까운 벽면에는 가마가 있었고, 금속제 냄비, 국자, 프라이팬 같은 조리도구가 벽에 걸려 있고, 벽과 벽을 연결한 끈에 걸레처럼 보이는 지저분한 천이 걸려 있었다. 저걸로 닦았다간 더 더러워질 것 같다.

"으아. 내 몸이 허약한 이유가 여기에 있었네."

가마 반대편 벽 모퉁이에는 커다란 물 항아리와 물을 흘려보낼 수 있는 개수대가 있었다. 예상대로 수도 시설은 갖추어져 있지 않은 모양이다. 그리고 그 옆에 놓인 커다란 상자에 감자나 양파처럼 생긴 재료가 수북이 쌓여 있었다. 본 적 없는 색깔과 형태의 재료라 설령 모양이 감자처럼 생겼다 해도 실제로는 감자가 아닐지도 모른다.

"어? 이건…… 아보카도처럼 생겼는데? 기름을 뽑아낼 수 있을까?"

나는 재료들 속에서 한 채소에 주목했다. 이 재료에서 기름을 뽑아낼 수 있다면 간지러운 머리 문제를 해결할 수 있을지도 모른다.

우라노 시절 엄마는 문화센터 강좌부터 TV 방송에 나오는 절약 방법, 잡지 특집에 실린 자연파 생활 등 유별난 것에 잇따라 푹 빠져서 따라하는 버릇이 있었는데, 나는 그때마다 엄마의 장단을 맞춰 줘야 했다. 엄마는 우라노가 머릿속에 책밖에 없으니 다른 것에 흥미를 느끼게 하기 위해서라고 핑계를 댔지만, 나는 알고 있었다. 사실은 엄마 자신이 좋아해서 하는 일이란 걸. 그땐 정말 곤란했었는데 덕분에 샴푸를 만들 수 있을 것 같다.

엄마, 고마워. 나, 여기서 살아갈 수 있을 것 같아.

뜻하지 않은 전리품 발견에 들뜬 기분으로 방을 둘러보았다. 침실 외에 문이 두 개 더 있었다.

"우후훗~, 어느 문이 정답일까?"

이 부엌은 아무리 봐도 책장이 있을 만한 분위기가 아니었다. 나는 부엌에서 다른 방으로 이어진 문이 반쯤 열린 것을 발견하고 힘껏 열어 보았다.

"으~음, 창고인가? 여긴 꽝이네."

그곳은 용도를 알 수 없는 잡동사니들이 너저분하게 쌓여 있는 방이었다. 일단 선반이 있었지만, 어수선한 분위기가 책장이 있을 만한 방이 아닌 것 같았다.

나는 그 방을 포기하고 다른 문을 열어 보기로 했다. 찰칵 소리에 문이 잠겨 있다는 걸 알았다. 손잡이를 여러 번 돌려 봤지만, 전혀 열릴 기색이 없었다.

"어라? 혹시 투리가 나간 문이 이거야? 어? 전부 꽝이라구?"

이 문이 정말 밖으로 나가는 문이라면 이 집은 욕실도, 화장실도, 수도도, 책장도, 아무것도 없는 집이란 말인데. 어딜 봐도 이 이상 다른 방은 없었다.

잠깐만요, 하느님. 혹시 저한테 원한 같은 거 있으세요?

나는 분명 우라노 때 '다시 태어나도 책을 읽고 싶다'라고 빌었다. 일본인으로 살았던 기억과 감각, 상식을 그대로 가지고 환생한 곳이 다름 아닌 욕실도 화장실도 수도도 없는 집이라니 전혀 예상도 하지 않았다. 책이 있는 환경에서 태어나는 게 당연하다고 믿고 있었기 때문에.

"혹시, 책이 비싼가?"

내가 아는 역사에서도 책은 인쇄기가 대량으로 생산되기 전까지는 상당히 비싼 물건이었다. 상류 계급이 아니면 책을 읽을 기회가 거의 없었던 셈이다. 우라노 때처럼 구청에서 출산 기념 선물로 그림책을 주던 환경과는 영원히 안녕인가?

"으으, 할 수 없지. 책이 없다면 일단 글자부터 찾아보자."

책이 없다고 글자 공부를 할 방법이 아예 없는 건 아니다. 광고지, 신문지, 통신문, 설명서, 달력 등, 글자가 쓰인 곳은 어디든지 있을 테니까. 적어도 일본에서는.

"없어. 전혀 없어! 하나도 없어!"

부엌 찬장이나 창고 선반을 차례로 뒤지며 돌아다녔지만, 이 집 안에는 책은 물론, 글자가 적힌 물건이 단 하나도 보이지 않았다. 글자뿐 아니라, 종이조차 없었다.

"이게 대체 무슨 상황이지?"

갑자기 머리에 열이 올랐는지 머리가 지끈거렸다. 심장이 두근두근 요동쳤고, 귀 안에서선 고막이 비명을 질렀다. 팽팽하게 당겨졌던 실이 끊어지듯 나는 그 자리에 털썩 주저앉았다.

눈 안쪽이 뜨거웠다.

책에 짓눌려 죽은 건 어쩔 수 없었다고 치자. 책에 파묻혀 죽고 싶다는 소원이 약간 어긋났을 뿐이다. 그리고 다시 태어나길 원한 것도 나였다.

그런데 여긴 책도, 글자도, 종이도 없는데? 나, 정말 여기서 살아야 하는 거야? 대체 뭐 하고 살아야 해?

눈물이 똑 떨어졌다.

책이 존재하지 않는 세계 따위 내 머릿속엔 털끝만큼도 없었다. 이곳에서 마인으로서 살아야 할 의미를 찾지 못해 내 마음은 텅 비어 버린 것 같았다.

눈물이 멈추지 않았다.

"마인! 왜 안 자고 있어? 신발도 없이 침대에서 내려오면 안 돼!"

투리가 어느새 집으로 돌아와 부엌 바닥에 주저앉은 나를 발견하고 파란 눈을 치켜세우며 소리 질렀다.

"투리, '책'이 없어."

"왜 그래? 어디 아파?"

"투리, 나, '책' 갖고 싶어. '책' 읽고 싶다고. '책'을 읽고 싶어서 죽을 것 같은데, '책'이 없어."

투리는 뚝뚝 눈물 흘리며 망연자실한 나를 걱정하며 달래 주었다. 하지만 책이 없는 현실에 어떠한 의문도 품지 않는 투리에게 지금 내 심정을 아무리 호소해 봤자 그녀가 알아 주지 않겠지.

도대체, 누구한테 말해야 이해해 줄까? 어디로 가야 책이 있는 거지? 누가 제발 가르쳐 줘.

거리 탐색

나는 어제 쉴 새 없이 울었다. 밥 먹으라고 불러도, 이불을 바닥에 떨어뜨려 놓았다고 혼이 나도 꼼짝 않고 계속 울었다.

그리고 오늘 아침에 일어나 보니 내 눈이 팅팅 부어 달아올라 있었고, 머리도 망치로 때리듯 아팠다.

하지만 열이 완전히 내렸는지 몸은 개운했다. 게다가 대성통곡한 덕분에 기분도 상당히 나아졌다. 아침 식사 때, 가족들은 나를 금방이라도 터질 것 같은 시한폭탄을 대하듯 했지만.

"열은 내렸구나."

엄마가 갓 설거지를 끝낸 차가운 손으로 내 이마에 손을 짚었다. 그리고 부어오른 눈언저리를 눌러 주었다. 차가운 느낌이 굉장히 기분 좋았다.

"몸이 괜찮으면, 오늘 장이 서는 날이니까 같이 장 보러 갈까?"

어라? 전에 분명 '지금이 염색 일이 가장 바쁜 시기니까, 마인이 아파도 일하러 나가야 한다'고 하지 않았나?

엄마는 머리를 갸웃거리는 나를 보며 슬픈 듯 눈을 내리깔았다.

"투리도 네 간호만 하면 불쌍하잖니. 가끔은 밖에 나가게 해야지. 어제는 네가 계속 우는 바람에 꽤 힘들어한 데다, 마인이 외로워서 그러는 것 같다고 해서 주변 사람들에게 무리하게 부탁해서 쉬기로 했단다."

나는 이 말을 듣고 헉하고 숨을 들이마셨다. 남의 눈도 거리끼지 않고 온종일 울어 댔다니, 쥐구멍에라도 들어가고 싶을 지경이다. 정신 차려보니 내가 저지른 추태가 너무나도 부끄러웠다.

"미, 미안, 해요."

"미안해하지 않아도 돼. 원래 몸이 아프면 마음이 불안해지는 법이거든."

엄마는 다정하게 내 머리를 쓰다듬으며 달래 줬지만, 그럴수록 죄악감이 나를 더욱 짓눌렀다.

미안해요······. 책이 없다는 절망감에 운 거지, 엄마가 곁에 없어서 외롭다는 생각을 해 본 적이 없어요. 이렇게 걱정을 끼치고 챙겨 주는데, 그저 투리가 나간 사이에 빨리 책을 찾고 싶다는 생각만 했어요. 정말 미안해요.

"투리는 애들이랑 같이 근처 숲에 간다지만, 마인은 이제 막 회복했으니까 아직 안 돼. 엄마랑 같이 장 보러 가자."

"응!"

"어머, 갑자기 밝아졌네? 역시 엄마랑 같이 있으니 좋은가 보구나?"

엄마가 기쁜 듯이 웃었고 나는 그런 엄마를 보며 활짝 미소를 지어 보였다.

"후후, 기대되니까."

엄마가 기뻐하는 것 같으니 구태여 오해를 풀 생각은 없다. 단지 밖에 나가면 책을 찾을 수 있을 거란 생각이 들어 단번에 기분이 좋아진 것뿐이다.

오늘은 쇼핑에 따라가서 책을 사 달라고 해야겠다. 두꺼운 책이 아니라도 좋으니 일단은 글자를 익힐 수 있는 책이 필요했다. 이왕이면 어린이용 문제집도 괜찮은데. 책이 없으면 히라가나 표나 알파벳 표 같은 것도 좋다.

'책만 있으면 하나도 안 외로워. 계속 얌전하게 집 지키고 있을게' 라고 허약한 딸이 귀엽게 조르면 그림책 한 권 정도는 사 주겠지. 우후훗, 기대되는데?

"엄마. 다녀오겠습니다."

투리가 만면에 희색을 띠며 침실 문에서 얼굴을 내밀었다. 오늘은 엄마가 일을 쉬니까 투리도 나에게서 해방이다.

"애들이랑 다 같이 모여 다니거라. 조심하고."

"네~에."

투리가 커다란 바구니를 등에 짊어지고 통통 뛰는 발걸음으로 뛰어나갔다. 저렇게 즐거워하는 모습이 영락없이 놀러 가는 것 같지만, 사실은 어엿이 땔나무를 주으러 가는 거다. 그리고 가는 김에 나무 열매나 버섯도 주워서 온다고 했다. 우리의 저렴하고 맛있는 식사가 투리의 손에 달려 있었다.

힘내라, 투리! 내가 풍부한 식사를 즐길 수 있게 해 줘!

제대로 있는 게 없는 이 세계에는 학교도 없는 모양인지 아이들은 모두 집안일을 돕거나 일을 나간다고 한다. 적어도 내 기억 속에는 학교에 상응하는 곳이 없었다. 투리보다 나이가 많은 아이들은 일을 익히기 위한 수습생 생활을 시작한다고 했다.

나는 할 수 있다면 수습 사서나 서점에서 일하고 싶다. 오늘 외출은 그러기 위한 정보를 모으기 위해서였다. 서점을 찾고 직원과 친해져서 수습생이 되는 거야.

"자, 마인, 우리도 장 보러 가 볼까?

내가 마인이 되고 첫 외출이었다. 처음으로 파자마 외의 옷을 입었다. 투리에게 물려받은 너덜너덜한 옷을 몇 벌이나 겹쳐 입었다. 움직이기 힘들 정도로 옷을 두껍게 입고 엄마 손을 잡고 문밖으로 첫발을 내디뎠다.

추워! 좁아! 냄새나!

돌로 지은 집이라 그런지 건물 자체에서 차가운 공기가 뿜어져 나왔다. 몇 겹이나 입은 옷 안쪽까지 차가운 공기가 스며들었다. 히트텍이나 후리스나 핫팩이 절실했다. 내친김에 악취를 막고 감기를 방지할 마스크도 쓰고 싶었다.

"마인, 굴러떨어지지 않게 조심해."

집을 나온 나를 제일 먼저 맞이한 것은 계단이었다. 게다가 체격이 세 살 아이 정도밖에 안 되는 내가 내려가기엔 무서울 정도로 좁고 경사가 급한 계단이 이어져 있다. 엄마의 손에 이끌려 "이영차……. 이영차." 하고 삐걱거리는 나무 계단을 몇 번이나 빙글빙글 돌아서 내려갔다.

그런데 어째서인지 2층부터 아래까지는 튼튼하고 깨끗한 돌계단이었다.

같은 건물인데, 이 격차는 뭐지?

내가 입술을 삐죽거리고 있는 사이 우리는 겨우 집 밖으로 나왔다. 내가 세어 본 바로 7층짜리 건물에 우리 집은 5층에 있다. 솔직히 병약하고 작은 체구에 체력까지 없는 나로서는 외출하는 것 자체가 중노동이다. 집에 있는 기억이 많았던 이유가 여기에 있었구나.

지금도 건물을 나온 것만으로 벌써 숨이 턱까지 찼다. 체력이 없어 목적지에 도착하기도 전에 픽 쓰러질 것 같았다.

"하아, 하아……. 엄마, 숨 차. 기다려."

"겨우 집 밖에 나왔는데, 괜찮니?"

"잠깐만…… 쉬면 괜찮아."

꼭 서점에 가고 말 테다. 심호흡으로 숨을 정리하며 주위를 둘러보았다.

공동주택을 나온 곳에는 작은 광장이 있었는데, 그곳에 공동 우물이 있었다. 우물 주변에만 돌바닥이 깔렸고, 그곳에 아줌마 여럿이 재잘거리며 빨래를 하는 모습이 보였다. 투리가 설거지하거나 매일 아침 항아리에 물을 길어 오는 곳이 바로 이 우물인 모양이다.

"엄마가 업어 줄게."

엄마는 이러다간 장을 못 보겠다고 생각했는지 나를 반강제적으로 등에 업고 빠른 걸음으로 걷기 시작했다. 내가 알고 있는 일반적인 아기띠가 아닌 포대기 같은 천으로 나를 동여매는 걸 보면 항상 마인을 업고 다녔나 보다.

우물이 있는 광장 주변은 공동주택처럼 보이는 높은 건물들로 사방이 둘러싸여 있었고 큰길과 연결된 골목길이 하나 있었다. 좁고 어두침침한 골목길을 빠져나가자 넓은 거리가 나왔다.

우와! 꼭 사진집이나 영화에서 본 옛날 유럽 거리 같다.

낯선 거리가 눈앞에 펼쳐졌다. 화물 마차와 당나귀처럼 생긴 동물이 말발굽 소리를 내며 돌바닥을 지나다니고 있었고, 넓은 도로 양측에는 상점들이 즐비해 있었다. 나는 관광 온 여행자처럼 두리번거리며 서점이 없는지 물색했다.

"엄마, 어느 가게에 가는 거야?"

"마인. 아까 말했잖니. 장에 가는 거야. 가게에는 거의 용무가 없어."

엄마 말에 의하면, 건물 일 층의 잘 꾸며진 상점들은 기본적으로 그나마 돈 있는 사람들이 들어가는 곳이라고 했다. 빈곤한 서민들은 다들 장이 서는 날을 기다렸다 필요한 물건을 산다고 한다.

음…… 그렇단 말은 이런 일 층 상점에 서점이 있겠지?

서점을 찾아 주변을 두리번거리다가 유달리 거대한 건물이 내 눈에 들어왔다. 새하얀 석조 건물은 단조로우면서도 위엄이 풍기며 눈에 띄게 훌륭했다.

"저건 성이야?"

"저긴 신전이야. 마인도 일곱 살이 되면 저곳에서 세례식을 할 거란다."

아~, 신전이군. 종교를 강요당하긴 싫은데. 되도록 가까이 가지 말아야지.

우라노 때부터 그랬지만 종교와는 왠지 거리를 두고 싶었다. 하지만 이 세계에서 그런 말을 해도 될지 몰라 입을 꾹 다문 채, 신전 깊숙이 보이는 벽으로 시선을 돌렸다.

"엄마, 저 벽은 뭐야?"

"성벽이야. 저곳에 영주님이 사는 성과 귀족들 저택이 있단다. 어차피 우리와는 관계가 없는 곳이니 신경 쓰지 마."

성이나 귀족이 사는 곳이라지만 내 눈엔 높이 쌓인 돌벽밖에 보이지 않아 마치 감옥 같았다. 아니면 외부로부터 방어하려다 보니까 저렇게 된 걸까.

온통 새하얀 벽이 멋없이 쭉 이어진 모습은 화려함을 돋보이기 위한 장식적인 맛이 없었고, 그렇다고 요새처럼 늠름한 느낌도 들지 않았다. 성과 마을 사이를 가르려는 의도 같지만, 적의 공격은 생각지 않는 무방비한 상태로 보였다. 사진집이나 역사책에서 보던 서양식 성과는 다른 느낌이었다.

"그럼, 엄마. 저쪽 벽은?"

"저건 외벽이야. 마을을 지키는 벽이지. 아빠가 저쪽 남문 문지기잖니."

기억 속에서 아빠가 직업병사인 건 알고 있었는데 문지기였구나.

그건 그렇고 영주님이 사는 성이 있고 성벽과 외벽으로 둘러싸였다는 건 일단 이곳이 도시라는 말이겠지?

외벽을 둘러싼 범위로 봐도, 거리를 오고 가는 인파를 봐도, 대도시라고 보기 어렵지만, 도쿄나 요코하마를 기준으로 생각하면 안 되겠지.

우라노 때 책에서 본 요새 도시는 대부분 어마어마한 대도시지만, 이곳은 초록이나 파란 머리 사람들이 흔한 세계니까 그 시절 지식이 통하진 않겠지. 지금 내가 가진 지식으로 이곳이 대도시인지 중소도시인지 섣불리 판단하지 말자.

으아아아, 마을 규모에 따라 서점 규모도 다른데, 정작 그 기준을 모르겠어!

이 마을은 큰 거야!? 작은 거야!? 아는 사람 있으면 가르쳐 줘!

"마인, 좋은 물건들이 다 팔리기 전에 빨리 시장에 가자꾸나."

나는 시장을 향하면서 서점을 찾기 위해 열심히 주변을 둘러봤지만, 거리에 즐비한 상점 간판에는 대부분 그림만 그려져 있었다. 나무에 그린 그림이나 금속에 새긴 그림만 있을 뿐, 글자로 보이는 기호는 눈을 씻고 봐도 찾을 수 없었다. 그림이면 글자를 모르는 나도 서점을 쉽게 찾을 수 있겠지만, 왠지 모를 불안한 예감에 식은땀이 맺히기 시작했다.

어라? 우리 집만 그런 게 아니라 거리에도 글자가 없잖아? 혹시 문맹률이 높나? 아니면 글자 자체가 없는 거야?

갑자기 머릿속을 스치는 예감에 핏기가 싹 가셨다. 지금까지 내 기억에 글자의 존재 여부는 없었다. 글자가 존재하지 않는데 책이 존재할 리가 없다.

스스로 떠올린 예상에 경악하는 동안 어느새 시장에 도착했다. 귓속을 파고드는 웅성거리는 소리에 얼굴을 들자 빼곡히 즐비해 있는 노점들 사이로 많은 사람이 오가는 활기찬 광경이 눈에 들어왔다. 혼잡한 모습이 마치 노점이 늘어선 일본 축제를 연상케 했다. 그리움에 젖어 나도 모르게 웃음을 짓고 있던 그때 가까이에 있는 과일 가게를 살펴보다가 뜻밖의 존재를 발견하고 엄마의 어깨를 두드렸다.

"엄마, 저거! 저 판자 뭐야!?"

상품들 위에 기호가 적힌 판자가 꽂혀 있는 게 아닌가! 읽을 수는 없었지만, 숫자나 문자가 이 세계에 확실히 존재하고 있었다는 사실만으로 내 얼굴에 홍조가 올랐다. 그만큼 글자에 굶주려 있었다.

"아, 가격이 적혀 있는 거야. 물건을 얼마에 살 수 있는지 가르쳐 주는 거지."

"그럼, 엄마. 뭐라고 쓰여 있어?"

엄마는 갑자기 밝아진 내 모습에 놀란 눈치였지만 아무래도 상관없었다.

눈에 보이는 숫자란 숫자를 엄마에게 물어보며 내가 아는 숫자와 눈앞의 기호를 머릿속에서 연결해 갔다.

좋아, 좋아, 힘내라! 나의 시냅스 회로여!

"그럼, 이건 삼십 리온?"

나는 엄마에게 몇 번 숫자를 물은 후, 스스로 숫자를 읽어 엄마의 반응을 살폈다. 엄마가 뒤돌아보며 나를 바라봤다. 정답인 것 같다.

"이렇게 빨리 익히다니 대단하네. 마인."

"휴우~"

숫자가 열 종류니까 계산 방식도 십진법이면 되겠지. 이진법이나 육십진법이 아니라서 정말 다행이다. 숫자에 해당하는 기호만 외워 두면 계산도 가능할 것 같다.

잠깐, 혹시 나 여기서 천재가 될 운명인가? 열 살에 신동, 열다섯 살에 재자(才子), 뭐, 어차피 스물 넘어가면 일반인이겠지만.

책, 입수 불가능

"이제 고기를 사러 가 볼까? 슬슬 많이 사 놓고 소금에 절여 말려 놔야 한단다."

엄마는 채소와 과일을 사고 시장 깊숙이 들어가기 시작했다. 푸줏간은 외벽과 가까운 곳에 모여 있다고 했다.

"왜 많이 사?"

"겨울 준비를 해 둬야 하잖니? 이 시기엔 어느 농가에서도 적당한 가축만 남기고 나머진 다 잡아 버리니까 이때가 일 년 중 고기가 가장 많이 나온단다. 동물들도 겨울을 나려고 영양 보충을 하니까 이 시기에 기름이 오른 맛있는 고기를 살 수 있는 거야."

"음, 겨울엔 장도 없는 거야?"

"당연하지. 겨울에는 채소를 거의 거둘 수 없잖니. 눈보라도 치니까 장날도 줄어드는 거지."

생각해 보면 당연한 논리였다. 일본도 하우스 재배가 성황을 이루기 전엔 제철 외에 수확이 힘들었고, 사람들은 유통이 발달하기 전까지 자급자족 생활을 보냈다. 냉동 시설이 없었던 시절엔 재료를 신선하게 보존하기 어려우니까 자기 집에서 스스로 재료를 보존해 왔다. 그러니까 이 세계도 보존식을 만들어 두는 게 당연하다.

솔직히 겨울 채비에 나는 거치적거리기만 할 테니 딱히 돕지 않아도 혼날 일은 없을 거라고 속으로 안심했다.

"윽, 냄새."

푸줏간이 가까워질수록 악취가 점점 심해졌다. 코를 틀어막는 나와 달리 엄마는 익숙한 듯 성큼성큼 걸었다. 말도 안 돼. 나는 코를 막고 입으로 숨을 쉬어도 입안으로 들어오는 공기마저 고약해서 눈물이 나오는데, 어떻게 아무렇지 않을 수 있지?

원래 고기 냄새가 이렇게 심했었나? 으으, 왠지 이상한 예감이 든다.

우리는 푸줏간이 늘어선 곳에 도착했다. 그곳엔 베이컨과 햄 이외에도 갓 껍질을 벗긴 듯한 넓적다리가 줄줄이 진열돼 있었고, 남아 있는 발톱 자국만이 예전에 살아 있는 동물이었음을 보여주고 있었다. 가게 안에는 피를 빼기 위해 걸어 둔 동물들, 그리고 흰자를 드러낸 채 혀를 길게 뺀 토끼와 닭이 진열되어 있었다.

"꺄야아아아아아아아아!"

그림책이나 사진이면 몰라도 완전히 해체되어 한입 크기로 잘라 팩에 포장된 고기밖에 본 적 없는 나에게 이 세계의 푸줏간은 자극적이었다. 온몸에 닭살이 돋았고 울컥 눈물이 차올랐다. 눈을 감아버리고 싶었지만, 감는 법을 잊어버린 듯 크게 뜬 눈은 움직이지 않았다.

"마인!? 마인!?"

엄마가 나를 업은 몸을 흔들며 내 엉덩이를 가볍게 두드렸다.

바로 그때, 돼지가 비명을 지르며 해체되는 장면이 눈에 들어왔다. 주위에는 즐거운 듯 웃고 있는 사람들이 모여 돼지의 죽음을 기대하며 기다리고 있었다.

"히익!"

나는 돼지에게 마지막 일격이 가해지기 직전에 작은 비명을 지르며 엄마 등 뒤에서 기절했다.

무언가가 입안에 흘러들어왔다. 자극적이고 코끝이 아릴 만큼 알
코올 냄새가 강했다.

나는 갑작스럽게 기관을 타고 흘러든 알코올 탓에 기침과 함께
눈을 희번덕거리며 벌떡 일어났다.

"켈록! 켈록! 콜록!"

지금 술 먹인 거예요!? 때도 안 묻은 어린애한테 이런 독한 술을
먹이는 바보가 세상에 어디 있습니까!? 급성 알코올 중독이라도 걸
리면 책임질 거냐고요!?

"마인, 정신이 들어? 다행이다. 각성제가 들었구나."

"콜록! 엄마?"

엄마는 안심한 얼굴로 나를 끌어안았다. 그런 엄마에게 해서는
안 되는 말이지만, 속으로라도 한마디 해도 되겠습니까? 각성제니
뭐니 이런 독한 술 먹이지 마요! 안 그래도 병약한 데다 고열로 겨
우 살아난 애라고요!?

"자, 마인. 정신 차렸으면 이제 고기 사러 가야지."

"으악!?"

나는 엉겁결에 고개를 절레절레 흔들었다. 조금 전 광경이 뇌리
에 박혀 잊히지 않았다. 한동안 꿈에 나올 것 같아 생각만 해도 소
름 끼쳤다. 다시는 그곳에 가고 싶지 않았다.

"어…… 그게, 또 속이 안 좋아서…… 여기에 앉아 있을게. 엄마
혼자 다녀와."

"뭐? 그래도……."

떨떠름한 엄마를 본체만체하고 몸을 돌려 눈앞에 있는 가게 아주머니에게 떼를 썼다. 강제로 끌려가기 전에 몸을 맡길 곳을 확보해야 한다.

"저기, 아줌마, 여기서 엄마 기다려도 될까요? 얌전하게 앉아 있을게요."

"어린 아가씨가 철이 다 들었네. 좋아요. 술도 사셨으니 얼른 장 보고 와서 데려가요. 속이 안 좋은 애를 끌고 갔다 또 쓰러지면 큰일이잖아?"

엄마가 이 가게에서 각성제용 술을 산 모양이다. 주류 판매상 아줌마가 호탕하게 웃으며 선뜻 나를 맡아 줬다. 옆 잡화상 아저씨도 나를 안타깝다는 듯 바라보며 손짓하며 불렀다.

"가게 안에 들어와 있으면 유괴당할 일도 없을 거여."

아저씨가 나를 가게 안으로 초대했고 나는 거리낌 없이 들어가 자리를 잡고 앉았다. 조금 전 억지로 마신 독한 알코올이 체내에서 소용돌이쳤다. 지금 돌아다니는 건 위험한 짓이다.

"빨리 돌아올게요. 마인, 여기서 한 발짝도 움직이면 안 돼."

엄마가 빠른 걸음으로 장을 보러 갔고 나는 앉은 채로 양쪽 가게 상품을 멍하게 쳐다보고 있었다. 주류 판매상 쪽은 마침 새로운 과실주가 입고되는 계절인지 작은 술통에 넣어 사 가는 손님들이 차례차례 들어왔다. 그와 반대로 잡화상에는 손님들 발길이 뜸했다.

이 세계 잡화상은 대체 뭘 파는 걸까?

잡화상에 진열된 상품을 살펴보니 대부분 그 용도를 알 수 없는 것들뿐이었다. 너저분하게 진열된 상품을 손가락으로 가리키며 아저씨에게 물었다.

"아저씨, 이건 뭐예요?"

"아가씨는 아직 써 본 적 없는가? 옷감 짤 때 쓰는 거지. 이건 사냥에 쓰는 장치고."

손님이 없어 한가한 아저씨는 내가 손가락으로 가리키는 물건들을 하나하나 대답해 주었다. 이 마을에서 일용품은 전부 내가 모르는 것들이었다. 마인의 기억을 찾아 봤지만, 그다지 흥미가 없었는지 모르는 물건이 많았다.

감탄하며 상품들을 보고 있자 너저분하게 나열된 잡화들 구석에 멋지게 장식된 두껍고 커다란 책 표지가 눈에 들어왔다.

우라노 때 다녔던 도서관이라면 유리 상자 안에 보관되어 있을 만큼 훌륭한 표지 장식이었다. 가죽 표지에 모퉁이 장식은 금으로 세공되었고 크기가 사십 센티 정도는 되어 보였다.

가만…… 저거 혹시 책? 책 아냐?!

책으로 보이는 장식을 발견한 순간, 눈앞이 장밋빛으로 물들었다. 거무튀튀한 비구름이 단숨에 걷힌 것처럼 내 마음이 희망의 빛으로 한순간에 밝아졌다.

"아, 아저씨! 이건? 이건 뭐예요!?"

"아, 그건 책이여."

찾았다~! 드디어 찾았어! 책이 있다고! 단 한 권뿐이지만, 찾았다!

이 세계에는 존재하지 않을지도 모른다는 책을 절망감 끝에 드디어 찾았다. 나는 감동에 몸을 떨며 책 표지를 바라보았다.

크기가 커서 꽤 무거워 보이는 화려하게 장식된 책이었다. 나같이 빈약한 팔로는 들지도 못할 것 같았다. 거기다 한 눈에도 비싸 보여서 끈질기게 졸라도 사 줄 것 같지 않았다. 하지만 책이 존재하는 이상, 분명 작고 들기 좋은 책도 있을 거다.

나는 달려들 것 같은 기세로 아저씨에게 물었다.

"아저씨, 책 파는 가게는 어디 있는지 알아요?"

"책 파는 가게? 그런 가게는 없지."

아저씨가 '얘는 대체 뭔 말을 하는 거야?'라는 눈빛으로 나를 바라봤다. 내 기대가 한순간에 바닥에 내동댕이쳐졌다.

"책이 있는데, 왜 책 파는 곳이 없어요?"

"책은 베껴 써서 만드니까 값이 비싸 팔만한 물건이 아니여. 이 책도 귀족한테 저당으로 잡은 거라 파는 게 아니고. 그 귀족이 기간에 맞춰 돈을 갚을지도 의문이니까 어차피 팔게 되겠지만, 이런 걸 살 사람은 귀족밖에 없응게."

큭, 귀족 놈! 나도 귀족으로 태어났으면 책을 읽을 수 있었단 거지? 하느님, 왜 나를 평민으로 태어나게 하셨나요!

아주 조금 귀족 놈에게 살의가 생겼다. 태어날 때부터 책에 둘러싸이다니 복에 겨운 놈들.

"아가씨는 책을 처음 본겨?"

나는 책에 시선을 박은 채 아저씨의 질문에 고개를 끄덕였다.

이 세계에서 책을 본 건 이번이 처음이었다. 그리고 책이 귀족들의 전유물이고, 서점도 없는 이상, 이번이 내 생에 최후의 만남이 될지도 몰랐다.

그렇다면!

"아, 아저씨! 부탁이 있어요!"

나는 주먹을 불끈 쥐고 일어서서 자세를 바로 한 뒤 그 자리에 털썩 무릎을 꿇었다.

"뭐야? 갑자기 왜 그려?"

아저씨가 갑자기 지면에 무릎과 양손을 짚은 나를 보고 깜짝 놀라 눈이 휘둥그레졌다.

내 쪽에서 부탁하는 이상 성의를 표하는 게 기본 중의 기본이다. 나는 일본에서 성의의 상징인 도게자로 머리를 바닥에 붙이고 내 심정을 솔직하게 전했다.

"안 파시는 물건이라는 건 잘 알겠는데요, 저 책 좀 만져 보면 안 될까요? 아니, 볼에 한 번만 비벼 보게 해 주세요. 아니! 잉크 냄새라도 맡게 코라도 박게 해 주세요!" 라고 성심성의껏 부탁했다. 하지만 살이 아릴 정도의 아픈 침묵만 이어지고 아무런 대답도 돌아오지 않았다.

조심스레 얼굴을 들어보니 아저씨가 변태를 본 것처럼 벌레 씹은 표정으로 믿기 힘들다는 듯 나를 바라보고 있었다. 나를 보는 그의 눈에는 경악과 혐오가 섞여 있었다.

어라? 혹시 성의가 부족했나?

"무, 무슨 말을 하는지 모르겠지만…… 아가씨가 만지는 건 위험할 것 같구먼."

"그, 그런!?"

다시 한 번 부탁해 보려고 할 때, 시간 만료를 알리는 목소리가 들렸다.

"마인, 오래 기다렸지? 집에 가자."

엄마 목소리에 나도 모르게 울 뻔했다. 책이 바로 눈앞에 있는데 읽지도 못했어. 만지지도 못하고, 냄새도 못 맡았어.

"왜 그래, 마인? 무슨 일 있었어?"

"아, 아니, 아니야!"

엄마가 가게 주인을 살벌하게 쳐다보자 나는 당황하여 고개를 저었다. 빨리 오해를 풀어야 해. 모처럼 가게 안에 들여보내 주고 책에 대해 가르쳐 주신 분이야. 은혜를 원수로 갚을 순 없어.

"속이 좀 안 좋아. 엄마, 아까 뭐 먹인 거야? 일어날 때부터 계속 이상해."

"아, 각성제가 몸에 많이 퍼졌나 보구나. 집에 가서 물 마시고 얌전히 누워 있으면 괜찮아질 거야."

엄마는 이해한 듯했지만, 자식에게 술을 먹인 일에 아무런 죄책감도 없는 모양이다. 내 팔을 잡아당겨 집으로 돌아가는 발길을 재촉했다.

나는 몸을 돌려 주류 판매상과 잡화상에 있는 두 사람을 향해 생긋 웃었다.

"머물게 해 주셔서 고맙습니다."

감사의 인사를 전하지 않으면 기분이 찜찜했다. 이곳에 머리를 숙여 인사하는 습관은 기억 속에 없는 것 같아서 일단 웃어 보였다. 원만한 인간관계에 미소는 필수니까. 두 사람도 웃으면서 마중해 주는 걸 보니 효과는 있었던 것 같다.

"마인, 아직도 속이 안 좋니?"

"응……."

아무 말 없이 엄마에게 업혀 집으로 돌아갔다. 돌아가는 길목에도 역시 서점은 없었다. 오늘 어린이 그림책을 졸라 그 책으로 조금씩 글자를 외우려고 했던 내 계획이 아무 소득 없이 허망하게 끝나고 말았다. 알게 된 건 서점이 없다는 사실뿐이다.

일단 영주가 사는 성이 있고, 훌륭한 석조 대문이 세워진 도시지만, 이곳엔 서점이 존재하지 않았다. 책은 파는 물건이 아니라고 했으니 어쩌면 이 마을뿐 아니라 이 세계를 통틀어 서점이 없을지도 모른다.

나는 절망했다.

하느님은 하루 이틀 굶어도 책만 있으면 만족하는 나에게 책 없는 생활이 잔혹할 거라고는 전혀 생각하지 않으신 걸까.

부모님께 책을 살 수 있는 귀족이 되고 싶다고 말하면 꿈꾸는 어린아이의 귀여운 잠꼬대 정도로 취급하며 가볍게 흘릴 게 뻔하다. 그렇다고 이 가정에서 태어나고 싶지 않았다고 말할 수는 없었다. 하지만 귀족이 아니더라도 적어도 몰락 귀족의 전당품을 살 정도의 재력은 갖고 싶다.

지나치게 가혹한 환경에 의욕을 잃었지만, 운다고 책이 손에 들어오지 않는다는 건 몸소 체험했다. 서점이 없으니 책을 못 가지는 건 당연하다.

그럼 이제 어떡하냐고? 당연히 내가 만들어야지! 이렇게 된 이상 수단 방법 가리지 않겠어! 죽어도 책을 손에 넣고 말 거야. 내가 포기할까 보냐!

생활 개선 중

책이 없다면 내가 만들면 된다.

그렇게 결론을 내니 기분이 한결 나아졌지만, 문제는 집 안에 종이 자체가 없다는 것이다. 이미 집 안을 탐색했을 때 확인한 바였다. 그러면 종이를 사는 방법밖에 없는데 어디에서 파는지 모른다. 안타깝게도 이 마을엔 편의점도 할인 마트도 슈퍼마켓도 문방구점도 없었다.

그럼 종이는 대체 어디에서 팔지? 잡화상 아저씨는 '책은 스스로 베껴야 한다'고 했다. 그럼 백지로 된 책을 파는 곳이 있지 않을까? 하지만 어디에서 파는 걸까? 어쩌면 종이만 취급하는 종이 전문점이 따로 있나?

일본이라면 바인더로 엮거나 노트에 쓰거나 프린트 용지에 써서 호치키스로 철하는 정도로도 간단히 책을 만들 수 있었다. 하지만 여기서는 문제가 산더미였다. 집안에 종이가 없으니 책을 만들려면 우선 종이부터 구해야 했다.

이런 생각을 하며 집에 돌아오니 투리가 이미 숲에서 돌아와 있었다. 땔나무는 물론, 나무 열매와 버섯도 잔뜩 주워 왔고, 고기 양념에 쓸 약초도 가득 채집해 왔다.

"어서 와, 투리. 뭐 땄어? 보여 줘, 보여 줘."

나는 바구니에서 투리의 전리품을 들여다보고 원했던 것을 발견했다.

집 안을 탐색할 때 발견했던 아보카도처럼 생긴 나무 열매였다. 엄마가 이 열매를 으깨 기름을 뽑아 썼었다. 이게 있으면 식물 기름을 가질 수 있다는 것은 이미 눈으로 확인했다.

나는 "이거! 이거, 나 줘!" 라고 안간힘을 쓰며 부탁했다.

잠시 고민하던 투리가 "메릴이 갖고 싶은 거야? 조금 줄게" 라며 메릴을 두 개 주었다.

"고마워, 투리."

나는 메릴을 볼에 대고 비비며 창고로 들어가 망치를 들고 나왔다. 이걸로 샴푸를 만들 수 있어. 나는 들뜬 마음으로 망치를 내리찍었다.

쿵! 하는 둔탁한 소리와 함께 메릴이 으깨지며 과즙이 피싯 하고 뿜어 나와 상황을 지켜보던 투리의 몸에 튀었다.

"저기, 마인. 뭐 하는 거야?"

투리가 얼굴에 튄 즙을 닦지도 않은 채 싸늘한 웃음을 지었다. 투리의 분노를 느낀 나는 깜짝 놀라 펄쩍 뛰었다.

엄청난 실수를 저질렀나 봐. 투리가 진짜로 화났어.

"그, 그게, 투리. 음, 그, 그게. 기름이 필요해서……."

"기름을 뽑는다 해도 뽑는 방법이란 게 있잖아!? 뭐 하는 짓이야!?"

이곳의 방법을 모르는데 어쩌라고.

기억 속의 마인은 항상 투리를 외면했다. 기억 속에서 투리가 마인에게 뭔가를 설명했지만 남아 있는 기억이 전부 모호했다. 아마도 마인은 건강하고 활동적이고 뭐든지 할 수 있는 투리가 부러우면서도 한편으로 투리를 질투한 모양이다. '너무해' 라는 목소리에 파묻힌 기억이 많아서 짜증이 났다.

　잘 챙겨 주고 화가 나도 잘 가르치는 좋은 언닌데.

　내가 투리에게 꾸지람을 들으며 사방에 튄 메릴을 청소하고 있자 저녁 준비를 위해 우물가에 갔다 돌아온 엄마가 얼룩진 벽을 보고 펄펄 뛰었다.

　바닥은 아무리 더러워도 내버려두면서 벽은 신경 쓰는구나.

　나중에 알게 된 사실이지만, 먼지나 검댕이는 크게 신경 쓰지 않지만, 과일즙은 목재로 된 벽을 상하게 해서 그렇다고 했다.

　나는 청소를 끝내고 으스러진 메릴과 엄마와 투리 얼굴을 번갈아 쳐다봤다. 빨리 기름을 뽑고 싶은데 엄마와 투리 누구한테 부탁할까. 기왕이면 화를 잘 안 내는 쪽이 좋은데.

　나는 투리에게 가서 살짝 물어보았다.

　"투리, 투리. 기름을 어떻게 짜내? 가르쳐 줘."

　"엄마, 마인한테 가르쳐도 돼?"

　일부러 몰래 물어본 내 의중에 아랑곳없이 투리는 한숨을 크게 내쉬더니 엄마에게 물었다.

　"하아, 가르쳐 주지 않으면 일을 벌일 것 같구나. 투리, 제대로 가르쳐 주렴." 하고 엄마가 창고를 가리키며 말했다. 알려주지도 않은 일을 못 하는 건 당연하잖아. 예전에 '마인'이 제대로 배워 놨더라면 나도 할 수 있었을 거라고.

　나는 투리와 함께 창고로 가서 배우기로 했다. 기름을 짤 때 필요한 도구도 천도 전부 창고에 있다고 했다.

　"목판은 기름이나 즙이 스며들면 안 되니까 그대로 쓰면 안 돼.

이 금속판을 놓고 써야 하는 거야. 우선 천을 쫙 펼쳐서 거기에 과일을 놓고 싸는 거야, 제대로 싸지 않으면 즙이 튀어. 하지만 메릴은 먹을 수 있으니까 다 먹고 남은 씨에서 기름을 뽑아. 씨를 빼내면 짜는 법을 알려줄게."

"씨에서만 기름을 뽑으면 대체 얼마나 짜야 필요한 양이 모이는 거야? 난 길게 못 기다리니까 알맹이 기름도 뽑을 거야."

그렇게 선언한 후 나는 투리가 가르쳐준 대로 메릴을 천으로 감싸 금속판 위에 올린 후 망치로 두드리기 시작했다. 망치는 무거웠고 좀처럼 으깨기 힘들었지만, 열심히 두드리다 보니 조금씩 알맹이가 으깨지기 시작했다.

나, 은근히 힘 좀 쓰는데?

"이 정도면 되겠지? 우후후."

이제 천으로 기름을 짜내면 된다. 나는 기합을 넣고 천을 비틀었다. 천이 축축하게 젖어 갔다. 하지만 거기까지였다. 기름은 달랑 한 방울이 톡 하고 떨어졌지만, 필요한 양만큼 나올 기미는 전혀 없었다.

"마인, 그렇게 하면 안 돼. 조준도 엉망이고, 힘도 없고, 자세도 바르지 않으니까 알맹이만 찌그러지지 씨는 그대로일걸?"

"우…… 투리~……."

열심히 했는데 결국 안 되는구나.

내가 도움을 요청하는 눈빛으로 투리를 보자 투리는 할 수 없다는 듯한 얼굴로 망치를 손에 쥐고 힘껏 치켜들었다. 탕! 탕! 망치가 둔탁한 소리를 낼 때마다 아까와 달리 빠른 속도로 알맹이와 씨가 으깨졌다.

"사실 압착기를 사용하면 되는데 너무 무거워서 아빠밖에 못 쓰거든. 우리는 망치로 조금씩 두드리는 방법밖에 없어."

남자아이가 압착기를 쓸 힘이 생기면 한 사람 몫만큼의 일을 맡게 된다고 했다.

"씨를 완전히 으깨고 나서 천을 이렇게 짜면……."

내가 짰을 땐 찔끔 나오던 기름이 작은 용기에 똑똑 떨어졌다. 나는 이제까지 중에서 지금이 투리가 가장 존경스러웠다.

"우와! 투리, 굉장해! 고마워!"

"마인, 마무리는 꼭 해. 자, 정리해야지."

정리하라고 해도 정리하는 방법을 모르는걸.

내가 우물쭈물하고 있자 투리가 어쩔 수 없다는 얼굴로 사용한 도구들을 정리하는 방법을 가르쳐 주었다. 역시 언니는 언니라고 느끼며 도구를 정리했다.

도구 정리를 끝낸 나는 뿌옇게 흐린 기름을 들여다보고 냄새를 맡아 보았다. 샴푸로 쓰려면 약간 향기가 나는 편이 좋을 것 같았다.

"저기, 투리. 약초도 줘. 냄새 좋은 걸로."

"조금만이야?"

"응!"

투리의 허락을 받고 바구니 밖에 꺼내 놓은 약초를 들어 하나하나 냄새를 맡고 손가락으로 뭉개 보면서 기름 용기에 넣었다. 약초 냄새가 잘 섞이면 좋은 향이 날 것 같았다.

그 다음엔 소금을 약간 넣고…….

그렇게 골똘히 제조법을 생각하고 있는 도중에 갑자기 투리가 기

름이 들어간 용기를 들고 저녁 준비를 하는 엄마에게 가는 모습이
눈에 들어왔다.

"투리! 안 돼! 뭐 하는 거야?"

나는 허둥지둥 투리가 든 용기를 빼앗아 다시 빼앗기지 않도록
품에 에워쌌다. 그러자 투리가 허리에 손을 올리며 화를 냈다.

"빨리 안 먹으면 못 쓰잖아! 약초 향이 심하게 섞이면 못 먹게 된
다고."

"먹으면 안 돼!"

샴푸로 쓸 건데 먹게 내버려 둘까 보냐!

투리가 뭐라고 하든 겨우 손에 넣은 샴푸 대용품을 포기할 생각
은 추호도 없었다.

"마인! 그건 투리가 채집해 온 거잖니! 제멋대로 굴지 마!"

엄마도 투리 편을 들며 화냈지만 메릴도 약초도 투리에게 허락을
받았다. 그러니까 이건 투리 게 아니라 내 거다.

"내 멋대로 이러는 거 아니야! 이건 투리가 나한테 준 거잖아!"

나는 머리를 세차게 흔들며 필사적으로 기름을 사수하려 했다.
간지러운 머리를 참는 데는 이미 한계가 왔다. 게다가 샴푸 대용품
을 눈앞에 두니 더욱 참을 수가 없었다.

두 사람은 아무리 말해 봤자 소용없다고 생각했는지 어처구니없
다는 듯이 한숨을 내쉬고 등을 돌렸다.

나는 끝까지 기름을 지켜냈다는 성취감에 만족스러운 숨을 내쉬
면서 용기에 소금을 약간 넣고 섞기 시작했다. 이걸로 우라노 때 엄
마가 자연파 생활에 푹 빠져 있을 때 만들었던 샴푸 대용품이 완성
된다.

목욕용 방수 천을 침실 바닥에 깔고 그 위에 기름 용기를 올렸다. 그리고 나무통을 들고 엄마에게 갔다.

"엄마, 따뜻한 물 줘."

최근에 저녁 준비를 할 때 끓인 따뜻한 물을 목욕물로 사용했기 때문에 엄마도 익숙한 동작으로 통에 물을 넣고 천 위에 놓아 주었다.

'이제 씻어 볼까?' 라고 생각하던 중 순간 멈칫했다. 샴푸 후 머리를 헹굴 물이 없는데 어떻게 헹구지?

"으음, 희석한 물로 씻고 수건으로 꼼꼼이 닦을 수밖에 없으려나?"

샴푸가 머리에 조금 남아도 구석구석 닦아내면 괜찮겠다는 생각이 들었다. 나는 따뜻한 물이 차 있는 나무통에 완성한 샴푸 대용품을 적당히 넣어 잘 섞이도록 휘저었다.

"마인!? 뭐 하는 거야!?"

"응? 머리 감는데?"

투리는 무슨 말인지 모르겠다는 표정을 지었다. 나는 며칠간 이곳 사람들이 머리를 감는 모습을 본 적이 없었다. 그런 습관이 없는 사람들에게 샴푸를 설명해도 모를 게 분명했다. 입으로 설명하기보다 직접 보여주는 게 좋겠지.

나는 비녀를 스르르 빼고 통에 머리카락을 담그고 씻기 시작했다. 첨벙첨벙 소리를 내며 물에 잠긴 부분을 씻었다. 샴푸가 두피까지 배어들도록 몇 번이고 손가락으로 쓸어내기를 반복했다. 그리고 두피도 정성스레 마사지했다. 어린아이 손으로는 힘이 없고 팔도 짧아서 씻기가 여간 힘든 게 아니었다.

그래도 만족할 만큼 반복해서 머리를 감은 뒤 물기를 힘껏 짜냈다. 그리고 수건이라 하기엔 민망한 얇은 천으로 머리를 닦았다. 샴푸가 남지 않도록 몇 번이고 정성스럽게 닦은 뒤 빗으로 빗으니 검은색에 가까웠던 머리가 놀랍게도 반들반들 윤기 나는 남색으로 바뀌었다.

　성공한 것 같은데?

　손가락으로 머리카락 몇 가닥을 집어 킁킁 냄새를 맡았다. 아련한 재스민 향에 가까운 향기가 났다. 지금까지 내 몸에서 풍겼던 땀과 흙냄새가 섞인 형용하기 힘든 체취 때문에 참을 수가 없었는데, 이제 악취가 아닌 향기가 난다는 사실이 기뻐서 가슴을 울렸다. 대성공이었다.

　"어? 어? 마인 머리가 밤하늘 색이 됐네? 달님 같은 눈이랑 굉장히 어울려."

　내 눈이 노란색 계통이었구나.

　나는 스스로 볼 수 없었던 나의 눈동자 색과 투리의 파란 눈동자를 보면서 잠시 유전의 법칙에 대해 생각했지만, 고민해 봤자 쓸데없는 짓 같아 생각하는 걸 그만두었다.

　"마인, 이게 뭐야?"

　"이건 '간편 한린샴(한 번에 린스까지 해결해 주는 샴푸)'이라고 해. 투리도 쓸래? 둘이 쓰면 아깝지 않잖아."

　나는 궁금증에 가득 찬 눈으로 통을 바라보고 있는 투리를 눈치 채고 함께 쓸 것을 권유했다. 사실 본심은 나와 같은 침대를 쓰니까 청결하면 좋고, 또 샴푸가 맘에 들면 같이 만들어 줄지도 모르고, 진심으로 투리를 예쁘게 만들어 주고 싶었다.

"투리가 메릴이랑 약초를 채집하고 기름도 짰으니까 써도 돼."

투리가 내 말에 기쁜 듯 얼굴을 들었다. 그리고 부리나케 땋은 머리를 풀어 내가 했던 대로 통 안에 머리카락을 담그고 씻기 시작했다.

아~, 저쪽 아직 안 씻겼는데.

나는 통 안에 손을 집어넣어 투리의 손이 닿지 않는 부분에 물을 부으며 정성스럽게 씻겼다.

예뻐져라~, 예뻐져라~.

"투리, 이 정도면 다 된 것 같은데?"

투리는 수건을 건네받아 내가 했던 것처럼 물기를 닦아내고 머리를 빗었다.

투리의 청록색 머리카락에서 윤기가 흘렀다. 광택을 띤 천연 곱슬 머릿결이 물결치며 빛을 받아 반사되는 부분이 마치 천사의 고리처럼 빛났다. 말쑥해진 모습에 귀여움이 한층 더 돋보였다.

"엄청 예뻐졌어. 투리, 향기도 좋아."

역시 귀여운 여자애는 이래야지.

나는 만족해하며 투리의 머리를 빗었다. 매일은 어렵지만, 며칠에 한번은 '간편 한린샴'으로 씻어서 투리의 윤기를 유지시키는 것이 내 역할일지도 모르겠다. 다 쓴 통을 정리하려고 했더니 엄마가 '잠깐 기다려'라며 황급히 머리를 감기 시작했다. 이제 투리도 엄마도 '간편 한린샴'을 만들더라도 불평은 하지 않겠지. 다음은 청결한 가족 만들기를 목표로 하자.

나는 오랜만에 느낀 상쾌함에 만족하며 잠이 들었다.

최근 며칠 동안, 아침에 일어나면 거미집이 가장 먼저 눈에 밟혔다. 모처럼 몸을 깨끗하게 했으니 이번엔 내 주변을 청결히 할 차례다.

우선 침실 청소에 의욕이 불타올랐지만, 내가 하기엔 범위가 넓었다. 지금 내가 깨끗이 청소할 수 있는 범위는 기껏해야 침대 정도였다. 나는 휴일을 보내는 아빠에게 이불을 창문에 널어 달라고 부탁했다.

"아빠, 이불 널고 나면 저 거미집 청소를 부탁하고 싶은데."

"거미집? 왜 또……."

왜 침실에 거미집이 있는 건지 의문조차 가지지 않을 정도니까 더럽다고 말해도 모르겠지. 나는 골똘히 고민한 후 아빠의 바짓가랑이를 살짝 잡았다.

"무, 무서우니까."

거짓말은 아니었다. 저 거미집에서 거미가 아래로 직진해 내려오면 내 얼굴 바로 위에 떨어지는 위치였다. 생각만 해도 끔찍해서 위험한 거미집을 얼른 치워 버려야 했다.

"거미집이 무서워? 할 수 없군. 이 아빠가 치워 주지."

"와아. 아빠. 고마워. 천장을 전체적으로 깨끗하게 청소해 주면 정말 기쁠 거야."

"알았어, 알았어. 무서운 거지?"

좋아. 천장은 해결했다.

내 손에서 해결하기 힘들었던 천장을 아빠가 거뜬히 청소해 준 덕분에 깨끗해졌다. 이제 집은 내 손으로 조금씩 청소하면 된다.

"엄마, 빗자루 어딨어?"

"여기 있어. 왜 그래? 더러운 데라도 있니?"

"방 청소를 하고 싶어서."

"그래. 하고 싶다면 마음껏 하렴."

내가 빗자루를 쥐고 침실 바닥을 쓸자 흙먼지가 일었다. 실내에서 신발을 신는 문화를 경험하지 않은 나는 침실에 흙먼지가 이는 이 상황이 이해가 되지 않았다. 어떻게든 깨끗한 실내에서 잠들고 싶었다.

나는 열심히 빗자루를 움직이며 흙을 조금씩 부엌으로 쓸어 보냈다. 이 집에 가구가 많지 않기 때문에 청소 자체는 그다지 힘들지 않았다.

내 체력만 따라 준다면 말이지.

빗자루질을 조금 한 것만으로 머리가 빙글빙글 돌았다. 나는 청소를 포기하고 잠시 쉬기로 했다. 이 상태로라면 어느 세월에 청결한 환경에서 지낼 수 있을까?

"잠깐만, 마인. 침실 청소한답시고 쓰레기를 부엌으로 보내면 어떡하니. 제대로 현관 밖에…… 마인, 얼굴빛이 안 좋은데?"

엄마가 침실에서 쓸려 나온 쓰레기를 발견하고 침실을 들여다보고는 한숨을 내쉬었다. 그리고 나를 침대에 눕혀 창문에 널어 두었던 이불을 내 몸에 덮어 주었다.

"의욕이 넘치는 건 좋은데 청소는 이만 하고 우선 자도록 해. 어차피 금방 다시 지저분해질 텐데 지금 열심히 청소할 필요는 없잖니?"

매일 쌓이니까 지금 해야지…….

하지만 몸이 마음대로 따라 주지 않았다. 청소는 시간을 두고 매일 꾸준하게 하는 방법밖에 없어 보인다. 나는 몸을 돌려 흘러내린 머리카락 몇 가닥을 집어 들었다.

일단, 머리는 깨끗해졌으니까 이번엔 종이를 갖고 싶어.

이웃 남자아이

엄마가 일을 나가자 집에는 투리와 나 두 사람만 남았다. 당연히 나의 궁금증을 풀어 줄 상대도 투리뿐이었다.

"투리, '종이'는 어디서 파는지 알아?"

"뭐라는 거야, 마인?"

"그러니까 '종이'…… 아!"

투리가 땋은 머리를 흔들며 고개를 갸우뚱거리는 모습을 언젠가 본 적이 있었다. 일본어로 발음한 단어가 이해되지 않았을 때다. 이 나라 말로 '종이'를 뭐라고 말해야 하지?

이런! 잡화상 아저씨에게 물어볼걸!

"투리는 '종이' 모르…… 지?"

"미안. 모르는 것 같아. 재미있는 말이네?"

나는 고개를 푹 떨구며 깊은 한숨을 내쉬었다.

사실 책을 만드는 데 걸림돌이 되는 것은 비단 종이 판매점을 모르는 것뿐만이 아니었다. 샤프펜슬이나 볼펜이 있을 리 없고, 만년 필이 존재할지도 미지수다. 이런 상황에서 필기도구는 무엇을 사용해야 좋을지, 또 어떡하면 손에 넣을 수 있을지 도통 알 수가 없었다.

무엇보다 재료를 찾으러 밖에 나갈 체력과 돈이 없다는 것이 가장 큰 문제였다. 어떻게 해야 하지?

"앗! 아빠도 참, 잊어버리고 갔네!"

부엌에서 투리의 목소리가 울렸다. 느릿한 걸음으로 부엌에 가 보니 투리가 보따리 하나를 들고 있었다.

분명 오늘 아침 아빠가 자다 깬 맹한 얼굴로 "오늘 문에서 쓸 거니까 챙겨 놔."라고 아침 준비로 바쁜 엄마의 성질을 건드린 물건이었다. 엄마가 "왜 미리 말 안 한 거예요!?"라며 창고 안을 이 잡 듯 뒤져서 겨우 찾아냈는데, 그걸 잊어버리고 간 걸 엄마가 알았을 때 일어날 상황을 생각하니 등골이 오싹해졌다.

"투리, 엄마 화내시겠지? 이거 아빠한테 가져다주는 편이 좋지 않을까?"

"마인도 그렇게 생각해? 하지만, 마인을 집에 혼자 두는 건……."

잠깐 설거지를 하러 간 사이에 멋대로 침실을 빠져 나와서는 대성통곡하고 있질 않나, 엄마와 장 보러 가서는 기절해서 쓰러지질 않나.

나에 대한 가족들의 신뢰도는 밑바닥을 기고 있었다. 투리도 나를 집에 혼자 둘 생각은 전혀 없는 듯했다.

"하지만, 이게 없으면 아빠가 곤란하지 않을까?"

"마인, 문까지 걸을 수 있겠어?"

투리는 나를 집 안에 두지 않고 데려가기로 생각을 바꾼 모양이다.

얼마 전 장에 갔을 때의 힘든 여정을 떠올리면 살짝 불안했지만, 나중에 엄마가 화를 내는 상황이 더 무서웠다. 나는 주먹을 불끈 쥐고 의욕을 보였다.

"히, 힘낼게."

"좋아, 가자."

엄마와 장을 갔을 때처럼 옷을 여러 겹 겹쳐 입고 보따리를 들고 출발했다.

내가 옷을 여러 겹 입은 건 결코 멋을 부리기 위해서가 아니다. 순전히 추위를 막기 위해서다.

참고로 내가 가진 옷은 속옷 두 장, 손뜨개 원피스 두 장, 털 스웨터가 한 장. 또 털 잠방이처럼 생긴 바지 두 장에 털양말 두 장이다. 지금 나는 가진 옷을 전부 껴입고 있다.

"투리, 무거워서 못 움직이겠어."

"그래도 여기저기 기운 옷들이라 전부 껴입지 않으면 어디로 바람이 새어 들어올지 모르잖아. 특히 마인은 감기 걸리기 쉬우니까 이렇게라도 입어야 해."

엄마한테는 물어볼 수도 없었지만, 투리라면 설득할 수 있을 줄 알았다. 하지만 책임감이 강한 투리는 나를 얇은 옷차림으로 밖에 내보내지 않을 거라며 한 치의 양보도 해 주지 않았다.

포기하고 전부 껴입었지만, 역시나 움직이기 힘들었다. 건강한 투리는 그렇게 껴입지 않아도 되니 가벼운 복장이었다. 거기다 아이들이랑 근처 숲에 땔나무를 주으러 가거나 엄마 심부름으로 이웃집에 가거나 하며 자주 밖을 돌아다니니까 체력도 있었다. 나는 체력도 스피드도 없다. 있는 건 옷 무게뿐이다.

"마인, 괜찮아?"

"하아, 하아…… 천천히, 걸으면, 괜찮아."

계단을 내려가는 단계에서 헐떡이는 건 지난번과 똑같았다. 그래도 나는 내 속도를 유지하며 걸었다. 무리해서 쓰러지기라도 하면 투리를 더욱 곤란하게 만드니까. 자그마한 것부터 신뢰를 쌓아 올려야 했다.

그나저나, 돌바닥은 정말이지, 걷기 힘들구나…….

길이 울퉁불퉁해서 주의해서 걷지 않으면 당장에라도 다리가 걸려 넘어질 것 같았다. 주변 상황은 손을 잡아 주고 있는 투리에게 맡기고 나는 발밑만 주시하며 걸었다.

"어! 투리잖아! 거기서 뭐 해?"

나는 조금 먼 거리에서 들려 온 남자아이 목소리에 고개를 들었다.

지게와 활을 든 남자아이 세 명이 우리에게 뛰어왔다. 빨간색, 금색, 핑크의 화려한 머리카락에 저절로 눈이 갔다. 세 명이 입은 옷은 흙과 음식 자국으로 얼룩덜룩했고 물려받은 옷을 기워 맞췄는지 여기저기 기운 데 투성이었다. 우리가 입은 옷과 별반 차이가 없는 걸로 봐서 같은 생활 레벨이겠다.

"아, 랄프! 루츠랑 페이도 같이 있네?"

투리와 친해 보이는 이 아이들은 어쩌면 마인과도 조금은 관계가 있을지도 몰랐다. 나는 관자놀이에 힘을 주어 머릿속에서 마인의 기억을 더듬었다.

아, 역시 있네. 흠, 이웃집이구나.

투리와 동갑내기인 랄프는 빨간 머리에 제일 체격이 크고 아이들을 잘 챙기는 큰형 같은 느낌이다.

페이도 투리와 같은 나이로 핑크 머리에 장난치기 좋아하는 악동 같은 얼굴이다. 병약한 마인을 어떻게 대해야 할지 모르는지 가까이 다가오지 않아서 그다지 기억에 남은 건 없다.

랄프 동생으로 금발에 나와 같은 나이인 루츠. 마인에게 오빠처럼 구는 언행이 마치 어른 흉내 내는 남자아이 같아서 귀엽다.

  셋은 투리가 숲에 갔을 때 함께한 멤버로 가끔 마인도 숲에 데리고 간 적이 있는 모양이다. 불과 몇 번밖에 없는 외출이 다른 기억에 비해 선명하게 남아 있었다.

  내가 기억 속을 더듬는 동안 투리는 들뜬 모습으로 랄프와 이야기를 나누고 있었다.

  "아빠가 깜빡 잊은 물건이 있어서 문까지 가져다주러 가는 길이야. 너흰 숲에 가는 거야?"

  "응. 문까지 같이 가자."

  랄프와 수다를 떠들며 환하게 웃는 투리의 모습을 보니 내가 평소에 투리를 고생시키고 있다는 생각이 들었다. 역시 애를 보기보다 친구들과 숲에 가고 싶겠지.

  짐만 되는 여동생이라 미안. 그래도 열도 내렸고 슬슬 외출할 때가 됐는걸. 구체적으로는 종이를 파는 가게를 찾아야 하니까 좀 이해해 주라.

  아이들과 합류한 순간 갑자기 투리의 걸음걸이가 빨라졌다. 손을 잡은 채로 나는 그녀에게 질질 끌려가듯 하다 발이 엉켜 버렸다.

  "우와와!"

  순간 투리가 걸음을 멈춘 덕분에 나자빠지는 상황은 면했지만, 바닥에 무릎을 꿇어 버리고 말았다.

  "미안, 마인. 괜찮아?"

  "으, 응……."

  아프진 않았지만, 한번 주저앉은 다리를 일으켜 세우기가 힘들었다. 그냥 이대로 쉬고 싶다.

조금 숨쉬기가 힘들다고 생각할 때 누군가가 내 앞에 손을 내밀었다.

"어이, 마인. 내가 업어 줄까?"

루츠, 너 왜 이렇게 착하니!

마인의 기억에 의하면 루츠는 항상 랄프와 페이에게 부하 취급을 당하고 있어서인지 동갑이지만 병약하고 몸집이 작은 마인에게는 어른처럼 행동했다. 체력이 없어 금방 비실거리는 마인을 감싸 주거나 짐을 들어 주기도 하며 신사적이고 장래가 유망한 소년이다. 게다가 루츠의 금발은 핑크나 녹색보다 눈에 익숙한 머리색이어서 정신적으로도 안심이 되었다.

"마인, 또 열이 나기 시작했지? 힘들어 보이니까 업어 줄게."

나는 루츠의 마음 씀씀이가 고마웠다. 그러나 나보다 조금 체격이 크다고 해도 동갑내기인 루츠에게 업히는 건 미안하기도 했고, 혹시나 루츠가 찌부러지지 않을지 걱정됐다. 내가 이러지도 저러지도 못하고 고민하고 있자, 랄프가 가벼운 한숨을 내쉬고 짐을 땅에 내려놓으며 입을 열었다.

"루츠가 업으면 언제 숲에 도착할지 몰라. 내가 마인을 업을 테니까 너는 내 활을 들어. 페이는 지게 들고."

"랄프……."

루츠가 불만스러운 듯 랄프를 노려보았다. 공적을 랄프에게 뺏겼다고 생각한 모양이다.

"루츠, 걱정해 줘서 고마워. 기뻐."

나는 방긋 웃으며 루츠의 손을 꼭 잡고 입바르게 칭찬했다. 루츠는 자신이 나에게 신경을 썼다는 수고를 인정받아서 만족했는지 부끄러운 듯 웃으며 얌전히 랄프의 활을 손에 들었다.

"자, 어서 업혀."

"응. 고마워. 랄프."

나는 투리보다 조금 큰 랄프의 등에 기대 체중을 실었다. 유아에게 부끄러움이란 없다. 절대로.

랄프는 나를 업고 야무진 걸음걸이로 걷기 시작했다. 조금 전보다 삼, 사십 센티나 시야가 높아지니 풍경이 전혀 달라 보였다.

구체적으로 말하면 발아래 돌밖에 보이지 않았던 시야에서 거리가 제대로 보일 정도로 넓어졌다.

거기다 나에게 맞추어 걷던 속도가 빨라지니 풍경이 지나가는 속도도 아까와 현저히 달랐다.

"우와, 높다! 빨라!"

"너무 흥분하지 마. 또 열 오른다?"

"응. 조심할게."

그건 그렇고 랄프, 심부름으로 땔나무를 등에 지고 다녀서 그런지 어린애치고 근육도 좀 붙어 있고, 힘도 쎈데?

랄프는 내가 기억하는 일본 초등학생들과 비교해보면 체격이 꽤 컸다. 어차피 생활 환경과 인종 자체가 다르니까 비교 대상이 아닐지도 모르지만.

그리고 일본과 비교하면 안 되는 건 풍경도 마찬가지였다. 좁은 골목길에서 흘러나오는 오물이라든지 큰 거리를 오고 가는 당나귀가 똥을 질질 싸면서 지나가는 풍경이……

내, 내가 오물을 보고 싶어서 보는 게 아니거든? 일본에선 못

보는 광경이니까 놀라워서 나도 모르게 눈이 그쪽으로 가는 것뿐이야!

장에 갈 때와 다르게 장인 거리를 걷고 있어서 그런지 건물 내부가 전혀 보이지 않았다. 상품 판매만 하는 상점들은 유리창을 통해 내부가 훤히 보였지만, 이 거리는 문짝에 걸린 간판밖에 보이지 않았다. 거기다 똑같이 생긴 같은 색 건물들이 줄줄이 늘어서 있어서 오물이 한층 두드러지게 눈에 띄었던 것이다. 그러니까 내가 이상한 게 아니야.

"랄프, 괜찮아? 무겁지 않아?"

투리가 랄프와 등에 업힌 나를 번갈아 바라보며 걱정스러운 얼굴로 말을 건넸다. 랄프는 한 번 몸을 흔들어 나를 업은 자세를 고친후 살짝 얼굴을 돌려 무뚝뚝한 목소리로 입을 열었다.

"괜찮다니까. 마인은 엄청나게 가벼우니까. 게다가 네 걱정도 덜고."

저 부끄러워하는 표정과 목소리로 감지하건대 곤란한 투리를 도와주고 투리에게 고맙단 말을 듣고 싶은 건가?

호오. 랄프. 우리 집 투리를 노리는 거야? 옛 속담에 '장수를 쏘려면 말을 먼저 쏴라' 라는 말이 있지. 뭐, 네 사랑을 위해 내가 그 말이 되어 주지. 그러니까 소꿉친구를 향한 그 마음, 포기하지 마!

물론 이건 내 망상일 뿐이다.

하지만 "투리, 왠지 너한테서 좋은 냄새가 나." 라고 투리의 땋은 머리에 살짝 코를 대고 냄새를 맡는 랄프하며, "정말? 고마워." 라며 볼을 빨갛게 물들이는 투리를 보고 있자니 너희가 소녀 만화 주인공이냐! 하고 소리치고 싶어 입이 근질근질해서 견딜 수가 없었다. 둘 다 아직 어려서 사랑이 아닐 수도 있겠지만, 내게 책이라는 오락이 없으니 머릿속에서 소설 쓰는 것 정도는 봐 주지 않겠니.

대학 졸업이 코앞이었던 나는 새콤달콤한 사랑 따위 경험한 적도 없는데, 여섯 살짜리 투리가 이렇게 달콤한 분위기를 내니까 등 뒤에서 음침한 망상 정도는 하고 싶어질 수 있잖아?

그렇게 온종일 책에 빠져 망상에 부푼 꿈속 세계에 사니까 남자한테 인기가 없다는 말은 하지 마라. 옛날부터 가족은 물론이고 옆집 슈한테도 지겹게 들은 소리니까. 정말 쓸데없는 참견을 하기는. 바보 같은 슈.

내가 잠시 우라노 때 짜증이 났던 기억 속을 달리고 있는 사이, 랄프와 투리의 소꿉친구 사랑은 어느새 투리를 중심으로 한 세 남자의 사랑 이야기로 바뀌어 가고 있었다.

"정말 좋은 냄새가 나는데."

"어디 어디?"

그렇게 말하며 페이와 루츠도 투리의 땋은 머리에 얼굴을 대고 냄새를 맡았다. 만약 나이가 찬 남녀였다면 이미 사랑의 화살이 휙 휙 날아다니고 있을 장면이었다.

"머리카락도 매우 부드러워. 어떻게 한 거야?"

으히히. 그렇지. 그렇지.

나는 놀란 얼굴을 한 세 사람의 절찬에 만족해하며 랄프의 등 뒤에서 몇 번이고 고개를 끄덕였다. 향기가 강한 꽃잎을 말린 방향제를 옷장에 넣고, 밥 지을 때 끓인 따뜻한 물로 투리와 둘이서 서로 몸을 닦아 주기도 하고, 허브 기름으로 머리카락에 수분을 유지하고, 정성스럽게 빗질하는 등 조금씩 위생 환경 수준을 높이려고 힘

쓴 노력의 결과가 나오는 모양이다.

사실 업어 주는 랄프에게는 미안한 말이지만, 이 아이들한테서 조금 구린내가 풍겼다. 평소 주변 사람들한테도 나는 냄새라 어느 정도 익숙해졌지만, 모두 모아 놓고 비누로 깨끗하게 씻겨 주고 싶었다. 우리 집에 있는 건 청소나 세탁에 쓰는 동물성 비누가 전부여서 몸을 씻을 때 쓰는 향기 나는 식물성 비누가 없다는 사실이 안타까웠다.

아아, 향기 좋은 비누도 갖고 싶어라.

멍하게 생각하고 있자, 루츠가 내 머리카락을 휙 잡아당겼다. 그리고 투리에게 한 것처럼 냄새를 맡았다.

"마인한테도 좋은 냄새가 나."

나를 바라보는 루츠의 비취 같은 초록색 눈이 가늘어지며 천진하게 웃었다.

안 돼, 루츠! 그런 얼굴로 웃지 마! 금발에 초록색 눈이란 것만으로 꽃미남으로 보인다고!

"그리고 머리를 묶으니까 얼굴이 잘 보여서 더 귀여워."

히야아아아아아아아! 연타다! 어린아이를 상대로 가슴이 뛰다니! 아무 의도 없는 말이란 건 알지만 그래도 그 대사는 부끄러워! 부탁이니까 이제 그만둬! 이 나이 먹도록 그런 말 들은 적 없으니까 어떻게 대처해야 할지 모르겠어!

마음속으로 붕붕 뛰면서 당황한 건 정작 나뿐이었다. 다른 아이들은 이미 화제를 바꿔 채집 이야기나 언제 첫눈이 오는가 하는 이야기를 나누고 있었다. 나를 함락시켜 놓고 활 실력이 늘었다며 자랑하는 루츠가 얄미웠다. 나는 부끄러워하면서도 고마워하는 투리와 달리 굳어져서 아무 말도 할 수 없었다. 아직도 심장이 두근두근 뛰고 있었다.

여기선 대여섯 살짜리가 이런 행동을 아무렇지 않게 해? 저기요, 하느님! 얌전하고 수줍음 많은 일본 여성인 나에게 이런 건 너무 심장에 안 좋아요!

종이, 입수가 불가능하다.

랄프의 등에 업혀 다리를 흔들거리는 사이 외벽 문이 보이기 시작했다.

외벽은 마을을 지키기 위한 벽으로 가까이서 보면 꽤 높았다. 일본 건물로 치면 2, 3층 정도쯤 되는 높이에 두께가 상당했다. 동서남북 사면에 문이 설치되어 있고, 마을에 들어오는 사람을 조사하는 병사들이 그곳을 지켰다.

눈앞의 문은 남문으로 주변에 병사가 여럿 보였다. 그 중에 아빠가 있겠지. 나는 그중에 누가 아빠인지 분간이 가지 않았지만, 투리는 금방 찾아낸 모양이었다. 보따리를 안고 크게 손을 흔들면서 뛰어갔다.

"아빠! 잊고 간 물건 가져왔어. 이거, 필요하지?"

투리가 방긋 웃으며 놀란 눈으로 깜빡이는 아빠에게 들고 있던 보따리를 건넸다.

착해도 아주 착한 딸이야. 투리.

만약 나라면 '아빠가 잊어버리고 가면 엄마가 기분이 팍 나빠지니까 내 쪽이 곤란해진다고. 아침 분위기 잊었어?'하고 본심이 튀어나왔을 것 같은데.

"아아, 고맙구나. 응? 마인은 집에 두고 온 거니!?"

"아니, 같이 왔어. 봐봐, 랄프가 마인을 업고 왔어."

바로 알아보지 못한 게 멋쩍었는지 아빠의 동공이 살짝 흔들렸다. 그리고 랄프의 머리에 손을 올렸다.

"고생시켜서 미안하구나. 랄프."

"어차피 숲에 가는 길이었는데요. 뭐."

아빠가 랄프의 머리를 마구 휘젓자 랄프가 당황한 얼굴을 하며 등에서 나를 내렸다. 그리고 페이와 루츠가 지고 있던 자기 짐을 들었다.

"고마워, 랄프. 루츠도 페이도 고마워."

나와 투리는 숲에 가기 위해 문을 나서는 아이들을 배웅하고 대기실에 들어갔다.

외벽 두께는 그 속에 열 평 남짓한 방이 들어갈 만큼 두꺼웠고 그 안에 그다지 넓지 않은 대기실과 숙직실도 갖추고 있었다. 대기실은 간소한 테이블과 의자 몇 개, 선반 하나가 전부인 간소한 방이었다. 내가 꼭 외국에 관광 온 사람처럼 두리번거리는 동안 아빠의 동료로 보이는 사람이 물을 가지고 왔다.

"잊은 물건을 여기까지 가지고 와 주다니, 참 착한 딸들이네요."

집에서 문까지 걸어오기까지 투리의 걸음걸이로 이십 분은 족히 걸렸기에 나는 목이 말라 있었다. 물을 가져와 준 동료의 마음 씀씀이가 고마웠다. 나무 컵에 든 물을 단숨에 벌컥벌컥 들이켜고 푸하 하고 숨을 크게 내쉬었다.

"하아. 맛있어. 죽다 살았네."

"마인은 거의 업혀 왔으면서."

투리가 입술을 쭉 내밀며 하는 말에 모두가 일제히 웃음을 터트렸다. 뾰로통한 얼굴을 했지만 이미 랄프에게 업힌 모습을 보였기 때문에 반론의 여지가 없었다.

내가 모두에게 웃음을 사면서 두 컵째 물을 마시고 있을 때 한 병사가 방에 들어왔다. 그리고 선반에서 도구 상자로 보이는 목재 상자를 꺼내 들고는 바로 방을 나갔다. 왠지 우왕좌왕하는 모습에 나는 무심코 주변을 돌아보았다.

"아빠, 무슨 일 터진 거 아니야?"

"요주의 인물이 온 거겠지. 그렇게 걱정하지 않아도 돼."

아빠는 가볍게 손을 흔들며 신경 쓰지 말라고 했지만 어수선한 분위기를 보니 조금 걱정됐다. 정말 괜찮은 걸까?

그도 그럴 것이 여기가 문이고 문지기가 우왕좌왕하고 있다고! 골칫거리가 일어난 것 같지 않아?

그런 나와는 반대로 투리는 전혀 위기감 따위 느끼지 않는 편안한 표정으로 고개를 갸웃거렸다.

"요주의 인물이라니 어떤 사람이야? 나도 본 적 있는 사람이야?"

투리는 항상 지나가는 문에서 문지기를 당황하게 하는 인물이 곧바로 떠오르지 않는 모양이었다. 투리의 질문에 아빠는 삐죽삐죽 자란 턱수염을 손바닥으로 쓸며 말을 찾았다.

"음. 가만있자. 어디서 나쁜 짓을 일삼을 것 같은 얼굴이라든지 아니면 영주님께 미리 알리는 편이 좋은 귀족들 정도일까?"

"흠……."

인상만으로 사람을 판단하는구나. 하지만 이곳 환경처럼 정보 전달이 발달하지 않은 곳에서 악당처럼 생긴 사람을 붙잡아다 조사하는 건 어쩔 수 없는 것일지도 몰랐다.

"다른 방에 대기시켰다가 마을에 들여도 될지 말지를 위에서 판단한단다."

아아, 그래서 대기실이 몇 군데나 있었구나. 이제 이해가 가네. 분명 귀족용과 악당 얼굴을 한 사람용 대기실은 방 크기부터 가구까지 완전 다르겠지.

그런 걸 생각하고 있는 사이 병사가 목재 상자와 대나무 통처럼 생긴 둥근 물건을 들고 다시 방에 돌아왔다. 그 병사는 짙은 갈색 머리에 갈색 눈동자로 굉장히 눈을 편안하게 하는 차분한 색채를 가진 젊은 병사였다. 그의 표정에서는 긴급 상황으로 보이는 긴장감 따위는 전혀 보이지 않았다. 아빠가 한 말처럼 별것 아니었나 보다.

그리고 손에 든 짐을 왼손으로 들고 아빠 앞에 서서 오른쪽 주먹으로 왼쪽 가슴을 두 번 두드렸다. 아빠도 일어나 자세를 고쳐 그와 같은 동작으로 답했다. 이곳에서 경례를 표하는 동작인 듯하다.

"오토, 보고 부탁하네."

집에서는 볼 수 없는 위엄 넘치는 아빠의 표정에 나는 "오오!" 하고 작은 소리로 감탄했다. 항상 흐리멍덩한 모습밖에 못 본 나로서는 그런 아빠의 모습이 굉장히 신선했다. 위풍당당한 얼굴이 꽤 멋있었다.

"로빈발트 백작께서 개문을 원하십니다."

"계인[2]은?"

"확인 완료했습니다."

"좋아. 통과시켜."

2 인장이나 문양을 찍은 뒤 둘로 나누어 가져 이후 양쪽을 서로 맞춰 문서나 신원의 진위를 확인하는 날인 방식

오토는 다시 경례를 한 후, 내 정면에 놓인 의자에 앉았다. 식탁 위에 목재 상자를 올리고 다른 한 손에 든 물건을 펼쳤다. 매끈한 종이에 비해 조금 두께가 있고 특유의 냄새를 희미하게 풍기는 그 물건에 내 시선이 박혔다.

양피지……!?

정말 양피지인지는 모르겠지만, 동물 가죽 재질로 만든 종이었다. 읽을 수는 없지만 이 세계의 글자가 적혀 있었다. 오토는 도구 상자 안에서 잉크 병과 갈대 펜처럼 식물로 만든 펜을 꺼내 눈을 휘둥그레 뜨고 응시하는 내 앞에서 양피지에 무언가를 적기 시작했다.

우오오오오옷! 글자다! 글자를 쓸 줄 아는 사람이 여기에 있어! 이 세계에서 처음 만난 문명인이야! 제발 내게 이 세계 글자를 가르쳐 줘!

내가 오토의 손끝을 뚫어질 듯 보고 있자 아빠가 "왜 그래?"라며 내 머리에 손을 툭 올리며 물었다. 나는 아빠를 올려다보며 양피지로 보이는 물건을 손가락으로 가리켰다. 나중을 위해 지금 이름을 확인해 두지 않을 수 없었다.

"아빠, 아빠. 이거, 뭐야?"

"아아, 양피지라고, 염소와 양가죽으로 만든 종이야."

"이 검은 건?"

"잉크와 펜이지."

예상대로다. 드디어 종이와 잉크를 발견했다. 이걸로 책을 만들 수 있어. 나는 덩실덩실 춤추고 싶은 기쁨을 자제하며 가슴 앞에 양손을 살포시 모으고 아빠를 올려다보았다.

"아빠, 이거 나 줘~"

"안돼. 애들 장난감이 아니야."

딸내미가 이렇게 귀여운 얼굴로 조르는데 그걸 단칼에 거절하다니. 물론 거절당했다고 해서 간단하게 포기할 생각은 전혀 없다. 우라노 때부터 한번 물면 죽어도 떨어지지 않는다는 말을 들어 왔던 나의 책에 대한 집착을 얕보면 곤란하지.

"이런 거 쓰고 싶어. 갖고 싶다고. 제발."

"안 돼, 안 돼! 거기다 마인은 글자도 모르잖아."

아빠 말대로 글자를 모르면 종이도 잉크도 필요 없다. 그러므로 아빠의 말은 나에게 가장 큰 기회이기도 했다.

"그럼, 나한테 글 가르쳐 줘. 글을 알게 되면 이거, 나 줘야 해?"

젊은 말단 병사가 글자를 쓸 수 있을 정도니까 상사인 아빠도 당연히 쓸 수 있겠지.

설마 종이 한 장 없는 집에 글을 아는 사람이 있을 거라곤 생각도 못 했는데, 이는 실로 기쁜 오산이 아닐 수 없었다.

야망에 한발 다가간 기분으로 만면에 웃음을 띠는 내 옆에서 "푸핫!" 하고 누군가가 웃음을 터트렸다. 어디서 나는 소린가 해서 시선을 돌려 보니 양피지와 잉크를 둘러싼 부녀간의 대화를 듣고 있던 오토가 참을 수 없다는 듯이 웃고 있었다.

"하하하, 가르쳐 달라니…… 큭큭, 반장님 분명 글 쓰는 거 서툴지 않으셨어요?"

그 순간 야망에 금이 가는 소리가 들렸다. 나는 냉수를 왕창 뒤집어쓴 것처럼 웃고 있던 얼굴이 얼어 버린 것을 느꼈다.

"뭐? 아빠, 글 못 써?"

"읽고 쓰기는 조금 가능해. 서류 작업도 해야 하니까 글을 읽을 필요는 있지만, 일 외에는 전혀 쓸모도 없어. 다른 곳에서 온 사람들 이름을 적는 정도다."

"흠……."

나는 발끈한 얼굴로 변명하는 아빠를 차가운 눈으로 쳐다봤다.

다시 말해서 아빠의 국어 수준은 일본으로 치면 히라가나 표를 보고 반 친구들 이름을 적을 수 있는 정도가 아닐까? 젊어 보이는 오토가 '서툴다'고 할 정도면 친구들 이름도 가끔 틀리는 초등학교 1학년 수준일 거다. 분명히.

"이 녀석, 아빠를 그런 눈으로 쳐다보면 안 되지!"

내 안의 아빠에 대한 주가를 급상승시켰다가 급락시킨 원흉인 오토가 노심초사하는 표정으로 나를 꾸짖었다. 그리고 아빠를 옹호하듯 병사의 직업에 관해 설명해 주었다.

"병사란 직업은 마을의 치안 유지가 주된 일이지만, 마을 귀족들이 관련된 큰 사건이 일어났을 때 조서 작성은 기사 계급이 해결하고, 작은 사건도 말로 보고를 끝내거든. 이름을 쓸 수 있을 정도면 충분해."

오토의 옹호에 다시 기운이 났는지 아빠도 다시 자신감이 생긴 듯했다. 나의 차가운 눈초리에 꽤 상처를 받았던 모양이다.

"농민이라면 글을 읽을 수 있는 건 촌장 정도니까 이 정도면 아빠는 충분히 대단한 거야."

"그럼 대단하신 아버지. 이거, 갖고 싶어. 나 줘~"

그렇게 대단한 아빠라면 귀여운 딸에게 종이 백 장 정도는 시원하게 선물해 줄 수 있잖아? 지긋이 아빠의 눈을 바라보면서 조르자 아빠는 질린다는 표정을 하며 한 발 뒷걸음질쳤다.

"하, 한 장에 한 달치 급료가 날아가는 걸 어떻게 사 주냐?"

뭐라고요!? 한 달치 급료!? 자, 잠깐만, 양피지가 그렇게 비싸단 말이야!? 그럼 어린애가 아니라도 아무한테나 쉽게 줄 수 있는 게 아니잖아.

집에 종이가 없는 이유도, 마을에 서점이 보이지 않는 이유도 전부 평민이 살 수 있는 가격이 아니라서였다. 가족이 겨우 입에 풀칠할 급료밖에 못 받는 형편에 책을 만들 종이가 갖고 싶다고 떼를 써도 허사다. 절대 사 줄 수 있을 리가 없다.

오토가 풀이 죽어 푹 떨군 내 머리를 달래듯이 가볍게 다독였다.

"원래 평민이 드나드는 상점엔 팔지 않아. 종이는 귀족이나 귀족과 연결이 필요한 대상인이나 관리들이 쓰는 거지, 어린애가 쓸 물건이 아니거든. 글공부를 하고 싶은 거면 석판을 쓰는 건 어때? 내가 옛날에 쓰던 석판 줄까?"

"정말이에요!? 신난다!"

나는 즉각 대답하고 석판을 받기로 오토와 약속했다. 기왕이면 글공부도 하고 싶으니까 오토를 교사로 지명해 버리자.

"고마워요, 오토 씨. 제발 제게 글을 가르쳐 주세요. 부탁이에요."

활짝 웃으며 조르니 아빠가 나와 오토를 비참한 듯한 얼굴로 번갈아 바라봤지만, 못 본 척했다.

사실 글 연습을 하게 된 것도 석판을 받게 된 것도 나를 들뜨게 했지만, 내가 원하는 건 책이고 필요한 건 종이였다. 석판으로는 글자를 보존할 수 없다. 석판이란 건 쓰고 지우는 칠판 같은 것이라서

글자를 외우기 위한 연습용으로는 괜찮지만, 책이 될 수는 없다.

　그건 그렇고 평민은 종이도 못 산다니. 오산도 정도가 있지. 종이도 없는데 어떻게 책을 만들어야 할까?

　종이가 손에 들어오지 않는다면 답은 단 하나. 내가 만들면 되잖아.

　으으, 책을 손에 넣기까지의 여정이 멀고도 험하구나!

이집트 문명, 존경합니다.

나는 꼭 책을 만들고 말겠다고 결심했지만, 종이를 구할 수 없었다.

일본에서는 근처 홈 센터에 가면 프린트 용지 오백 장을 이백 엔 정도에 팔고 있지만, 여기서는 겨우 양피지 한 조각에 아빠의 한 달치 급료가 날아간다.

양피지 한 장은 동물 한 마리의 가죽을 벗겨 털을 뽑아 양피지로 만들어 판매하는 가장 큰 크기를 말하며, 쓰기 쉬운 크기로 자른 것을 한 조각으로 친다. 아빠 직장에서 발견한 한 조각은 대충 A4용지 정도 크기였다. 사실 양피지 한 장을 몇 등분해도 대여섯 조각밖에 나오지 않는다. 간단히 말하면 지나치게 비싸서 평민이 책을 쓸만큼 양피지를 사는 건 불가능한 일이었다. 즉, 나는 책을 만들기 전에 우선 종이부터 만들어야 한다는 말이다.

하지만 종이를 만드는 방법은 책에서 읽은 지식과 가정 실습에서 우유 팩을 재활용해서 쓴 경험밖에 없었다.

책에서 얻은 지식으로 만들면 되잖아? 하고 생각하겠지만, 잘 생각해 보길 바란다.

이곳에는 종이를 만드는 기계가 없다. 기계가 없는 이상 전부 손으로 만들어야 한다는 말인데 지금의 나는 서너 살 정도 체격을 가진 어린애인 데다, 병약해서 움직일 수 있는 범위가 좁다. 종이를 만드는 과정 중 가장 먼저 종이의 재료가 되는 나무를 구하는 단계부터가 걸림돌이었다.

결론은 종이를 만들 수 있을 리가 없다. 하지만 아직 포기하긴 이르다.

지구에는 오래전부터 정치적, 경제적으로 필요로 의해 남겨 온 기록 역사가 존재한다. 기계로 만든 종이가 나타난 시기는 그리 옛날이 아니다. 다시 말해, 역사가 오래된 종이일수록 내가 재현할 수 있을지도 모른다.

흠. 기계가 없던 시대엔 어떻게 종이를 만들었지?

나는 손가락을 최대한 크게 펼치고 지긋이 노려보았다.

고대 문명, 고대 문명……. 고대 문명이라 하면 이집트 문명! 이집트 문명이라 하면 파피루스다! 이집트 문명 만세!

나는 연상게임을 통해 이집트 문명을 근거로 파피루스를 만들어야겠다고 생각했다.

고대문명 시대에 만들어진 발명품이라면 조그마한 내 손으로도 가능할지도 모른다.

무슨 식물이었더라. 곧은 나무나 풀줄기를 써서 만들었던 것 같은데…… 아마도. 이곳에도 식물은 있다. 숲이라면 분명 종이의 원료가 될 법한 식물이 여기저기 나뒹굴고 있을 거다.

좋아. 숲이다. 숲에 가자.

나는 책에 한해서만 무서울 정도로 신속해진다며 가족은 물론 슈에게도 감탄과 한탄을 받은 여자다. 떠오른 것은 즉시 실행에 옮겨야 했다. 나는 곧바로 투리를 졸라 보았다.

"투리, 나도 숲에 가고 싶어. 같이……."

"뭐!? 네가!? 무리야."

말이 입 밖에 다 나오기도 전에 거절당했다. 척수반사 같은 속도였다. 특히 '안 돼'가 아니라, '무리'라는 부분이 '생각할 가치도 없다'고 들려서 가슴이 아프다.

"어째서?"

"넌 제대로 걷지도 못하잖아. 문까지도 못 걸으면서 숲까지 어떻게 가? 또 숲에서 땔나무를 줍고 나무 열매도 따는 것만으로도 시간이 부족해. 거기다가 넌 나무도 못 타지? 피곤한 몸으로 무거운 짐을 지고 걸어서 돌아와야 하는데 폐문 시간까지 맞춰야 하니까 아무리 피곤해도 쉬지도 못해. 어때? 네가 생각해도 어려울 것 같지?"

투리가 손가락을 접어 가며 내가 숲에 갈 수 없는 당연한 이유를 따졌다. 좀 많은 듯했지만 모든 이유가 '체력이 없다'에 집중되어 있었다.

"거기다 곧 겨울이 다가오니까 숲에서 채집할 수 있는 것들도 적어지고……."

힘들게 숲까지 가서 수확 없이 돌아올 가능성도 있다고 투리가 말했다.

그건 좀 곤란한데. 수확이 없을 수도 있다는 전제하에 숲에 가 볼 것인가. 아니면 종이 만들기를 포기할 것인가. 어려운 문제였다.

"뭐가 갖고 싶어? 메릴 열매는 이제 거의 없을 거야."

투리가 심각하게 고민하는 나에게 고개를 갸웃거리며 물었다.

메릴 열매는 '간편 한린샴'을 만들 때 쓰는 소재다. 투리가 따온 메릴은 먹지 않고 전부 오일로 만들어 보존해 놓고 이따금 머리에 바르는 보습용으로 쓰고 있었다.

메릴을 따다 준 건 고맙지만, 중요한 건 미용보다 책이다. 파피루스 유사품을 만들 원료로 쓰기 위해 식물섬유가 필요했다.

"그럼, '섬유를 얻기 쉬운 식물'이 있을까?"

"응? 뭐?"

의아한 얼굴로 되려 질문을 받고 말았다. 이건 분명 일본어 발음을 이해하지 못한 얼굴이다.

나는 잠깐 고민하고 되도록 알기 쉬운 말로 바꾸어 물어봤다.

"줄기가 조금 두껍고 쭉 뻗은 풀인데 그 줄기가 필요해."

내 말을 들은 투리가 흠 하고 생각에 잠겼다. 뭔가 짚이는 게 있는 걸까. 나는 가만히 투리가 대답하길 기다렸다.

잠시 뒤 투리가 할 수 없다는 듯 어깨를 들썩이며 입을 열었다.

"그럼, 랄프랑 루츠와 협력해 볼게."

"응? 협력해 달라고 부탁하는 게 아니라 협력한다고?"

무슨 말인지 몰라 고개를 갸웃거리자 투리는 그런 나의 반응에 살짝 놀란 듯했다. 눈을 몇 번 깜빡이면서 "인제 와서 무슨 소리야?"라며 고개를 갸웃거렸다.

"랄프 집에서 닭을 기르고 있으니까 겨울을 넘기려면 사료가 많이 필요하잖아."

투리…… '하잖아'라고 말해도 난 모른다고요.

투리가 당연하단 듯이 말해서 속마음을 숨긴 채 "그러네."라며 맞장구를 쳤다.

"그러니까 풀 뽑기를 돕는 대신에 줄기를 조금 받을 수 있을지 물어본다는 말이야. 하지만 풀이 많은 계절은 이미 끝났으니까 그리 많지 않을 거야."

"그걸로 괜찮아. 고마워, 투리."

역시 착한 언니야.

다음 날 나는 숲에 가는 투리를 따라 집 밑에까지 내려와서 랄프와 루츠에게 부탁해 보았다. 다행히 승낙해 주었기에 안심했지만, 아무래도 얘네한테만 맡기고 있을 수는 없었다.

나도 나대로 풀을 뽑으러 가자. 다행히 우물 근처에도 돌바닥 외에는 풀이 자라 있었다. 그 줄기를 쓰면 되지 않을까?

"엄마, 나도 우물까지 같이 갈래."

"어머, 엄마 도와주고 싶니?"

"아니, 풀을 모을 거거든."

그러면서 나는 엄마에게 투리가 예전에 만들었다는 작은 바구니를 들어 보였다.

"그래, 열심히 해 봐."

단번에 엄마의 도움을 거절했지만, 엄마는 "건강해져서 다행이야."라며 움직일 만한 체력이 생긴 사실에 기뻐하며 동행을 거절하지 않았다.

나는 빨랫감을 안은 엄마와 함께 또다시 계단을 내려갔다. 오늘만 두 번 왕복한 셈이었다. 그것만으로도 숨이 차서 풀을 뽑을 수 있을 것 같지도 않았다.

우물에서 물을 퍼 올려 전혀 거품이 일지 않는 냄새 나는 동물성 비누로 힘주어 빨래하는 엄마 옆에서 잠시 쉬기로 했다. 투리가 말한 대로 체력을 기르지 않으면 아무리 채집하고 싶어도 숲까지 가지도 못할 거다.

이 몸뚱이를 좀 더 튼튼하게 할 수 없을까?

"어머나, 마인이잖아?"

"안녕하세요."

"어머, 칼라. 좋은 아침. 오늘은 일찍 왔네?"

처음 보는 칼라라는 아줌마가 친근한 말투로 말을 걸어 왔다. 엄마도 생글거리며 대답하는 걸 보면 마인이 아는 사람임이 틀림없다. 나는 모른다는 표정이 얼굴에 드러나지 않게 조심하면서 기억을 더듬었다.

역시나 아는 사람이었다. 게다가 랄프와 루츠의 엄마다. 약간 풍만한 몸매에 든든해 보이는 사람이다. "항상 신세지고 있습니다."라고 인사해야 하나? 아니야, 아니야, 아무리 그래도 다섯 살짜리답지 않아. 보통 어린애랑 친한 이웃 아줌마는 어떤 대화를 나누는 거야? 누가 좀 도와줘!

칼라는 머릿속이 혼란스러운 나에게 시선을 주지 않고 우물에서 가볍게 물을 퍼 올려 빨래를 하기 시작했다. 역시나 냄새 나는 동물성 비누를 썼다.

"오늘은 힘이 나나 봐? 드물게 외출했네?"

"풀을 뽑을 거예요. 랄프랑 루츠가 닭 모이를 모은다고 했거든요."

"어머나, 우리한테 주려고? 미안해라."

칼라는 전혀 미안해 보이지 않는 가벼운 어투로 대답하면서 빨랫감을 힘있게 문질렀다. 우리 엄마를 포함한 동네 엄마들과 무슨 말을 하는지 계속 수다를 떨면서 말이다. 어느 아줌마 할 것 없이 다들 쉴새없이 입을 놀리면서도 움직이는 손을 멈추지 않았다. 대단하다.

그건 그렇고 비누 냄새가 지독했다. 옆에서 쉬고 있는데도 속이 울렁거렸다. 허브를 써 보면 냄새가 조금은 없어지려나? 아니면 냄새끼리 섞여서 더 이상한 냄새가 나려나?

머릿속에서 개선책을 떠올리며 악취를 피하려고 자리에서 일어나 주변에 난 풀을 쭉쭉 뜯기 시작했다. 되도록 줄기가 넓고 섬유가 단단할 것 같은 풀을 골랐지만 내 힘으로는 도저히 뜯어지지 않았다.

맨손으론 안돼. 누가 낫 좀 줘!

당연한 말이지만 하늘에서 낫이 떨어질 리도 없고 맨손으로 풀을 뜯을 수도 없었다.

더는 못하겠어. 숲에 간 투리와 닭을 위해 힘쓰는 랄프와 루츠를 기대하자.

나는 개인용 줄기는 일찌감치 포기하고 닭 모이가 될 만한 부드러운 잎이나 싹을 골라 뽑았다. 이 정도면 나도 문제없이 뽑을 수 있었다.

"마인, 이제 집에 가자."

벌써 빨래를 끝낸 엄마가 물기를 꽉 짜낸 빨랫감을 넣은 대야를 안고 나를 불렀다. 작은 바구니에 반도 채우지 못했지만 일하러 나가야 하는 엄마에게 투정을 부릴 수도 없었다. 나도 작은 바구니를 안고 집으로 돌아가기로 했다.

"준비 끝났어? 자, 가자."

"응."

엄마는 내가 열도 없이 건강할 땐 이웃 할머니 집에 나를 맡기는 모양이었다. 내가 마인이 되고 나서는 엄마가 일을 쉬며 돌봐 줬고,

줄곧 집안에서 지냈으니 몰랐지만, 내가 있으면 투리가 숲에 못 가니까 어쩔 수 없겠지.

"엄마는 이제 일 가니까 마인은 여기서 얌전히 있어. 알았지? 겔다, 잘 부탁해요."

"알겠어요. 마인, 이리 오려무나."

애 돌보기가 직업인 겔다라는 할머니는 나와 같은 입장의 아이들을 몇 명이나 맡고 있었다. 대부분 젖먹이를 겨우 탈피해 아장아장 걸을 정도의 갓난애들이었다.

이 마을에서는 세 살이 지나고 어느 정도 체력이 붙으면 형제를 따라 숲에 가거나 집안일을 돕고 혼자 집을 볼 수 있게 된다. 그 말은 즉, 지금 내 체력은 아장아장 걷는 아기 수준이며 가족들은 그런 나 혼자서 집을 보게 할 수 없다고 생각한다는 말이다.

대체 무슨 이런 경우가 다 있어!?

나에 대한 가족들의 평가에 경악하고 있을 때 내 앞에서 한 남자아이가 바닥에 떨어진 장난감을 주워 입에 집어넣으려고 했다. 그 옆에서는 자그마한 여자아이가 남자아이에게 얻어맞고 울기 시작했다.

"안돼. 더러우니까 입에 넣으면 안 돼! 지지!"

"어머, 어머."

"갑자기 때리면 어떡해! 왜 그런 짓을 했니?"

"저런, 저런."

어머어머, 저런저런이 아닙니다! 겔다 할머니! 일 좀 제대로 하세요!

나 역시도 이곳에 맡겨진 어린애였지만, 제일 크다는 이유로 주변 애들을 챙겨야 했다. 젤다 할머니와 함께 아이들을 재우면서 이제 곧 도착할 줄기로 어떻게 파피루스를 만들지 생각했다.

솔직히 파피루스를 만드는 자세한 방법 따위 기억나지 않는다. 왜냐면 그런 건 시험에 안 나오니까.

분명한 건 파피루스는 꽤 딱딱해 보이는 소재이며, 섬유가 가로 세로로 되어 있고 섬유가 표면과 뒷면의 방향이 달라 한쪽 면밖에 쓸 수 없고, 접거나 돌돌 말리지 않는다는 주의사항이 책 페이지 끄트머리에 적혀 있었지만, 만드는 방법은 적혀 있지 않았다.

사실 파피루스를 사진으로밖에 못 본지라 만드는 방법이 전혀 떠오르지 않았다. 섬유가 길게 뻗어 있었던 것 같았는데, 섬유끼리 어떻게 붙이지? 전통지처럼 풀 같은 게 필요한가? 아니면 특별한 제작 방법이 있는 걸까? 별다른 내용이 없었던 역사 자료집을 상기하며 고개를 갸웃거렸다.

일단 가장 딱딱한 줄기 부분을 써서 가로세로로 야무지게 엮어 볼까? 그러면 접착제가 없어도 만들 수 있을지 몰라.

이제 글만 적을 수 있음 되겠어.

"마인, 데리러 왔어."

"투~리~!"

저녁쯤에 숲에서 돌아온 투리가 나를 데리러 왔다. 나는 '살았다. 데리러 와 줘서 고마워!' 라는 기쁜 마음에 투리를 덥썩 껴안았다.

젤다 할머니는 애를 돌보는 게 아니라 그저 위험하지 않은 장소에 애들을 방치할 뿐이었다. 오줌을 싸도 젖은 천으로 대충 닦으면 그걸로 끝. 방 안은 오물 냄새로 가득했다. 일본 상식이 머리에 박힌 나로서는 도저히 이해하기 힘든 현장이었다.

저러면서 돈 받는 건 너무한 거 아니야?

그렇다고 내가 해결할 수 있는 문제가 아니었다. 나의 고사리 같은 손으로는 애를 제대로 보지 못할뿐더러 어쩌면 이곳에선 젤다 할머니의 애 보는 방식이 평범할지도 모른다. 그녀의 횡포를 일러바쳤다가 오히려 내가 이상한 사람이 될 수도 있다. 나는 이런 열악한 환경에서 한시라도 빨리 도망치고 싶어서 투리를 기다리는 시간이 무척 괴로웠다.

"왜 그래, 마인? 오랜만에 여기 와서 외로웠어?"

"마인도 조금만 더 체력이 있으면 숲에 같이 갈 수 있을 텐데."

"봄에는 같이 갈 수 있으면 좋겠다."

투리가 내 머리를 톡톡 다독이고 랄프와 루츠가 달래 주니 진심으로 체력을 키워야겠다고 다짐했다. 이건 전부 체력이 없는 내 탓이다.

"아 맞다. 약속한 풀줄기 뽑아 왔어."

랄프가 바구니 안에 든 풀을 집어 보여주었다. 그 순간 젤다 할머니와 있었던 일은 깨끗하게 머리에서 사라졌다. 젤다 할머니보다 책이다. 종이다.

"엄청나게 많네. 잘됐다! 사실 나도 우물가에서 풀을 조금 모았어."

내가 자신감 있게 보고하자 어째서인지 세 사람이 내 머리를 쓰다듬었다.

덤으로 항상 나를 동생 취급하는 루츠가 "열심히 했네!"라며 따뜻한 미소로 칭찬해 주었다.

저기, 대체 나를 얼마나 일 못 하는 애라고 생각하는 거야? 뭐,

솔직히 일 안 하고 거의 도움도 안 되긴 하지만.

나는 작은 바구니에 든 풀과 세 사람이 뽑아 온 줄기 다발을 교환했다.

좋아. 이걸로 파피루스 유사품을 만들자!

겨울 채비

나는 얻어 온 줄기로 곧바로 파피루스 유사품을 만들 계획이었다. 하지만 안타깝게도 당장은 그러질 못했다.

"마인, 어디 가니? 엄마가 오늘부터 겨울 준비를 할 거라고 말했잖니?"

풀줄기에서 섬유를 추리기 위해 우물에 가려던 나의 계획은 엄마에게 목덜미를 잡히면서 막혀 버리고 말았다.

이제 곧 펑펑 쏟아질 눈에 의해 집안에만 갇혀 있어야 하니까 겨울철 대비가 필수인 건 충분히 이해한다. 하지만 왜 도움도 안 되는 나까지 끌어들이는 거지? 아무리 마인의 기억을 더듬어 봐도 대부분 감기에 걸려 뒹굴뒹굴한 기억밖에 없는데.

즉, 나는 완전히 쓸모없는 존재였다. 감기에 걸려 앓아눕지 않는 게 돕는 것이라 할 정도로.

"마인은 이리 와서 아빠 도와줘."

"아빠, 일은?"

"며칠간 휴가다. 교대로 쉬어야 다들 겨울 준비를 할 수 있으니까."

겨울 준비 휴가가 있다니⋯⋯. 뜻밖에 양심적인 직장인가? 아니면 남자 손이 꼭 필요할 만큼 겨울 준비가 힘들다는 건가?

이유가 어느 쪽이든 아빠가 집에 있으면서 나와 짝이 되는 건 꽤 드문 일이다. 병사라는 직업에서 알 수 있듯이 머릿속까지 근육질인 아빠는 건강하고 걱정 없이 데리고 다닐 수 있는 투리와 행동하는 편이었다. 가족 모두가 집에 있는 이상 내가 도망갈 구멍도 없고, 아빠에게 지명까지 받았으니 포기하고 아빠와 함께 하는 방법밖에 없어 보인다.

"겨울 준비로 뭘 하는 거야?"

아빠가 부엌 창문 앞에서 공구 같은 것들을 꺼내면서 대답했다.

"지금부터 할 일은 집안 점검과 보수야. 눈보라가 치면 판자문을 닫아 둬야 하니까 경첩의 이음새를 확인하고 녹슨 곳이나 구멍이 없는지 보는 거지. 그 일이 끝나면 굴뚝이랑 가마 청소를 해서 겨울 동안 문제없이 쓸 수 있도록 해야 해."

근데, 아빠. 드라이버도 없고 무거운 짐도 못 드는 연약하고 가는 팔뚝에 뭘 기대하는 거야?

뭘 해야 하는지는 이해했다. 하지만 내가 이 일에 도움이 될 것 같지 않았다. 그래도 힘내서 조금이라도 도와주지 않으면 이 집안에서 내 평가가 상승하는 일은 절대 없겠지. 이음새나 녹슨 곳을 발견하는 것 정도는 내가 가진 현대 지식만 있으면 간단하다.

"아빠, 이 이음새랑 여기 못도 녹슬었어."

"그건…… 아직 괜찮아."

아니, 어딜 봐도 낡아빠져서 당장에 썩어 들어갈 것 같은데요?

아빠의 말을 믿어도 될지 아주 잠깐 고민했다. 눈보라를 막아 줄 판자문이 겨울 중에 부서지면 곤란하지 않을까?

나는 의자 위에 올라서서 판자문을 살짝 흔들어 봤다. 이래도 아무렇지 않으면 아빠 말을 믿고, 만약 부서지면 지금부터는 내 기준으로 판단하기로 했다.

몇 번 흔들자 '콰직'하는 소리를 내며 두 개의 경첩 밑이 갈라졌다. 아니나 다를까 내 생각대로 판자문이 불안정하게 흔들렸다. 아빠는 새파랗게 질린 얼굴로 눈을 크게 뜨며 판자문을 응시했다.

"마, 마인, 지금 뭐 하는 거냐!?"

"이것 봐, 부서졌어. 이러면 겨울 동안 못 버틸 거야. 자, 바로 고쳐 줘."

내가 손가락으로 판자문을 가리키자 아빠는 자신의 판단 미스를 모른체하고 나를 의자에서 내리며 한숨을 쉬었다.

"마인, 엄마를 도와 드려라."

"왜? 난 아빠 도울 거야. 겨울에 부서지지 않게 보수해야 하는데 이렇게 너덜너덜한 채로 놔두면 안 되잖아."

나는 못 믿겠다는 듯 어깨를 들썩이고는 고개를 흔들었다. 엄마가 지시를 내린 이상 나는 아빠 곁에서 계속해서 지적할 거다. 이게 다 내가 안전하고 쾌적한 겨울을 보내기 위해서다.

"전부 고칠 돈이 없는데 네가 전부 부술 것 같구나. 엄마한테 가서 도와주렴."

잠깐만! 여기서도 돈이냐!

아빠가 아껴 쓰려고 한 경첩을 부숴 버린 나는 아빠 말대로 얌전히 엄마와 투리가 있는 침실로 향했다. 둘은 담요와 이불을 말리거나 침대를 가마와 가까운 벽으로 옮겨 조금이라도 따뜻하게 지내도록 침실 내부를 정리하고 있었다.

"마인, 왜 그래?"

"아빠가 엄마 도와주라고 해서……."

"그래? 여긴 끝났고 이제 등불을 준비할 거야. 올해는 우연히 언은 밀랍이 조금 남아 있으니까 쇠기름이랑 나무 열매로 램프에 넣을 오일이랑 양초를 만들어야 해."

들기만 해도 냄새 나는 작업이다. 최근 며칠간 집집마다 풍기던 동물 기름 냄새가 우리 집 부엌에서도 날 거라는 생각만으로 우울해졌다.

투리는 창고에서 나무 열매로 기름을 짜기 시작했지만, 힘도 없고 망치도 못 쓰는 나는 도망갈 장소도 없었다. 그저 엄마 옆에 서서 집에서 가장 큰 냄비에서 끓는 쇠기름을 가만히 쳐다보고만 있었다.

윽, 지독한 냄새지만 참아야 하느니라.

내가 고약한 냄새를 참고 있는 동안 엄마는 쇠기름을 데워 녹인 후, 그 위에 뜬 불순물을 건져내는 것으로 작업을 끝내려 하고 있었다.

"엄마, 잠깐만. 그걸로 끝이야? '염석' 안 해?"

"응? 뭐라고?"

아, 실수. 당연하지만 '염석'이란 단어가 통하지 않았다.

나는 불만 있냐는 엄마의 눈빛에 살짝 겁먹으면서 되도록 간단하게 '염석'에 대해 설명했다.

"그러니까 소금물을 넣고 약한 불에 끓인 후에 찌꺼기를 걸러내야 하지 않아?"

"소금물?"

"맞아. 염석하고 식히면 위는 기름, 아래는 소금물로 나뉘잖아. 그러면 소금물은 버리고 남은 기름만 쓰는 거야. 좀 귀찮겠지만, 냄새도 덜할 거고 질 좋은 기름이 될 거야."

엄마는 좋은 기름이란 말에 끌렸는지 내가 설명한 그대로 해 보기 시작했다.

겨울 동안 사용할 기름의 질은 나에게도 생사가 달린 문제였다. 보다시피 꼭 닫힌 방에서 겨우내 악취가 진동하는 것만큼은 참을 수 없었다.

사실 소금물이 몇%여야 한다고는 말 못하지만, 아까보단 상태가 나아지겠지?

소금물 농도는 상당히 대충이었지만, 염석한 쇠기름은 노란기가 없어지고 새하얗게 변했다. 이 기름을 양초로 만들 양과 봄에 비누로 만들 양으로 나누었다. 그리고 양초로 쓸 양을 냄비에 넣어 다시 녹였다.

여담이지만, 기름을 걸러낼 때 나온 고기 조각은 육수가 시원한 맛있는 수프 건더기로 써서 맛있게 잘 먹었다.

점심을 끝낸 후 양초 만들기에 들어갔다.

"자, 투리. 이제 양초를 부탁해. 엄마는 아빠와 땔감 준비를 할 테니까."

"네~에."

그럼, 나는 뭘 하지?

세 명이 각자 맡은 일을 하기 시작했고 나는 가만히 생각하다가 현관을 나서려는 엄마를 따라가기로 했다. '엄마를 도와라'는 아빠의 지명이 아직 끝나지 않았을지도 모르니까.

하지만 엄마는 나를 발견하고 돌아가도록 손가락으로 가리켰다.

"마인은 투리와 같이 양초 만들어. 투리한테 방해되지 않도록 하고."

"알았어……."

왜 나를 전혀 신뢰하지 않는 걸까?

부엌으로 돌아가자 투리는 심지로 쓸 끈을 같은 길이로 잘라 나뭇가지에 매단 것을 여러 개 만들고 있었다. 그리고 완성된 끈을 쇠기름을 녹인 냄비에 넣고 빼는 작업을 되풀이했다. 몇 번이고 반복하니 끈 주변에 붙은 기름이 굳어 가며 조금씩 두꺼워지면서 서서히 양초 모양이 되어 갔다.

"호오, 양초를 이렇게 만드는구나!"

"마인도 보지만 말고 도와!"

투리에게 혼난 나는 냄새를 제거할 허브를 잘게 찢어 굳어 가는 양초에 붙였다. 만약 효과가 있으면 내년엔 더 많은 허브를 섞어야지.

"마인! 놀고 있지 마!"

"이 정도만 할게. 기왕이면 냄새 안 나는 양초가 좋잖아? 투리, 제발."

"정말 이것까지야."

투리에게 주의를 받은 나는 크게 끄덕였다. 성공할지 실패할지 모르니 모든 허브를 붙일 생각은 없었다. 다만 양초 다섯 개에 각각 다른 허브를 붙여 어떤 냄새가 좋을지 비교는 하겠지만.

그렇게 투리와 둘이서 양초 준비를 하는 동안 부모님은 땔감 준비를 했다. 땔감이 없으면 동사하기 십상이므로 꼼꼼한 준비가 필요했다. 아빠는 투리가 주워 온 땔나무와 사다 놓은 장작을 도끼를 이용해 오십 센티 정도 크기로 쪼갰다. 그리고 잘린 장작은 엄마가 겨울철 비품을 모아 두는 방으로 옮겼다.

"엄마, 어디 가?"

엄마가 처음 보는 방에 들어가자 깜짝 놀라 엄마를 뒤쫓아갔다.

나는 그때 평소에 사용하는 창고 안쪽에 창고가 하나 더 있다는 사실을 처음 알았다. 이곳은 기본적으로 겨울 준비에만 사용하는 모양이었다. 이미 공간의 절반 정도에 장작이 쌓여 있었다.

"어? 이 방은 뭐야?"

"겨울 준비를 하는 방이잖니. 뜬금없이 왜 묻니?"

그러고 보니 투리가 바구니 가득 가져오는 땔나무를 대체 어디에 두는지 궁금했었는데 여기에 쌓아 뒀구나. 평소에 쓰는 장작은 앞쪽 창고에 두고 있어서 안쪽에 창고가 또 있는지 몰랐다.

"추워……."

"그야 당연하지. 여기가 가마에서 제일 먼 방이니까."

우리 집은 거실 벽난로 같은 가구는커녕 부엌에 있는 가마가 유일한 열원이었다. 그래서 평소엔 기본적으로 부엌에서 생활했다.

그리고 가마와 벽 하나를 낀 침실 벽에는 침대를 빈틈없이 붙여 두었다. 가마에서 불을 피우고 있는 동안, 다시 말해 아이들이 자는 동안은 은근히 따뜻했다.

물론 따뜻한 건 잠드는 동안만이다. 엄마가 잠이 들기 전에 불을 꺼서 아침에는 방 안이 꽁꽁 얼 정도로 냉기가 돌았다. 반대로 겨울 준비를 해 두는 이곳은 부엌 가마와 가장 먼 곳에 있어서 매우 추웠다. 하지만 겨울철에 쓸 보존식품이나 식료품, 기름을 보존해 두기에는 딱 적당한 온도라고 한다. 한마디로 천연 냉장고인 셈이라서 따뜻해지면 곤란하다고 했다.

"장작이 엄청나게 많네."

"이것도 빠듯할 정도야."

방을 절반이나 차지할 정도로 있는데!?

겨울 준비 창고에 쌓인 장작을 보니 삼림 벌채 문제가 머리를 스쳤다. 한 가족이 이렇게나 많은 장작을 태운다고 하면 대체 이 마을 안에서 얼마나 쓴다는 거야?

"마인, 멍하니 있지 말고, 수작업 준비해."

내가 언제 멍하니 있었어! 하고 반론하기도 전에 엄마는 이미 부엌으로 나가 버려서 나도 허둥지둥 그 뒤를 쫓았다. 창문도 없는 깜깜한 방에 혼자 남겨지기 싫었다.

"엄마, 수작업이 뭐야?

"음. 남자는 도구 손질 정도일려나. 그 외엔 가구를 만들 예정이면 그 재료를 모아 둬야겠지."

"겨울철 동안 할 일을 말하는 거야?"

엄마는 실타래를 세면서 내 질문에 고개를 끄덕였다.

"맞아. 여자는 옷을 만드는 게 가장 큰 작업이잖니? 베를 짜거나 자수용 실을 뽑기도 하고 염색하면서 준비해 둬야지. 엄마는 염색 일을 하니까 실 준비는 이미 끝났지만, 대신에 내년에 뽑을 양모나 닐엔 같은 식물을 준비해 둬야 한단다."

"그렇구나."

"게다가 내년 봄엔 투리의 세례식이 있으니까, 겨울 동안에 예복도 준비해 둬야지."

엄마는 부족한 물건이 없는지 도깨비 같은 무서운 얼굴을 하고 확인했다. 아무래도 방해될 것 같아 투리가 있는 곳으로 이동하기로 했다.

"투리는 수작업으로 뭘 할 거야?"

"난 바구니를 만들 거야. 봄이 되면 팔려구."

투리는 바구니를 만들 소재를 챙기기 시작했다. 숲에서 주워온 나무를 우물에 옮겨 껍질을 벗기고 칼로 섬유의 결을 따라 자른다고 했다.

"마인은 뭐할 거야?"

"난 '파피루스 유사품'을 만들 거야."

"그게 뭐야?"

"우후훗~ 비밀."

나도 투리를 따라 나만의 겨울 수작업을 할 파피루스용 섬유를 만들기로 했다. 이건 중요한 수작업 준비다. 누구에게 혼날 일 없는 훌륭한 작업이지.

섬유를 채취하는 방법은 아마도 투리가 하는 것처럼 줄기 껍질을 벗겨서 물에 표백시켜 말리면 된다. 겨울 준비까지 시간이 없어서 많은 줄기를 모으진 못했지만, 모처럼이니까 있는 줄기를 전부 섬유로 만들어 버리자.

"투리, 나도 물 좀 줘."

"알았어……."

"투리, 이 섬유만 채취하려면 어떻게 해야 돼?"

"응? 어, 그러니까……."

"투리, 여기다 말려 놔도 날아가지 않겠지?"

"……."

나는 완성한 섬유를 하나로 묶어 들었다. 그리 많은 양은 아니지만, 시험 삼아 종이 한두 장 정도는 만들 수 있겠지. 이걸로 나만의 겨울 준비는 끝났다.

　후우, 마인, 수고했어. 어라? 어쩐지 투리 표정이 안 좋아 보이는데?"

석판GET!

겨울 채비에서 무엇보다 중요한 건 식량이다. 일본과 달리 이곳은 연중무휴로 영업하는 슈퍼마켓도 없고 채소도 거의 수확이 불가능한 데다 기후에 따라 언제 장이 열릴지도 미지수였다. 굶어 죽기 싫다면 철저한 준비가 필요했다. 그런 까닭에 나는 현재 짐수레 위에 놓인 대량의 짐들 사이에 끼여 끌려가는 신세다.

껌껌하고 새벽달이 뜨지도 않은 시간에 나를 억지로 깨운 아빠의 말이 이 일의 발단이었다.

"자, 오늘은 농가다! 준비는 다 됐나?"

다 되기는 뭐가 다 돼! 대체 뭐야?

나는 졸린 눈을 비비며 아빠를 노려봤지만, 엄마와 투리는 "당연하지!"라고 웃으며 힘차게 고개를 끄덕였다. 이야기의 흐름을 못 잡는 사람은 나뿐이었다.

"그러고 보니 마인이 아플 때 결정된 일이라 모를 수도 있겠구나."

엄마가 손바닥을 탁 치며 말하자 아빠와 투리도 이해한 모양이지만, 나는 가족들에게 따돌림을 당하는 느낌에 못마땅했다.

뾰로통한 표정을 지었지만, 가족들은 서둘러 준비를 하느라 나에게 신경 쓸 여유가 전혀 없어 보였다.

"일단 따뜻하게 입어. 마인은 작년에도 열이 났으니까!"

엄마가 바쁘게 짐을 아래로 옮기며 옷을 갈아입는 나에게 말했다. 혼자 집에 남도록 하지 않으니 얌전하게 따라갈 수밖에 없었다.

그나저나 농가엔 무슨 일로 가는 걸까?

처음엔 체력도 키울 겸 내 발로 걸어갈 생각이었지만, 느릿한 내 걸음 속도를 참지 못한 아빠가 나를 짐수레에 휙 올려 버렸다.

나는 비좁은 공간에 쏙 들어갈 수 있게 최대한 몸을 움츠리고 앉았다. 짐수레에는 졸막졸막한 크기의 술통과 빈 병, 끈, 천, 소금, 목재 등 이제부터 향하는 농가에서 쓸 만한 짐들이 실려 있었다.

잠깐만? 혹시 여기 실린 짐 중에서 내가 제일 쓸모없는 거야?

앞에서 아빠가 짐수레를 끌고 뒤에서 엄마와 투리가 밀고 있었다. 내가 짐이라는 역할이 두드러지는 장면이라 조금 서글퍼졌다.

"저기, 엄마. 농가엔 왜 가?"

"마을 안에는 훈제장이 없으니까 가까운 농가에서 작은 오두막을 빌리는 거야."

"훈제 만들기? 그러고 보니 지난 장날에 고기 엄청나게 많이 샀었지."

소금에 절이거나 데쳐서 이미 다 끝난 줄 알았는데, 그 고기가 아직 남았다고? 이미 상한 거 아니야? 괜찮은 거야?

불안해하며 손가락으로 날짜를 세는 나를 엄마가 어이없다는 듯 바라보았다.

"무슨 말이니? 오늘은 돼지고기를 가공하는 날이잖아. 농가에서 산 돼지 두 마리를 마을 사람들과 분담해서 나눠 가지잖니."

"뭐?"

순간 내 귀를 의심했다. 엄마의 말이 뇌에 도착하기까지 명확한 시간차가 있었다. 뇌에 도달했을 땐 이미 내 몸이 파들파들 떨리기 시작했다.

"돼, 돼돼돼, 돼지고기 가공하는 날이 뭐야!?"

"이웃 사람들이 모여서 돼지를 해체하고 염장하거나 훈제, 포트 미트, 베이컨, 소시지 같은 걸 만드는 날이야. 마인도 작년에…… 그러고 보니 열이 나서 수레에 누워 있었구나."

가능하다면 올해도 열이 났으면 좋겠는데요. 그러면 적어도 그 장면을 피할 수 있었을 테니까.

"엄마, 얼마 전에 고기 샀잖아……."

"그걸로는 부족해. 마을 사람들이랑 가공해도 부족할 양을 미리 사 놨을 뿐이야."

상당히 많이 사 놓은 줄 알았는데, 부족할 양을 미리 준비한 정도 라고는 생각지도 못했다. 겨울 준비에 필요한 고기의 양이 어느 정 도일지 짐작이 안 갔다.

돼지를 해체하러 가는 길을 피할 수 없어 우울해진 나와 달리 수 레를 미는 투리의 얼굴에는 활짝 웃음꽃이 피어 있었다.

"일하는 중간에 고기 맛도 보고 저녁밥에 금방 만든 소시지가 나 오기도 하고 재미있는 일도 엄청나게 많아. 마인은 처음 돕는 거지 만, 다 같이 작업하면 마치 축제라도 열린 것 같거든. 올해는 마인 도 함께라서 기대돼."

"다 같이?"

내가 투리의 말에 고개를 갸웃거리자 엄마가 마치 '당연한 걸 묻 지 마'라고 말하고 싶은 표정으로 입을 열었다.

"이웃 사람들과 같이 하지 않으면 누구와 하겠니? 돼지 해체는 정말 힘든 작업이니까 어른이 열 명은 있어야 가능하단다."

으아, 이웃 사람들이라니…….

머릿속이 애매한 기억들투성이라서 분명 내가 모르는 사람이 많이 모여있을 게 분명하다. 어떻게 대처할지 생각하는 것도 귀찮은데 돼지 해체까지 하다니. 푸줏간에서 봤던 광경을 상상만 해도 등골이 오싹했다.

"나 안 갈래……."

"얘가? 안 가면 겨우내 먹을 소시지도 베이컨도 없어!"

겨울 식량이 걸린 일이라 아무리 싫다고 한들 집에 보내주지 않겠지. 겨울 식량을 위해 참가하는 방법밖에 없었다.

침울해져서 한숨을 쉬고 있는 사이 짐수레는 외벽 남문을 통과하려 하고 있었다.

"어라? 반장님, 늦으셨네요? 다른 사람들은 벌써 문을 빠져나갔어요."

"아, 그렇겠지?"

문을 빠져나가려고 하자 아빠의 동료로 보이는 병사가 말을 걸었다. 아무래도 이웃들은 벌써 농가로 출발한 모양이다.

"다녀오십시오."

나는 아이를 좋아할 것 같은 문지기 오빠가 손을 흔드는 모습을 뒤돌아 바라보았다. 내게도 저런 붙임성이 있으면 얼마나 좋을까?

"우와아."

수레가 덜그럭덜그럭 소리를 내며 짧은 터널 같은 문을 나온 순간 내 입에서 놀라움이 터져 나왔다. 내가 마인이 되고 나서 성벽 밖을 나온 것은 이번이 처음이었다. 솔직히 말해서 문 안과 밖의 경치가 이렇게 다를지 생각도 못했다.

우선 집이 없었다. 마을은 집들이 좁은 공간에 다닥다닥 붙어 있는 상태인데 반해 문에서 한 발짝만 나오면 가도라고 부르는 넓은 길에서 조금 떨어진 곳에 열에서 열댓 채 정도의 취락이 듬성듬성 보일 뿐이다.

그리고 공기가 맑았다. 공간이 탁 트인 만큼 오물 냄새가 분산되어서 그런지 공기가 맛있다는 말을 실감했다. 높은 성벽에 막혀 빠져나가지 못했던 냄새가 전혀 나지 없었다.

고개를 좌우로 돌리자 일면에 둘러싼 밭과 높게 솟은 나무가 빼곡한 숲이 내 눈에 들어왔다. 한가로운 풍경이 눈앞에 펼쳐져 있었다.

"마인, 입 안 닫으면 혀 깨문다."

"어!?"

아빠의 충고를 듣자마자 수레가 덜컹, 하고 심하게 흔들렸다. 마을 안에서보다 요동이 심해졌다.

돌로 포장된 거리에서 흙길로 들어선 탓이다. 짐들도 수레에서 튀어나갈 것처럼 흔들렸지만, 로프로 고정되어 있어서 그나마 다행이었다. 고정되어 있지 않은 내가 제일 위험했다. 나는 떨어지지 않도록 온 힘을 다해 수레 끈에 매달렸다.

맑으면 덜컹거려, 비가 오면 질퍽거려, 이 따위 길은 정말 최악이다! 아스팔트를 보고 배워라!

마음 속으로 욕을 퍼붓고 있는 동안 아빠의 걸음이 아까보다 빨라졌다. 목적지인 농가가 가까워진 것이다. 농가는 남문을 나와 십오 분 정도 떨어진 곳에 있었다. 입구에 다다를 쯤엔 사람들의 웅성

거림이 들렸다.

"이제 곧 도착해."

돼지를 해체하는 작업은 기본적으로 남자들 몫이다. 백 킬로는 족히 나가는 돼지를 움직이지 못하게 누르거나 끈으로 묶어 매다는 일에는 힘이 필요했다. 그 사이 여자들은 훈제장에서 준비를 하거나 물을 잔뜩 끓이거나 가공할 때 필요한 도구나 소금을 준비한다.

우리가 농가에 도착했을 땐 해체 작업을 시작하려던 참이었다. 해체 작업에 참가하지 못하면 당연히 고기를 나눠 받지 못한다.

"큰일이군! 벌써 시작했어! 에파, 투리, 빨리 가!"

"어머! 투리, 뛰어!"

"응!"

세 사람이 허둥대며 수레에서 손을 떼고 수레 안에서 두꺼운 소재로 만들어 표면에 밀랍을 바른 앞치마를 거머쥐었다. 엄마와 투리는 앞치마를 두르면서 여자들이 모여 있는 훈제장으로 뛰어갔다.

아빠는 그 자리에서 앞치마를 두르고 작업 도구인 창을 꺼내 들고 뛰었다.

다들, 엄청 빨라!

어리둥절해 하는 사이 가족들은 나를 수레에 놔둔 채 가 버렸다.

엄마를 뒤쫓아 가지 못해서이기도 했지만, 이런 집단 속에서 무엇을 어떻게 해야 할지 몰라 불안해서 견딜 수가 없었다. 해마다 열리는 행사라는 건 암묵적 상식이 존재하는 법이다. 나에겐 적어도 상식 설명서가 필요하다.

나는 모든 일에 방해가 될 뿐이라는 걸 자각하고 있었기에 누군가가 나를 부를 때까지 수레나 지키기로 했다. 이것도 중요한 일이라고 자신을 달래며 내팽개쳐진 짐들과 함께 수레 위에 멍하니 앉아 있었다.

하지만 아빠가 수레를 방치한 곳은 다름 아닌 돼지 해체가 이루어지는 광장 앞이었다. 약간 거리는 있었지만, 사람들에게 쫓겨 비통한 소리를 지르며 도망치려고 발버둥 치는 돼지의 모습이 훤히 다 보였다.

나무 말뚝에 밧줄이 동여매어 있었고 밧줄의 다른 한쪽은 돼지 오른쪽 뒷발과 이어져 있었다. 남자들이 말뚝 주변을 빙글빙글 돌며 도망치는 돼지를 필사적으로 억누르려고 사투를 벌이고 있었다.

그중에 낯익은 핑크 머리가 보였다. 그 주변에 랄프와 루츠도 있음이 틀림없었다.

"간다앗! 이얏!"

막 도착한 아빠가 소리치며 돼지 잡기에 참전했다.

엄청난 속도로 손에 든 창을 겨누는가 했더니 단숨에 돼지를 찔렀다.

일격을 받은 돼지는 여러 번 움찔거리며 경련을 일으키더니 결국 움직이지 않았다.

'히이익!'하고 내 몸에 핏기가 가심과 동시에 광장에서는 아빠의 공적을 높이듯 우렁찬 함성이 터져 나왔다. 그때 엄마가 금속 양동이 같은 것과 조금 긴 막대기를 가져왔다. 또 다른 부인은 식기를 들고 돼지가 있는 곳으로 갔다.

다음 순간엔 주위에 피가 튀며 몇 명의 앞치마가 빨갛게 물들었다. 피를 받아낼 준비가 끝난 상황에서 창을 뽑으니 피가 뿜어져 나온 것이다. 나도 모르게 입 주위를 손으로 막고 굳어진 몸을 뒤로

뺐다.

부인들의 치마에 가려 돼지가 보이지 않았지만, 가득 찬 식기를 빼고 새 양동이로 갈아 넣는 아주머니의 행동으로 보아 돼지의 몸에서 피가 엄청나게 흘러나오고 있음을 알 수 있었다. 엄마는 미간에 주름을 새겨 가며 계속해서 흘러내리는 피를 담는 양동이를 휘젓는 일에 몰두했다.

우우욱…… 엄마가 무서워.

그 뒤 몇 사람이 준비된 나무에 돼지를 거꾸로 매달았다. 거꾸로 매달린 돼지의 몸에서 미처 빠지지 못한 피가 뚝뚝 떨어지며 점차 지면을 적셨다. 이제 본격적인 해체 작업이 시작되었다. 두툼하고 커다란 해체용 칼을 손에 든 남성이 돼지의 배에 칼을 댔다.

내 기억은 거기까지다.

정신을 차리니 나는 농가가 아닌 석조 건물 안에 있었다. 누가 눕혀 놨던 모양인지 석조 천장이 눈에 들어왔다. 우리 집은 아니다. 누운 채 눈을 깜빡거리니 기절하기 직전에 본 마지막 광경이 머릿속에 떠올라 속이 불쾌했다.

그런데 어째서인지 매우 흡사한 광경을 본 듯한 기분이 들었다.

뭐였더라? 그러니까, 매달아 묶어 해체하는 광경이 꼭…….

목구멍 안에서 치밀어 나올 듯하면서 나오지 않아 속이 간질간질했다. 분명 마인의 기억은 아니다. 우라노의 기억이다. 일본에서 비슷한 광경을 봤던 게 분명한데.

맞다! 이바라키 현의 항구 근처에서 열린 시장에서 아귀를 매달아 배를 가르는 장면과 비슷했구나! 떠오르지 않는 걸 겨우 생각해 냈을 때처럼 속이 뻥 뚫린 듯 시원했다.

그렇게 보면 돼지 해체 작업도 참치 해체 쇼와 비슷했다. 신선해야 먹을 수 있는 부분이 있는 점과 그 장면을 보는 모두가 흥분하며 즐거워하는 심경도 이해가 갔다.

하지만 한번 충격받은 정신은 되돌리기 힘들었다. 왜냐면 참치는 저런 식으로 비통한 비명을 지르지 않는걸. 게다가 피가 뚝뚝 떨어지지도 않고. 으으, 역시 기분 나빠…….

입을 가리고 몸을 돌린 순간 누워 있던 곳에서 굴러떨어져 버렸다.

"아야……."

바닥에 손을 짚고 일어서며 주변을 돌아보니 나는 크지 않은 나무 벤치에 누워 있었던 모양이다. 근처 벽난로에 불이 피워져 있어 추위는 그다지 느껴지지 않았다. 그런데 누구 하나 보이지 않고 사람 소리도 들리지 않았다.

그나저나 여긴 어디야?

상황을 파악하려고 할 때 내가 굴러떨어지는 소리를 들었는지 한 병사가 모습을 드러냈다.

"오, 정신을 차린 모양이구나."

"오토 씨?"

나는 낯익은 얼굴에 안도의 한숨을 쉬었다. 오토 씨가 있는 석조 건물이란 건 여기가 남문에 있는 대기실이거나 숙직실이 분명하다. 불안감이 사르르 녹았다.

"기억하고 있구나?"

내가 자신을 기억한다는 사실에 오토의 얼굴에도 밝은 안도가 돌았다. 내 겉모습이 유아라서 혹시나 자신을 몰라보고 울어 대면 어쩌나 하고 걱정했던 모양이다.

"그럼요."

이 세계에서는 귀중한 문명인이고 내게 글자를 가르쳐 줄 선생님 (예정)이니까.

내가 이곳 경례를 흉내 내며 주먹으로 가슴을 두드리며 말하자 오토가 쓴웃음을 지으며 내 머리를 쓰다듬었다.

"반장님이 새파랗게 질려서 데려왔어. 수레에서 쓰러졌다며? 일 끝나면 곧바로 데리러 온대."

해체 작업에 시간이 얼마나 걸릴지 모르겠지만, 가공 작업도 아직 남아 있으니까 금방 끝날 것 같진 않다.

그러고 보니 투리가 저녁으로 갓 만든 요리를 먹을 수 있다고 하지 않았던가?

아무래도 당분간 이 대기실에서 기다려야 할 것 같다. 그런데 어차피 시간이 남을 거란 생각에 가져온 파피루스 유사품을 만들 재료가 지금 내 손에 없었다.

"마인, 왜 그래? 아빠랑 엄마가 없어서 외로워?"

"아뇨……. 어떻게 시간을 보낼지 생각하고 있었어요."

오토는 고개를 좌우로 흔들며 본심을 말해 버린 나를 말똥말똥 바라보다가 "그러고 보니 겉모습처럼 어리지 않다고 했었지." 라고 중얼거렸다.

"마침 잘 됐네. 마인. 이거면 시간 보내기 좋지 않을까?"

"와! 석판이다!"

오토 씨가 내민 것은 바로 석판이었다. 오늘 우리 가족이 문을 통과한다는 걸 알고 직접 건네주려고 문에까지 가져온 듯하다.

문명인에다 마음 씀씀이도 넉넉하고, 친절하기까지. 정말 좋은 사람이잖아!

"나는 슬슬 문을 지키러 가 봐야 하니까 연습이라도 하고 있어."

오토는 그렇게 말하며 석판 위쪽에 '마인'이라고 내 이름을 적은 다음, 석필과 천조각을 두고 방을 나갔다. 나는 한 팔로 석판을 꼭 껴안은 채 아주 밝은 미소로 힘차게 손을 흔들며 오토를 배웅하고 다시 석판으로 시선을 떨어뜨렸다.

A4용지 정도 크기의 미니 칠판이라고 하는 게 좋을까? 나무 테두리 안에 까맣고 얇은 돌을 끼운 석판은 앞뒤로 쓸 수 있고 한 쪽 면에는 글자 연습이 가능하도록 기준선이 그어져 있었다.

그리고 석판에 글자를 적을 때 쓰는 석필은 만져 보니 단단하고 차가운 돌 소재였지만, 약간 긴 분필처럼 생겼다. 그리고 석판을 품에 안은 것만으로 오토가 적어 준 글자가 살짝 옅어진 걸 보면 꾀죄죄한 천을 지우개용으로 쓰면 될 것 같았다.

"우와, 가슴이 두근두근해."

나는 책상 위에 석판을 놓고 석필을 손에 집었다.

연필을 쥐듯 석필을 잡자 심장이 고동쳤다.

우선 오토가 적어 준 글자를 따라 처음 보는 글자를 써 봤다. 긴 장감에 손이 떨려 비뚤비뚤했다. 만약 여기가 일본이었다면 혀를 차면서 지우개로 싹싹 지우고 다시 적었겠지.

하지만 지금은 오랜만에 본 글자가 반가워서 지우기가 아까웠다.

천천히 숨을 들이쉬고 뱉으며 석판 왼쪽에 놓아둔 천으로 문질러 지우고 다시 한 번 적어 봤다. 아까보단 덜 비뚤비뚤했다. 내 이름을 적고 지우고 적고 지우고 반복하다 지겨워지면 기억나는 단가

(短歌)나 하이쿠(俳句)를 일본어로 적고 지우고 적고 지우고…….

하아, 행복해서 죽을 것 같아.

글자를 적고 읽을 수 있다는 게 이렇게나 행복하다니.

가까이에 벽난로가 있었지만, 벽 사이사이로 새어 들어오는 바람에 싸늘한 대기실에서 가족들이 데리러 올 때까지 지겹도록 석판과 놀고 있던 나는 병약이란 단어에 부끄럽지 않게 금방 감기에 걸려 버리고 말았다.

"오늘도 열이 높으니까 침대에 누워 있으렴. 절대로 나오면 안 돼!"

"알았어……."

부모님이 집을 드나드는 분주한 발소리를 내며 오래 보존이 가능한 뿌리채소를 겨울 준비 창고에 옮기고 있었다. 투리는 부엌에서 자신이 따 온 나무 열매를 꿀에 졸여 잼을 만들고 있었다. 이 세계에서 맡아 보지 못했던 달콤한 냄새가 집안 가득 풍겨 행복한 기분이 들었다.

집안이 술을 담그거나 돼지 가공품을 날라 집안에 들여놓기에 분주해 있는 동안 투리가 점심 수프를 가져와 주었다. 나는 석판을 놓고 쟁반 채로 받아 들었다.

"투리, 미안."

"알면 됐어."

"너무하네. '미안하단 말 하지 말자고 약속했잖아' 라고 말해."

"그런 약속 한 적 없잖아!"

그야 약속한 적은 없지만, 약속이야.

가족들이 겨울 준비로 바쁘게 움직이는 동안 나는 침대에서 뒹굴거리며 오토에게 받은 석판에 이름 적기 연습이나 일본어 문장을 쓰며 놀고 있었다.

역시 글자를 남길 책이 갖고 싶다. 글자를 적을 수 있게 된 것만으로도 기쁘지만, 책을 읽을 수 있으면 얼마나 좋을까. 빨리 건강해져서 종이 만들어야지.

고대 이집트인에게 패배

차츰 겨울 준비가 끝날 때쯤엔 눈이 흩날리기 시작했다. 본격적인 겨울의 시작이었다.

이 근방은 겨울 동안 눈으로 둘러싸여서 상당히 맑게 갠 날 이외에는 기본적으로 집안에서만 지내야 한다. 원래 책만 있으면 얼마든지 틀어박혀 지낼 수 있는 나에게는 그건 그닥 힘든 일도 아니었다.

하지만 책이 없는 이곳에서 그 긴 시간을 꼼짝없이 갇혀 지낼 수 있을까?

눈은 내리기 시작하면 십중팔구 눈보라가 되기 때문에 추위를 막기 위해선 창문을 꼭 닫고 그 위에 두툼한 천을 치거나 문틈 사이사이를 틀어막아 새어 들어오는 바람을 조금이라도 막아야 했다.

"으으…… 어두워."

"눈보라가 치니까 어쩔 수 없어."

꽉 막힌 집 안에 빛이라곤 가마에 피운 불과 타들어 가는 촛불이 전부였다. 난생처음 낮인데도 창문을 꼭 닫고 전기 하나 들어오지 않는 어두컴컴한 방에서 지냈다.

일본에서는 태풍으로 정전되어도 손전등이나 핸드폰 빛이 있었고 곧바로 복구됐다. 여기 사람들은 긴 시간을 어두운 방에서 지내면 우울해지지 않는 걸까?

"있잖아, 엄마. 다른 집도 이렇게 어두워?"

"그래. 유복한 집은 램프가 여러 개 있는 모양이지만, 우리 집은 하나밖에 없으니까 어쩔 수 없어."

"그럼, 그 램프를 쓰면 되잖아."

조명 기구가 있으면 써야 한다는 나의 주장에 엄마가 한숨을 내쉬며 고개를 좌우로 흔들었다.

"기름을 절약해야지. 이런 날씨가 계속 이어질 때 양초가 떨어지면 큰일이잖니?"

절약해야 한다니 반박할 말이 없다.

우라노 때 엄마도 항상 '절약, 절약'을 입에 달면서 여러 방법을 강구했다. 전기료를 절약하려면 TV 전원은 콘센트부터 빼야 한다면서 TV를 켠 채로 졸지 않나, 이번엔 물을 아낀다고 수도꼭지를 꽉 잠그고 이를 닦으면서 설거지물은 종일 틀어 놓지 않나. 내게 자기만족이 얼마나 중요한지를 일깨워 주었던 엄마였지만, 그런 엄마를 본받아 이 방을 밝게 할 방법이 없을까?

"마인, 뭐 하는 거니?"

"조금이라도 밝아지려나 해서……."

삼면경이나 맞거울처럼 해 보면 조금은 밝아지지 않을까 하는 생각에 아빠가 옛날 전쟁 당시에 썼다는 금속 수갑을 닦아 양초 옆에 늘어놓아 보았다.

"마인, 그만해."

"눈부셔."

단박에 두 사람에게 저지되었다.

수갑 표면이 매끈하지 않고 이상하게 울퉁불퉁했던 탓에 난반사한 빛이 번쩍여 도리어 눈앞을 희미하게 만들었다.

"으, 실패인가. 또 '거울'대신 쓸 수 있는 게……."

"이 이상 이상한 짓을 하지 말아 주겠니?"

엄마가 단호하게 저지해서 빛의 반사를 이용해 밝게 하려는 작전은 포기했다.

책을 읽는 것도 아닌데 시력이 떨어질 것 같은 상황에 한숨을 내쉬면서 따뜻한 가마 근처에 자리를 차지해 앉았다.

바로 옆에서 엄마가 방직기를 조립하기 시작했다. 일본에서 본 커다란 기구는 아니었다. 좀 더 원시적이랄까……. 이 좁은 집에서 어떻게 천을 만드는지 궁금했는데 그런대로 큰 방직기가 있었던 모양이다.

"투리는 곧 세례식이 있으니까, 이것저것 배워 둬야지."

엄마는 그렇게 말하며 투리에게 천 짜는 법을 세세하게 가르치기 시작했다. 투리는 진지한 얼굴로 실타래를 손에 들었다.

"여기에 실을 이렇게 올려놓고 날실을 준비하는 거야. 실을 이렇게 통과시켜서……."

옷 만들기는 가을에 염색한 실을 사용해서 옷감을 짜는 것부터 시작한다. 그다음에 옷을 꿰매 자수를 넣는다. 그리고 미리 사 놓은 양모에서 실을 뽑아 내년에 쓸 실도 뽑아 둔다.

돈으로 살 수 있는 건 원료뿐이다. 이곳에서는 남이 만든 새 옷 따위는 팔지 않을뿐더러 천마저도 평민은 살 수 없다고 했다.

"그래, 그렇게 하는 거야. 투리는 빨리 익히는구나. 마인도 해 보겠니? 미인이 되려면 바느질을 잘 해야지."

"뭐? 미인?"

"그래, 가족들 옷은 겉모습도 실용성도 전부 중요하잖니? 미인의 조건은 바느질과 요리란다."

아~, 난 절대로 미인이 될 수 없겠구나. 아니 그것보다 바느질과 요리가 좋은 부인이 될 조건이면 몰라도 미인이랑 무슨 관계가 있다는 거야?

나에게 있어 옷은 가게에서 사는 것이었다. 옷가게에 가면 온갖 디자인의 옷들이 넘쳐났다. 어차피 T.P.O에 맞춰 입기만 하면 된다는 주의라서 그다지 패션에 흥미가 없었다. 그래도 옷장 안에는 옷이 가득했다. 적어도 물려받은 누더기 두세 장을 돌려 입지는 않았다.

바느질도 학교에서 가정 시간에 해 본 게 다였는데, 그것도 전동 재봉틀을 사용했었다. 바늘을 손에 쥐는 일은 기껏해야 단추를 달 때 정도였다. 솔직히 말하면, 겨울 동안 실 잣고 옷감을 짜서 가족들 옷을 만드는 일이 여자가 해야 할 가장 큰일이라고 해도 곤란하기만 하지, 전혀 의욕이 생기지 않았다. 다 짠 천을 양피지 대신 써도 된다면 얼마든지 짜겠지만.

"마인, 안 할 거야?"

"음~, 다음에 할게."

투리가 물었지만 나는 바느질을 할 생각이 전혀 없었다. 재봉사 수습생이 되고 싶어 하는 투리는 엄마에게 바느질을 배웠지만, 나는 키는 물론이거니와 손도 작고, 손가락도 가늘고, 무엇보다 의욕이 부족하니까 가르쳐 줘도 쓸데없을 것이다.

"엄마. 이제 예복 만들어 줘. 나도 바구니 만들게."

"알았어. 이 엄마에게 맡기렴. 제일 멋지게 만들어 줄게."

엄마는 바느질에 자신 있다는 의욕을 내보였다. 세례식은 같은 계절에 일곱 살이 된 아이들이 일제히 예복을 입고 신전에 모이는데, 어떤 예복을 준비했는지 엄마들이 바느질 솜씨를 자랑할 기회였다. 일종의 바느질 발표회랄까?

엄마가 미소를 지으며 즐거운 듯 준비한 날실은 조금 전 투리가 연습으로 쓰던 실보다 훨씬 가늘었다.

"이건 아까보다 가느다랗네?"

이걸로 천을 만들려면 시간이 걸리겠다고 생각하자 엄마가 쓴웃음을 지었다.

"투리 세례식이 여름이라서 그래. 얇은 옷감이 아니면 덥잖니?"

"여름에 하는데 예복을 겨울에 준비하는 거야? 그 사이에 키가 크면 어떡해?"

아이들은 겨울보다 식량이 풍부하고 활발하게 움직일 수 있는 여름에 더 잘 자랄 텐데 지금 예복을 만들어서 여름에 작아서 못 입게 되면 어떻게 하려는 걸까?

"조금 조절하면 되니까 괜찮아. 오히려 마인이랑 투리의 키 차이가 커서 물려 입힐 수 없다는 게 더 큰 일이지. 수선도 힘든 작업이란다. 내년에 어떡할지 고민이구나."

그것참 큰일이네. 힘내세요. 엄마.

엄마는 가늘어 보이지만 양모사보다 힘 있어 보이는 실로 옷을 짜기 시작했고, 투리는 바구니를 엮기 시작했다. 눈이 차츰 어두운 방에 익숙해져 갔다. 나도 야망에 다가갈 첫걸음인 파피루스 유사품을 만들기로 했다.

섬유를 엮어 가면 종이와 비슷하게 만들어지겠지. 고대 이집트인들에게 질 수 없어! 승부다!

식탁 위에 섬유를 올려놓고 우라노 때 정사각형 컵 받침을 만들었던 방법을 떠올렸다. 우선 엽서 크기부터 도전해 보자. 엄마가 짜는 실보다 더 가느다란 섬유를 세로 가로로 이어 갔다. 돈도, 기술도 없고 나이도 어리지만 근성과 근성과 또 근성으로 승부다.

으아아, 섬유가 가늘어서 눈이 뻑뻑하다. 깨작깨작깨작⋯⋯.

아, 실수했다! 깨작깨작 깨작깨작⋯⋯.

섬유가 가늘어서 잘못 짰을 때 다시 고치면 형태가 일그러지는 바람에 하기가 만만하지 않았다.

내가 속으로 짜증을 내면서 섬유와 씨름하고 있자 바구니를 만들고 있던 투리가 손을 멈추고 내 손을 들여다보았다.

"저기, 마인. 뭐 하는 거야?"

"응? '파피루스 유사품' 만들고 있어."

투리는 다시 한 번 내 얼굴과 손을 번갈아 바라보다가 고개를 갸웃거렸다. 투리의 얼굴에 무슨 말인지도 모르겠고 눈으로 봐도 모르겠다고 쓰여 있었다.

그렇지, 봐도 모르겠지? 이제껏 정사각형 일 센티도 못 만든 데다, 정말 파피루스가 될지, 만들고 있는 나도 모르겠어.

엄마가 옷을 짜는 손가락을 조금씩 움직여 가며 파피루스를 만드는 나를 보고 한숨을 쉬었다.

깨작깨작 깨작깨작⋯⋯. 깨작깨작 깨작깨작⋯⋯.

"마인, 놀 시간이 있으면 투리랑 바구니나 만들려무나."

"응. 한가해지면 만들게."

나는 놀고 있는 것도 아니고 한가한 것도 아니다. 오히려 마인으로서 이곳 생활을 시작한 이래 지금이 가장 바쁘고 여유가 없어.

아! 또 실수했다! 엄마가 말을 거니까 실수하잖아!

깨작깨작 깨작깨작······. 깨작깨작 깨작깨작······.

"마인, 정말 뭐 하는 거야?"

"그러니까 '**파피루스 유사품**'만든다고."

투리의 질문에 친절하게 대답할 마음의 여유가 없었다. 나는 약
간 과격하게 내뱉은 후, 작업에 몰두했다. 깨작깨작 깨작깨작······.
섬세한 작업이 싫은 것도 아니고, 스스로 좋아서 하는 일이다. 끈기
있게 해야 한다.

깨작깨작 깨작깨작······. 깨작깨작 깨작깨작······.

"저기, 마인. 아까부터 크기가 그대로인 것 같은데?"

"나도 알아!"

투리의 지적에 급소를 찔린 나는 짜증을 그대로 입 밖에 뱉어 버
렸다. 손가락 크기 정도 만드는 데 꼬박 하루가 걸렸다. 내 심정도
좀 헤아려 줘.

깨작깨작 깨작깨작······. 깨작깨작 깨작깨작······.

다음 날도 끈기 있게 해 보자고 마음을 잡고 섬유와 마주했다. 투
리가 무슨 말을 해도 신경 쓰지 말자.

"그거, 뭘 만드는 거야?"

"······."

신경 쓰지 말자. 신경 쓰지 말자. 깨작깨작 깨작깨작······. 으악!
엉성해졌잖아! 으으, 이제 이대로 진행해야 해! 다시 고쳤다간 마음
이 약해질 거야. 깨작깨작 깨작깨작······.

"저기, 마인······."

"더는 무리야! 못 해먹겠어! '**고대 이집트인**'들아, 내가 졌다!"

나는 도중에 하기 싫어진 파피루스 유사품을 꽉 움켜쥐고 소리
질렀다. 겨우 명함 크기만큼 만들고 내 끈기에 한계가 왔다. 종이로
쓸 정도로 밀도 높게 짜서는 엽서만 한 크기를 만드는 데 며칠이 걸
릴지 몰랐다.

이런 상태로 파피루스 유사품을 준비할 수 있을 리가 없었다.

중간부터 얼마나 하기 싫어졌는지는 내가 만든 명함 크기의 파
피루스 유사품을 만져보면 알 수 있었다. 중심은 촘촘하게 잘 짜였
지만, 끝으로 갈수록 들쭉날쭉하고 우둘투둘했다. 전체적으로 봐도
글자를 쓸 수 있는 종이가 아니었다. 잘 봐 줘야 컵받침으로나 쓸
수 있으려나. 메모용지로도 사용하기 어려워 보였다.

"우우우우우우우…… 파피루스 계획은 실패야."

재료 조달, 작업의 난이도, 작업 시간, 어디를 봐도 대량생산에
맞지 않았다. 만약 파피루스 유사품을 완성했다 해도 책으로는 못
만들거야.

"마인, 시끄러워! 그런 풀 쪼가리로 놀려면 바구니를 엮도록 해."

"바구니는 책이 될 수 없단 말이야……."

"뭐라고 하는지 모르겠지만, 결국 실패했잖니? 그만하고 바구니
를 만들거라."

엄마에게 혼쭐난 나는 바구니를 엮기로 했다. 가늘고 가는 섬유
를 엮어 만드는 파피루스 유사품보다 바구니 쪽이 훨씬 간단할 것
이다.

"투리, 나도 바구니 만들게. 재료 줘."

"방법 가르쳐 줄게."

투리가 부스럭거리며 재료를 모아 와서 웃으며 말했지만, 나는

재료를 손에 들고 고개를 저었다.

"아니, 알고 있으니까 괜찮아."

"응?"

나는 이상하다는 듯이 눈을 깜빡이는 투리를 시야 밖으로 밀어내고 바구니를 엮기 시작했다. 대나무처럼 곧게 뻗은 결을 가진 나무 소재를 틈이 생기지 않도록 정성스럽게 엮었다. 사실 외출 가방이 필요하던 터였다. 실패에 대한 화풀이도 겸해서 온 힘을 다해 만들어 버리자.

정성스럽게 바닥을 만든 후, 측면에 무늬가 조금 들어가도록 머릿속으로 계산하면서 엮었다. 가방을 들 때 손이 아프지 않도록 고민하면서 만든 손잡이를 붙여 완성했다. 닷새에 걸쳐 명함 크기밖에 못 만들었던 파피루스 유사품과 달리 토트백은 하루 만에 완성했다. 그다지 야무지지 못한 어린애 손으로 만든 것치고 완성도가 높았다.

"마인, 대단해! 이런 재능이 있었다니, 장래엔 장인 수습생이 되면 좋겠구나."

"으응? 그건 좀……."

평소에 도움 안 되는 마인이 의외의 재능을 보이자 엄마는 눈을 반짝이며 기뻐했다. 하지만 난 장인 수습생이 될 생각은 추호도 없었다. 내가 취직할 곳은 서점, 아니면 도서관이다. 다만 책이 없는 이곳에 서점도, 도서관도 없으니 취직할 곳 자체가 없다는 게 문제지만.

"힝, 마인은 왜 이렇게 잘 하지?"

내가 만든 바구니와 자신이 만든 바구니를 비교하던 투리의 풀

죽은 모습이 눈에 들어왔다.

"투리, 너무 실망하지 마. 좀 더 힘있게 엮고. 무늬를 넣을 수 있게 되면 훨씬 좋아질 거야."

왜냐면 이건 경험의 차이니까.

우라노 때 엄마가 일명 '주부 아트'에 빠졌을 때 나도 억지로 신문에 낀 광고지를 가늘게 말아 바구니를 만든 적이 있었다. 그 경험을 살릴 때가 오리라고는 상상도 못 했는데, 역시 무슨 일이 일어날지 모르는 게 인생이구나.

"우우, 나보다 마인이 더 잘하다니~……."

큰일이다. 투리의 자존심에 금이 갔어.

"아~, 그러니까…… 맞다! 겔다 할머니 집에 있을 때 배운 거야. 투리가 숲에 있는 동안에 계속 만들었거든. 그때 실력이 조금 늘었어. 투리는 내가 바구니를 만들 동안에 다른 걸 했으니까 다른 건 나보다 잘하잖아?"

어린애 비위를 맞춰 본 적이 거의 없는 나는 어떻게든 투리의 기분을 풀어주려고 열심히 설명했다. 솔직히 지금 내가 무슨 말을 하고 있는지도 모르겠다.

"그랬구나……."

무엇에 납득했는지 모르겠지만 안심한 모양이다.

"그럼, 겨울 동안 많이 만들어서 마인보다 훨씬 잘 만들어야지."

"응. 힘내. 투리."

나는 투리가 기분을 풀자 안도의 한숨을 쉬었다. 왜냐면 이곳 생활은 투리의 도움이 없이는 힘들었다. 만약 투리가 '혼자서 해!' 하고 나를 방치하면 나로선 굉장히 곤란한 상황이 일어난다. 기분이 좋아져서 정말 다행이다.

"아, 투리. 여기에 한 번 힘을 줘서 줄을 맞추면 훨씬 깔끔해져."

아무리 바구니를 잘 만들어 봤자 나한텐 쓸모없어. 내가 원하는 건 책이니까.

나는 투리의 옆에서 바구니 엮는 요령을 가르치면서 실패한 파피루스 유사품을 바라봤다. 파피루스가 어렵다면 이제 어떻게 해야 좋지? 나는 겨울 동안 투리 옆에서 바구니를 만들며 다음 방법을 계속해서 머릿속에 떠올렸다.

이집트는 끝났어. 어린애인 나한테는 난이도가 지나치게 높아.

이집트 문명이 아니라면 다음은 뭐지? 세계 역사 교과서에 따르면 이집트 문명 다음은 메소포타미아 문명이다!

좋아, 떠오른다. 설형문자! 그리고 또, 점토판을 사용했어! 메소포타미아 문명, 만세!

분명 전쟁이나 화재로 불탔지만, 결과적으로 점토판은 남아 있었잖아? 점토판에 문자를 새겨 가마에 구우면 가능할지도 몰라. 거기다 점토를 반죽하고 있으면, 어른들 눈에는 어린애 점토 놀이라고 웃어넘길 거야.

결정했어! 눈이 녹아서 봄이 오면 점토판을 만들자!

달콤한 파루 케이크

"눈 그쳤어! 그쳤다고! 아빠! 빨리빨리, 일어나, 마인!"

컴컴한 방 안에서 흥분한 투리의 목소리가 울렸다. 투리가 내 몸을 흔들어 나를 억지로 깨웠다.

며칠간 거센 눈보라가 이어졌지만, 오늘 아침은 일어나 보니 창문에 난 구멍과 틈으로 눈부신 햇빛이 아물거렸다.

와, 오랜만에 보는 태양이다.

투리는 폴짝폴짝 뛰면서 침대에서 내려와 방이 추워질 거란 생각도 없이 창문을 세차게 열었다. 구름 한 점 없는 새파란 하늘이 펼쳐져 있었고, 주변 일대의 설경이 햇빛을 반사하여 거리가 눈부시게 반짝였다.

"이것 봐. 굉장히 좋은 날씨야! 아빠, 오늘 쉬는 날이지? 서둘러야 해!"

"알았다. 알았다."

아빠는 창문으로 들어온 아침 햇빛을 얼굴에 정통으로 받으며 눈부신 듯 눈살을 찌푸리고 힘차게 일어났다. 그 뒤의 행동은 재빨랐다. 아침밥을 후다닥 먹고 투리와 창고에 가서 바스락거리며 여러 가지 물건을 준비하더니 허둥대며 집 밖으로 뛰쳐나갔다.

내가 아침밥을 먹으려고 식탁으로 향할 땐 방한복으로 무장한 투리가 막 집을 나서려던 참이었다.

"마인, 파루를 한가득 갖고 올게!"

파루가 뭐지?

마인의 기억에서 하얗고 달콤하고 행복함이 느껴지는 음료라는 걸 알았다. 투리는 그걸 어떻게 갖고 온다는 걸까?

"마인, 아침밥 먹고 있어. 아빠랑 투리가 파루를 가지고 오면 오후부터 바빠지니까 엄마는 미리 빨래하고 올게."

엄마는 내가 스스로 자르지도 찢지도 못하는 빵을 작게 잘라 수프 속에 집어넣으며 말했다. 상하지 않도록 딱딱하게 구운 검은 빵을 따뜻하게 데운 우유나 전날 저녁에 먹고 남은 수프에 넣어 불려서 먹는 것이 우리 가족의 일상적인 아침밥이다.

엄마는 내가 의자에 기어오르는 것보다도 빠르게 눈보라가 치는 동안 밀린 빨랫감을 안아 들고 집을 빠져나갔다.

나는 조용해진 집에서 혼자 느긋하게 아침밥을 먹은 후 유일하게 엄마와 투리에게 칭찬받은 바구니 만들기를 시작했다.

엄마는 두 사람이 집에 돌아오는 시간을 이미 알고 있었던 모양이다. 점심밥 준비가 끝날 시간에 딱 맞춰서 아빠와 투리가 만면에 미소를 띠며 돌아왔다. 만족할 만한 결과를 얻은 모양이다.

"다녀왔습니다. 엄마, 마인. 파루를 세 개나 따왔어."

"두 사람 다 어서 와. 대단한데? 그릇은 준비해 뒀단다."

엄마는 약간 깊이가 있는 그릇을 손가락으로 가리키며 말했다. 그리고 창고 안에 있는 장작 중에서 불쏘시개를 골라 가지고 왔다. 투리가 그 나뭇가지에 가마 불을 붙여 파루에 꽂아 넣었다. 그러자 빠직, 하는 소리와 함께 껍질이 갈라지며 안에서 하얀 과즙이 걸쭉하게 쏟아져 나왔다.

"우와~, 좋은 냄새~"

걸쭉한 과즙이 집 안을 달콤한 냄새로 가득 채우며 용기 속으로 천천히 떨어졌다. 나는 오랜만에 맡아 보는 달콤한 냄새에 꿀꺽 침을 삼켰다. 기억대로 행복해지는 냄새라고 할 만하다.

투리가 하얀 과즙을 흘리지 않게 조심하며 용기에 받아냈다. 그리고 과즙을 다 뽑아낸 파루 알맹이를 아빠가 압착기로 으깨기 시작했다.

"파루는 진짜 대단한 열매야. 과즙은 달콤하고 맛있지, 알맹이에서 기름을 뽑을 수 있고, 짜고 남은 찌꺼기는 가축 사료로 쓰이거든. 우리 집엔 가축이 없으니까 루츠 집에 갖다 주면 달걀로 바꿔 줘."

"그렇게 대단한 열매면 경쟁이 심하겠네?"

"맞아. 파루는 오늘같이 맑은 날 눈 속에서만 딸 수 있어. 그래서 마을 사람들이 아침 일찍부터 숲으로 가. 다들 하나라도 더 갖고 싶으니까. 그렇지만 파루를 따기가 굉장히 힘들어."

"어떻게 힘든데?"

투리가 나뭇가지로 두 개째 파루에 구멍을 내고 아까처럼 흘러내리는 과즙을 그릇에 받았다. 내가 할 수 있는 일은 그릇이 넘어지지 않도록 잡는 일 정도였다.

"파루 열매를 따려면 열매가 열리는 나뭇가지를 따뜻하게 녹여 줘야 해. 그런데 파루 나무에는 불을 절대 쓸 수 없어. 왜냐면 그 나무엔 이상한 힘이 있어서 불을 가까이 대면 저절로 불이 꺼져 버리거든. 그러니까 장갑을 벗고 맨손으로 따뜻하게 덥혀야 해."

"이렇게 추운 겨울에 맨손으로 나뭇가지를 잡아서 열매를 따는 거야!? 그건 정말 힘들겠는걸?"

잘못하다간 가벼운 동상 정도로 끝나지 않을 것 같다. 아무리 아빠와 투리가 번갈아 나뭇가지를 맨손으로 따뜻해질 때까지 잡는다 해도 너무나도 가혹한 작업이다.

"낮부터 따면 안 돼? 조금이라도 따뜻해질 때 가면 되잖아?"

"안돼. 안돼. 낮까지만 파루를 딸 수 있어."

그렇게 말하며 투리가 두 개째 파루를 아빠에게 건네고 세 개째 파루에 손을 뻗었다. 그리고 구멍을 내어 과즙을 받아내기 시작했다.

"낮에 뜬 해님이 숲에 햇살을 비추기 시작하잖아? 그럼 파루 잎이 반짝반짝 빛을 내면서 나무가 스스로 몸을 흔들어서 이파리가 딸랑딸랑하고 울기 시작해."

이파리가 빛을 내고 나무가 스스로 흔들면서 딸랑딸랑? 뭐지, 그게?

투리가 설명해 줘도 머릿속에 모습이 그려지지 않았다.

"이파리가 울기 시작하면 해님을 향해 파루 나무가 쑥쑥 자라거든. 숲에 빽빽한 다른 나무들보다 더 높이 올라가면 꼭 여자 머리카락이 흔들리듯이 나무가 가지를 흔들어. 이렇게 사르륵사르륵하면서."

"쑥쑥 자라서 사르륵사르륵……?"

"맞아, 맞아. 흔들린 나뭇가지에 빛이 닿으면 아직 따지 못한 열매가 전부 피~융 하고 사방팔방으로 날아가거든. 그럼 파루 나무는 녹아 내릴 듯이 작아지면서 순식간에 사라져버려."

"피~융 하고 날아가서 사라져……? 이상한 나무네."

그 이상 다른 감상이 떠오르지 않았다. 빈곤한 나의 상상력으로는 전혀 이미지가 그려지질 않았다.

"이걸로 끝. 조금 마셔 볼까?"

투리는 보존용 항아리에 과즙을 부어 넣고, 그릇에 조금 남은 과즙을 두 모금 마신 후 내게 그릇을 넘겨주었다. 나도 투리처럼 꿀꺽거리며 두 모금 마셨다.

입안에서 사르르 녹아내리며 퍼져 가는 단맛에 나도 모르게 눈꼬리가 쳐져 얼굴에 웃음이 피었다.

이게 바로 행복한 맛이구나! 달콤한 코코넛밀크 같아!

더 마시고 싶다고 생각한 순간, 투리가 "겨울철 아껴서 마실 귀중한 과즙이니까 한 번에 마시면 안 돼."라고 일침을 놓았다. 할 수 없지. 조금씩 즐기며 마실 수밖에.

"아빠, 이거 남은 찌꺼기야?"

투리가 마 주머니를 들어 보이며 물었다. "어. 그래."라고 아빠가 압착기로 파루 알맹이를 조각조각 으깨며 대답했다. 파루 기름은 올리브 오일과 비슷한데 먹어도 되고 램프에 쓸 수도 있다고 했다.

"투리, 나한테도 보여 줘."

기름을 뺀 파루의 최후가 어떤지 보려고 투리의 옆에서 주머니를 들여다보았다. 달콤한 향기와 함께 비지 같은 것이 들어 있는 게 보였다.

"굉장히 좋은 냄새가 나는데, 이거 못 먹어?"

그렇게 말하며 주머니 속에 손을 집어넣어 파루 찌꺼기를 집은 후 냉큼 입안에 넣었다.

"마인! 이거 닭 모이야!"

투리가 당황해하며 주머니에서 내 손을 **빼내며** 뱉어내라고 말했지만 난 쩝쩝 씹으며 고개를 저었다.

과즙을 꽉 짜서 바짝 마른 찌꺼기는 퍼석한 데다 달콤한 냄새에 비해 달지도 않았다. 투리의 말처럼 사람이 먹기엔 맛이 없었다. 하지만 비지처럼 요리에 쓸 수 있지 않을까? 나는 과즙을 받은 용기에 찌꺼기를 한 줌 정도 집어넣고 손가락으로 휘저으며 찌꺼기에 과즙을 묻혔다.

"마인, 뭐 해?"

"이렇게 하면 먹을 수 있을까 해서."

"그거 닭 모이라니까! 사람이 먹는 게 아니라고!"

나는 알겠다고 고개를 끄덕이면서 손가락에 묻은 것을 입에 넣었다. 음, 꽤 맛있는데? 과즙이랑 섞어서 달걀이랑 우유를 더하면 비지 핫케이크 정도는 만들 수 있을 것 같았다.

"좋아, 먹을 수 있겠어."

"못 먹어!"

내가 조금 남은 과즙을 묻힌 찌꺼기를 투리의 입에 쏙 넣자, "무슨 짓이야!"라며 화내던 투리가 복잡한 표정으로 입을 우물거리기 시작했다.

"자, 가자."

나는 투리와 함께 루츠 집으로 향했다. 우물이 있는 광장을 곧바로 건너면 맞은편 건물 6층이 루츠 집이다. 나는 파루 두 개 분의 찌꺼기를 달걀과 교환하러 열심히 계단을 오르락내리락했다. 우리 집인 5층에서 내려간 후, 다시 루츠 집이 있는 6층까지 올라가는 길은 상당히 힘들었다.

달걀이랑 교환해서 핫케이크를 만들어야지. 우후홋.

"실례하겠습니다~"

"루츠, 이거 달걀이랑 바꿔 줘."

만면에 웃음을 띠며 마 주머니를 꺼내자 루츠가 질색하며 얼굴을 찡그렸다.

"닭 모이는 충분히 있어. 그것보다 고기 없어? 형들한테 뺏겨서 얼마 없거든."

겨울철은 가족들이 전원 집 안에 있는 날이 많다 보니 형들에게 밥을 뺏기기 일쑤라서 항상 배가 고프다고 루츠가 불만을 토로했다. 투리는 '덩치가 다르니까 뺏기는구나'라며 쓴웃음을 짓고 루츠의 불만을 적당히 넘겼다. 그러나 배가 고픈 상황은 누구에게나 애처로운 일이다.

나는 루츠 앞에 주머니를 내밀며 해결책을 제시했다.

"루츠, 그럼 이거 먹을래?"

"닭 모이 따위 누가 먹어!"

예상대로의 반응이다. 역시 여기서는 아무도 이 찌꺼기 조리법을 고안해 보려 하지 않은 모양이다.

"어떻게 조리하는가에 따라 먹을 수 있어."

"뭐?"

"과즙을 전부 짜내니까 못 먹게 되는 거야. 이 찌꺼기도 제대로 조리하면 맛있어."

루츠는 못 믿겠다는 얼굴로 투리를 쳐다봤다. 닭 모이를 먹는 인간이 이 세상에 어디 있냐고 생각하고 있는 게 분명하다.

"너! 왜 그런 아까운 짓을 하는 거야! 파루 알맹이를 전부 먹는 것보다 과즙이랑 기름이랑 새 모이로 나눠서 쓰는 편이 훨씬 좋잖 아!? 열매를 누가 그대로 먹냐?! 그렇게 힘들게 딴 걸 다 먹어 버리는 바보는 이 마을에서 마인밖에 없을 거야!"

열매를 그대로 먹은 건 아니지만, 닭 모이를 먹었다고 하는 것보다 상상하기 쉬울지도 모르겠다.

나는 루츠의 거부반응에 잠깐 고민하고 말했다.

"어차피 닭 모이는 충분하잖아? 그럼 사람이 배부르게 먹는 데 쓰면 되지."

"그러니까 과즙을 짜낸 찌꺼기는 퍼석해서 사람이 먹을 수 있는 게 아니라고!"

"하나도 남김없이 짜 버리니까 못 먹게 되는 거야. 조금만 시간을 들이면 맛있게 먹을 수 있어."

"마인, 정말 너……."

몇 번을 말해도 루츠는 내 말을 받아들이려 하지 않았다. 이대로면 투리와 같은 방식으로 실력 행사를 할 수밖에 없겠어. 루츠도 먹어 보면 알 거야.

내가 주먹을 쥐고 결의를 다지는 동안 투리가 힘없이 고개를 숙이면서 조그맣게 입을 열었다.

"저기, 루츠. 못 믿겠지만 진짜야. 나도 먹어 보고 맛있어서 충격 받았어."

"뭐? 진짜야? 마인이 너한테 억지로 먹인 거지?"

루츠가 투리에게 동정하는 시선을 보냈다.

"정말 맛있는데 안 되겠네. 직접 해 보는 편이 빠르겠어. 루츠,

파루 과즙 아직 남았어?"

나는 루츠 집으로 들어가 가져온 파루 찌꺼기를 작은 그릇에 조금 넣고 루츠가 먹을 양만큼 과즙 두 스푼을 넣고 섞었다. 그리고 한 줌 정도 입에 넣어 간을 보고 만족스럽게 고개를 끄덕였다. 맛있게 만들어졌다.

"루츠, 아~앙."

내가 먹는 모습을 봐서인지 루츠가 쭈뼛쭈뼛 겁을 내며 살짝 입을 열었다. 나는 그 입안에 과즙을 섞은 파루 찌꺼기를 넣었다.

입을 닫고 우물거리던 루츠가 깜짝 놀란 듯 눈을 크게 떴다.

"어때? 달고 맛있지?"

나는 우후훗 하고 자신 있게 가슴을 폈다. 그러자 지금까지 의심의 눈초리로 지켜보던 루츠의 형들이 일제히 반응을 보였다.

"달아?"

"맛있냐?"

"진짜야? 그거 좀 줘 봐, 루츠."

형들이 하나같이 작은 그릇에 손가락을 집어넣으려 했다. 루츠가 그릇을 뺏기지 않으려고 기를 쓰고 도망치려 해도 형들과의 덩치 차이 때문에 도망가기는커녕 피하지도 못했다.

"자, 잠깐, 떨어져! 들어 올리지 말라고! 동생 걸 뺏다니 그것도 형이야!?"

"동생 건 즉, 내 것이지."

"맛있는 건 사이좋게 나눠야 한다고."

"좋아! 잡았다!"

기를 쓴 반항에도 불구하고 루츠는 세 형에게 꼼짝할 수 없게 제

압당해 그릇째 빼앗겨 버렸다.

형 셋이 잇달아 손가락을 집어넣자 눈 깜짝할 새에 그릇이 텅 비어 버렸다. 평소에도 이런 식사 풍경이라면 루츠가 불평하는 것도 이해가 가네.

"아아아아! 내 파루가!"

"진짜 맛있는데? 닭 모이지 이거?"

루츠의 비명을 무시하며 맛보기에 열중한 형들도 루츠처럼 믿을 수 없다는 듯이 눈이 휘둥그레져서 나를 바라봤다. 어쩌면 이건 기회인지도 몰랐다.

"루츠 집에서라면 좀 더 맛있게 만들 수 있을 텐데."

"정말로!?"

전원이 내 말에 혹해서 덤벼들었다. 조금 전까지 '닭 모이 따위'라고 한 그들이 손바닥 뒤집듯 다른 반응을 보이는 걸 보니 상당히 배가 고팠던 모양이다.

"아, 그런데 나는 힘도 체력도 없으니까 날 도와줘야 해."

"좋아, 나한테 맡겨 줘."

루츠가 의욕을 보이며 소매를 걷었다. 그러자 형들이 루츠를 밀어젖히고 앞으로 몸을 내밀었다.

"루츠 혼자 독차지하게 놔둘 순 없지! 마인, 나도 도울게."

"맞아, 맞아. 우린 루츠보다 힘도 있다고."

"좋아! 그럼 오빠들은 구울 때 쓸 철판을 준비해 줬으면 좋겠어. 루츠는 재료를 준비하고 랄프가 재료 섞는 담당이야. 아! 그리고 루츠 과즙만 쓰면 불쌍하니까, 과즙을 조금씩 모아서 쓰자. 좋아, 좋아. 다들 준비해 주세요."

나는 손바닥을 치며 요리 지시를 내리면서 루츠 형제들을 움직였다. 아무것도 할 수 없는, 힘 없는 나보다 한창 큰 소년들이 힘내 줘야지.

"루츠, 달걀 두 개랑 우유를 가지고 와. 랄프는 저기 있는 나무주걱으로 이걸 섞어 줘. 사샤 오빠랑 지크 오빠는 가마에서 철판을 달궈 주고."

루츠에게 필요한 재료를 준비시킨 후 그것들을 차례차례 용기에 넣었다. 랄프는 나무 주걱으로 재료를 힘차게 섞기 시작했다. 그의 등 뒤로 사샤와 지크가 가마에서 철판을 데웠다.

"응, 그 정도면 됐어. 루츠, 버터 있어?"

나는 루츠가 내민 버터를 작은 숟가락으로 듬뿍 뜬 후, 약간 높이가 있는 의자에 올라가 철판 위에서 버터를 떨어뜨렸다. 불에 달군 철판 위에서 버터가 지글지글 녹으며 작아졌다. 좋은 냄새가 코끝을 간지럽혔다.

거기에 조금 큰 숟가락으로 랄프가 섞은 진득한 반죽을 올렸다. 지글지글 타는 소리를 내며 버터 향에 파루의 달콤한 냄새가 섞였다. 비지처럼 생긴 파루 찌꺼기를 밀가루 대신으로 썼기 때문에 핫케이크라기보다 오코노미야키와 비슷했지만, 예상했던 것과 크게 다르지 않았다.

"이런 느낌으로 사람 수만큼 구워 줘."

나는 첫 시범을 보인 후 의자가 없어도 굽기가 가능한 루츠의 형들에게 역할을 넘겼다. 루츠의 형들은 한 번 보고 조리법을 알았는지 내 손에서 조리도구를 받아 곧바로 굽기 시작했다.

"이런 식으로 보글거리면 다 된 거야. 이제 뒤집으면 돼."

"알았어."

사샤 오빠가 주걱으로 가볍게 뒤집자 노릇노릇하게 굽힌 뒷면이 맛깔스런 자태를 드러냈다. 주위에서 꿀꺽하고 침을 삼키는 소리가 들렸다.

"이거 저쪽으로 몰아서 빈자리에 한 장 더 굽자."

어느 정도 구워진 반죽을 조금씩 가까이 붙여 생긴 빈 자리에 다시 버터와 반죽을 올리게 했다. 그리고 구워진 정도를 확인하고 완성된 것부터 하나씩 그릇에 옮겨 담도록 했다.

"짜잔! '비지로 만든 간단 핫케이크'!"

나는 옮겨 담은 그릇을 손에 들고 자랑스럽게 소리쳤다. 하지만 내 말이 통하지 않았던 모양이다. 루츠가 의아한 얼굴로 고개를 갸웃거렸다.

"뭐? 뭐라고 했어?"

"아~, 간단 파루 케이크 완성~"

테이블 위에 쭉 늘어놓은 파루 케이크에서 따끈따끈한 김이 올라왔고, 달콤한 냄새가 퍼져 입맛을 다시게 했다.

"뜨거우니까 조심해. 자, 먹어 보세요~"

나는 한 입을 베어 물고 천천히 입안에서 음미했다. 파루 케이크는 깜짝 놀랄 만큼 맛있었다. 아까처럼 퍼석퍼석하긴커녕 스폰지처럼 폭신폭신했다. 파루 과즙을 넣어서 그런지 잼을 바르지 않아도 충분히 달았다.

"어때, 루츠. 이거면 조리도 간단하고 배도 부르지?"

"배불러. 너 진짜 대단하다!"

루츠 집에는 파루 찌꺼기와 달걀을 교환하려는 사람들이 모이므

로 파루 찌꺼기가 모자랄 일도 없고, 닭을 기르고 있어 달걀도 항상 준비되어 있다. 우유도 달걀과 교환해서 항상 있다고 하니 겨우내 언제든지 파루 케이크를 만들 수 있다.

"이걸로 겨울 동안은 배고플 일 없겠지?"

"응!"

루츠가 기뻐하며 파루 케이크를 덥석 베어 물었다. 쩝쩝거리며 먹는 모습을 보고 있자 비지를 사용한 여러 조리법이 머릿속을 맴돌았다.

"파루 찌꺼기를 사용한 요리는 이것 말고도 있는데, 난 힘이 없어 못 만들어."

"마인이 만드는 법을 가르쳐 주면 내가 대신 만들게. 맛있는 음식을 가르쳐 준 넌 내게 구세주야. 내가 약한 너를 도와주겠어."

이 일을 계기로 팔심과 체력이 필요한 요리는 루츠 형제에게 맡기게 되었다.

나는 조리법을 루츠 형제에게 가르치고 맛을 보고, 루츠 형제는 요리하고 배부르게 먹는다. 서로에게 좋은 이해관계가 성립된 것이다.

오토 씨 돕기

이 마을에선 겨울철 맑게 갠 날은 파루를 따러 가는 날로 정해져 있었다. 요전번엔 쉬는 날이 겹친 아빠가 투리와 함께 파루를 따러 갔지만, 오늘은 아빠가 일을 나가야 했다. 오늘은 포기하려나 생각하고 있을 때 엄마가 겉옷을 집어 들었다.

"오늘은 내가 투리랑 다녀올게."

파루는 쓰임새가 많아서 되도록 많은 양이 필요했다. 외출에 한해선 전혀 가족에게 도움을 줄 수 없는 나는 응원만이라도 열심히 해야지.

힘내라, 힘내라 투리! 이겨라, 이겨라, 엄마!

하지만 엄마와 투리가 숲에 가게 되면 가장 고민거리가 남았다. 보다시피 비실거리는 허약한 몸에 도움도 안 되는 나를 어떻게 하느냐였다. 겨울 날씨에 숲에 데려가면 열이 날 게 뻔했기 때문에 할 수 없고, 혼자 두면 무슨 짓을 벌일지 모르니 집을 맡길 수도 없는 노릇이었다. 사실 상처받을 만한 평가지만 틀린 말은 아니다.

그때 계속 고민하던 아빠가 일을 나갈 준비를 하다가 갑자기 손뼉을 쳤다.

"그래! 마인, 아빠랑 같이 문에서 기다릴까?"

아빠의 제안은 이렇다. 아빠가 나를 데리고 문에 가고, 엄마와 투리는 파루를 따러 숲에 간다. 그리고 파루 채집을 끝내고 돌아오는 길에 문에서 나를 데리고 함께 집으로 돌아간다. 그렇게 하면 엄마와 투리는 아무 걱정 없이 숲에 갈 수 있고, 나를 집에 혼자 두지 않아도 된다.

"그거 좋은 방법이네요. 그럼 마인은 아빠한테 맡기고 우린 숲에 가 보자꾸나."

엄마가 '여보, 명안이네요'라고 아빠를 칭찬하면서 눈 깜짝할 사이에 필요한 물건을 챙겨 투리를 데리고 나가 버렸다. 파루는 낮까지밖에 채집할 수 없으니 되도록 빨리 숲에 가야 한다.

"그럼, 우리도 문까지 가 볼까?"

어차피 집에 있는 것보다 기분 전환이 될지도 모르고, 오토 씨가 있으면 새로운 글자를 배울 수 있을지도 몰라…….

솔직히 말해서 나도 집 안에만 있는 건 넌더리가 나던 참이었다. 파피루스 유사품을 만드는 데 실패한 이후로 내가 집에서 하는 일은 석판으로 놀거나 바구니를 만들거나 둘 중 하나였다. 책이 없는 것만으로 이렇게나 시간이 남아돌 줄이야.

참고로 최근에 '봄이여, 오라'라는 동요와 '라디오 체조'노래가 내 머릿속에서 계속 맴돌았다. 빨리 봄이 오지 않으면 점토판을 만들러 외출할 수 없었다.

그리고 외출할 수 있는 체력을 만들기 위해 매일같이 라디오 체조를 시작했다. 가족들이 이상한 눈으로 쳐다봤지만 체력 증강을 위해서라면 가능한 일부터 꾸준히 하는 게 중요했다. 사실 우라노 때 건강에 크게 신경 쓰지 않았던 탓에 무엇부터 시작해야 할지 몰라서 제일 만만한 게 라디오 체조였기 때문이지만.

"아빠, 오늘 오토 씨 있어?"

"아마 있을 텐데?"

"야호! 그럼 석판 가져가야지."

문에서 시간을 때울 기대감이 생긴 나는 들뜬 마음으로 준비했다. 외출의 필수품은 석판이다. 옷을 입고 코트를 걸치고 겨울 동안에 엮어 만든 토트백에 석판과 석필을 넣으면 외출 준비는 끝이다.

"마인, 너 그렇게 오토가 좋아?"

"응, 엄청 좋아해."

나한테 석판을 주고 글자를 가르쳐 주는 선생님(멋대로 정했다)을 좋아하지 않는 게 이상하잖아?

밖은 굉장히 차가운 공기가 감돌고 있었다. 아주 조금 바람을 맞는 것만으로 살이 에이는 듯이 아팠다. 평소 피부에 신경도 쓰지 않는 내가 오늘은 파루 기름을 짜면 보습 크림을 만들어 발라야겠다고 생각할 정도로 얼굴이 얼얼했다.

"히야앗! 추워!"

게다가 눈이 많이 쌓여서 걷기 힘들었다. 일본에서도 평소 눈이 많이 오지 않는 도시에서 자란 나는 눈 위를 걷는 요령을 몰랐다. 겨우 두세 걸음 걸었을 뿐인데 짧은 다리가 파묻혀서 꼼짝달싹 못했다. 그 다음엔 어떻게 해야 하지?

"아빠! 어떻게 걸어야 해?"

"됐어……. 마인은 넘어지지 않게 조심해."

발이 눈 속에 파묻힌 채로 양팔을 벌려 중심을 잡고 있자 앞을 걷던 아빠가 귀찮다는 얼굴로 되돌아왔다. 아빠는 내가 들고 있던 토트백을 손목에 걸고 내 겨드랑이에 손을 넣었다. 그대로 나를 확 하고 높이 들어올려 목말을 태웠다.

"와아! 엄청나게 높다!"

랄프에게 업혔을 때보다 훨씬 시야가 높았다. 그런데도 그리 무섭지 않은 건 직업병사인 아빠의 어깨가 넓고 튼튼해서 안도감과 안정감이 들기 때문인 걸까?

우라노 때 아빠와는 그다지 접촉이 없었지만 어릴 적 벚꽃 구경을 갔을 때 목말을 태워 꽃을 만지게 해줬던 적이 있었다.

"꼭 붙잡고 있어."

오랜만에 탄 목말에 가슴이 두근거렸다. 내가 아빠의 머리에 매달리자 아빠가 눈 위를 걷기 시작했다. 눈이 제대로 치워지지 않은 좁은 골목길에 발자국을 새기듯 한 걸음 한 걸음 조심스레 걷다가 큰 도로에서는 평소 속도대로 걸었다.

"마인, 오토는 이미 결혼했어."

아무 말 없이 걷던 아빠가 겨우 입을 열고 뱉은 말이었다.

응? 내가 오토 씨랑 결혼하고 싶다고 했던가? 아빠랑 결혼하고 싶다는 말도 한 적 없는데?

"어, 그러니까…… 그래서, 뭐?"

"그 녀석 머릿속엔 자기 부인밖에 없어."

다섯 살짜리 딸을 상대로 대체 뭘 견제하는 걸까? 오토 씨가 날 이성으로 보지 않는 것 정도는 알 텐데. 정말 심각한 딸바보구만.

여기선 일부러 모르는 척하기로 했다. 이런 딸바보 아빠한테 '아빠가 훨씬 멋있어'라느니 '아빠가 제일 좋아'라는 말은 절대 하지 않을 거다.

"그러니까 오토 씨가 부인한테 자상하고 부인밖에 모르는 남자라서 멋있다는 말을 하고 싶은 거야?"

"아니……."

아무래도 완전히 삐진 모양이다. 그 뒤로는 입을 꾹 다물고 아무 말 없이 걷기만 했다. 정말 성가신 아빠네. 나는 그런 아빠의 어깨에 앉은 채 문에 도착했다.

"안녕하세요."

나는 문을 지키고 서있는 병사에게 무의식적으로 고개 숙여 인사했다. 순간 이상한 걸 본 것처럼 쳐다보는 병사를 보고 문득 여기는 머리 숙여 인사하는 습관이 없다는 사실이 생각났다.

아니면 아빠 어깨 위에 앉아서 인사하는 모습이 이상해 보였던 걸까.

"내 딸 마인이다. 아내가 파루 채집하고 오후 지나서 데리러 올 테니까 그때까지만 숙직실에 있게 하지."

"알겠습니다."

"마인은 숙직실로 가자. 오토도 있으니까. 그걸로 됐지?"

으아아, 왠지 아빠 말에 가시가 있어. 잠깐만, 혹시 애처럼 오토 씨를 질투하는 거야? 설마 내가 그 둘 사이를 틀어 놓은 건 아니겠지?

"나 있잖아. 오토 씨한테 새로운 글자를 배우는 게 좋을 뿐이야."

"그건 굳이 오토가 아니어도 되잖아."

미안, 오토 씨. 만회할 생각이었는데, 더 뒤틀린 것 같아.

난 단지 새로운 글자를 배운다는 생각에 들떠 있었던 것뿐인데 아빠가 무슨 생각을 하는 건지 도통 모르겠다. 내가 아빠와의 거리를 잡지 못하겠다고 느끼는 건 바로 이럴 때였다.

"들어간다."

아빠가 가볍게 노크하고 숙직실 문을 열었다. 숙직실은 난로에 불을 지펴 놓고 책상 위에도 램프가 놓여 있어 우리 집보다 훨씬 밝았다. 난로와 비교적 가까운 곳에 놓인 책상에서 오토가 서류 작업을 하고 있었다.

"오토."

"반장님…… 과 마인? 무슨 일이에요?"

"파루 채집하는 동안 여기서 기다리기로 했으니까 네가 봐줘."

간결, 하다고 할까. 아빠는 필요한 말만 툭 내뱉고 어깨에서 나를 내렸다. 뜬금없이 애 보는 일까지 늘어난 사실에 놀란 오토가 눈을 크게 뜨고 난감하단 듯이 서류와 아빠를 번갈아 쳐다보았다.

"네? 아니, 하지만, 저…… 회계 보고와 예산을…….."

"마인, 여긴 따뜻하니까 감기 안 걸리게 조심해서 기다려."

오토 얘기는 전혀 들을 생각이 없다는 듯 아빠는 자기 말만 하고 방을 나갔다. 나는 '네~'하고 손을 흔들며 배웅한 후 오토 쪽으로 방향을 돌렸다.

"미안해요, 오토 씨. 석판을 준 게 고맙고, 오늘도 오토 씨를 만날 거라 생각하니까 들떠서."

"그건 다행이구나. 나도 마인을 만나서 기쁘지만…….."

오토는 조금 부끄러운 듯 웃은 후 '마인이 미안해 할 건 없지'라고 말하며 애매한 표정을 지었다.

"사실은 오토 씨를 칭찬했더니 아빠가 삐쳐서…….."

"아이고, 이런…….."

"엄마가 데리러 올 때까지 얌전하게 있을 테니까 새로운 글자 가르쳐 줄 거죠?"

책상 위에 양피지와 잉크가 나와 있는 걸 보니 서류 작업을 하는 중이었던 모양이다. 일을 방해할 생각은 없지만 새로운 글자를 배울 수 있는 기회를 놓칠 수 없었다.

"뭐, 괜찮겠지? 마인이라면 얌전하게 연습할 테니까." 라고 오토 씨가 중얼거렸다.

내가 잽싸게 석판을 꺼내자 오토가 석판에 탁탁 소리를 내며 글자를 적었다. 이 나라는 알파벳과 비슷하게 생긴 글자를 썼다. '히라가나'같은 표음 문자가 아니고, 한자 같은 표의 문자도 아니다. 글자를 어떻게 조합하느냐에 따라 발음도 의미도 바뀌는 구조다.

나는 석판을 받았을 때 몇 시간이고 조용히 혼자 놀았기 때문에 오토에게 신용이 높은 모양이다.

"마인. 열이라도 나면 반장님 신경이 지금보다 더 날카로워지니까 여기에 앉아 있어."

오토는 쓴웃음을 지으며 책상 위 물건들을 조금씩 치우고 난로 앞 의자를 내게 양보해 주었다.

나도 그의 의견에 전면적으로 찬성이었으므로 쓸데없는 겸손을 버리고 난로 앞 의자에 앉았다.

"고마워요. 이제 글자 연습을 할 수 있겠다."

한동안 석필이 닿는 소리와 펜 끝이 양피지 위를 달리는 소리와 장작이 타는 소리만이 방 안에 울렸다.

석판에 적힌 글자를 어느 정도 외운 후 고개를 들었다. 오토는 양피지를 마주보고 진지한 눈으로 계산을 하고 있었다. 오토 옆에는 얼핏 주판처럼 생긴 계산용 도구가 놓여 있었지만, 쓰는 방법은 잘 모르겠다. 만약 주판과 쓰는 방식이 같다고 해도 초등학교 수업에서 덧셈뺄셈 연습 때 쓴 적 밖에 없으니까 어차피 기억나지 않았다.

나는 오토가 계산을 일단락 지은 적당한 타이밍에 말을 걸었다.

"오토 씨, 이건 뭐예요?"

"회계 보고와 예산을 작성하는 서류야. 겨울 동안에 일 년간의 예산을 짜서 봄까지는 제출해야 되는데 계산이 서툰 병사들이 많아서 말이야. 그 중에 제일 돈 계산에 자신 있는 내가 하게 된 거지."

"귀찮은 일을 맡아 버렸네요."

양피지를 보니 뜻은 모르겠지만 글자가 적혀 있는 항목 옆에 숫자가 세 개씩 나열되어 있었다. 앞 두 숫자를 곱한 합이 뒷자리에 적혀 있는 걸 보면 아마 단가와 개수와 합계를 적어놓은 듯 하다.

비품 신청서인가? 하고 보던 나는 계산 실수를 발견했다.

"어? 오토 씨, 저거 틀린 거 아니에요?"

"뭐?"

"여기. 칠십오랑 삼십이잖아요. 그럼 답은 이천이백오십인데? 아, 여기도 틀렸어요."

숫자는 알지만 곱하기를 이 나라에선 뭐라고 하는지 몰라 상당히 빙빙 돌려 얘기했는데, 오토에겐 통한 모양이다.

"어? 글자를 못 읽는 거 아니었어? 어떻게 계산을 할 줄 알지?"

"우훗훗, 숫자는 장 보러 갔을 때 엄마가 가르쳐 줬어요. 그래서 여기 숫자를 보면 계산은 할 수 있는데, 여기는 전혀 못 읽겠어요."

항목이 적힌 글자를 모른다고 하자 오토는 뭔가 골똘히 생각에 빠져 버렸다. "아니, 아무리 그래도⋯." 같은 말을 중얼거렸다.

"마인, 부끄럽지만 서류 작업을 도와주지 않을래?"

나한테 그런 부탁을 해도 되나? 외부에 비밀이 누설되는 걱정을 하기 이전에 이런 어린애한테 도움을 받다니 이상하지 않아? 오히려 이런 어린애라도 계산 능력이 있으면 도움을 받아야 할 정도로 절박했나?

오토가 '부끄럽지만'이라고 말한 이상, 어린애에게 도움을 요청한 것이 평범한 상황은 아닌 것 같다. 오토가 이렇게 부탁하니 되도록 도와주고 싶었다. 게다가 나에겐 꼭 갖고 싶은 물건이 있었다. 이 기회에 교환 조건을 걸어 볼까?

"좋아요. 대신 석필이랑 글 선생님으로 타결해요."

"뭐?"

뜬금없이 어린 여자애가 조건을 내걸 거라곤 상상도 못한 모양이다. 오토의 눈이 휘둥그레졌다. 예상대로의 반응에 소리 없이 웃으며 상황을 설명했다.

"조금 전에도 얘기했는데, 엄마한테 배워서 숫자는 알아요. 그런데 글자를 모르니까 오토 씨가 내 글 선생님이 되어 줬으면 해요."

"그건 상관없는데…… 석필은 왜? 석필은 그렇게 비싸지 않잖아?"

오토의 말대로 석필은 시장 잡화점에서 흔하게 팔고 있었다.

"전엔 사 줬는데 요즘 들어 석필을 사 주지 않아서……."

"왜?"

"하루 종일 석판으로 노니까 사 줘도 금방 없어지거든요."

"하하하하하하……."

하루에 몇 시간이나 놀고 있으면 석필 따위 금방 닳아 버렸다. 용돈도 없는 나에게 석필 보충에 생사가 달렸다고 해도 과언이 아니다.

"하, 하여튼! 그 정도 보상도 없이 일할 정도로 싼 여자가 아니에요!"

"상당히…… 싸다고 생각하는데."

쓴웃음을 짓는 오토는 오늘부로 정식으로 나의 선생님이 되었다.

"이제 뭐 하면 돼요?"

"여기 계산이 맞는지 틀렸는지 확인해 줄래? 틀린 부분을 확인하는 데 시간이 많이 걸려서 말이야."

오토는 다른 사람이 작성한 서류를 확인하는 작업을 하던 중이었다고 했다. 당연한 말이지만 여기는 컴퓨터가 없어서 간단한 서류 작성에도 시간이 걸린다. 그런데 계산 확인까지 전부 혼자서 해야 한다고 한다.

"계산이 가능한 병사가 더 필요하겠네요."

"그것도 그렇지만, 내가 여기서 일하게 된 것도 사실 계산이 가능해서이기도 하니까……."

아무래도 오토 씨가 병사가 된 데는 뭔가 사정이 있는 것 같다. 정보와 지식에 굶은 나는 자세한 사정을 듣고 싶어 귀가 근질근질했지만 어마어마한 확인 작업이 남아 있으므로 궁금증을 꾹 참고 잡담은 나중에 하기로 했다.

"마인, 계산기 쓸래?"

"아니요, 쓰는 법을 모르니까 괜찮아요. 그리고 석판을 쓰면 되니까요."

적고 지울 수 있는 석판은 계산 용지 대신 사용하기에 적당했다. 석판에 적어 가며 필산으로 검산 작업을 해 갔다. 다행히 숫자는 이제 완벽하게 익힌 것 같았다. 내가 9라는 숫자를 떠올리면 정확하게 그 숫자를 적을 수 있었다.

"우와, 나 감동했어. 정말 큰 도움이 됐어. 이렇게 빨리 확인 작업이 끝날 줄이야. 이 정도로 계산을 잘 하는 걸 보면 어쩌면 상인 체질일지도 모르겠는데? 상인이 되고 싶으면 상업 길드에 소개해 줄게."

요 몇 년간 회계 보고와 예산 편성을 오토 혼자서 처리했던 모양인지 계산 확인만 도와줬을 뿐인데 굉장히 고마워했다. 나중에 책을 잔뜩 만들게 되면 서점을 차리는 것도 나쁘지 않을 것 같다. 뜻밖에 상인이 될 연줄을 손에 넣었다.

또 나는 오토에게 귀중한 조수로 인정받게 된 듯하다.

"마인. 글을 배우고 싶다면 내가 진지하게 가르쳐 줄까? 그러면 내년에는 서류 작성도 도와줄 수 있을 테니까."

"정말이에요!? 신난다~!"

"엥? 기뻐해야 할 대목이야?"

오토는 깜짝 놀란 얼굴로 눈을 동그랗게 떴지만, 진지하게 글을 가르쳐 준다니 기뻐해야 할 대목이 아니고 뭐겠나?

서류 작성을 도우면 양피지를 만질 수 있잖아? 잉크로 글자를 적을 수 있잖아? 다시 말해 정말로 기뻐서 펄쩍 뛸 일이지!

투리의 머리장식

문에 다녀온 날부터 며칠이 지난 오전에 엄마가 정성을 쏟아 만든 투리의 예복이 완성되었다. 아래로 떨어지는 실루엣에 하얀색에 가까운 옅은 베이지색 원피스였다. 목둘레와 소매, 옷단 가장자리에 자수를 새긴 단순한 디자인으로 허리에 감은 폭넓은 파란 끈이 시원한 느낌을 더했다. 매우 귀여웠지만, 일본의 '시치고산'[3]에서 기모노나 드레스처럼 돋보이는 의상을 입은 아이들이 촬영한 스튜디오 광고를 본 적이 있어서 그런지 투리의 예복은 어딘지 모르게 부족한 느낌이 들었다.

"어때, 마인? 귀여워?"

조금 더 하늘하늘한 장식도 많이 달면 더 귀여울 텐데.

마음속으론 그렇게 생각했지만, 자신만만해 하는 엄마와 기뻐하는 투리를 보면 이곳에선 충분히 훌륭한 솜씨인 모양이다. 게다가 자기만족을 위한 사진 촬영과 달리 신전에 입고 갈 옷이기 때문에 지나치게 화려해서는 안 되는지도 모른다. 이곳의 상식을 모르는 내가 옷에 대해 평가해서는 안 될 것 같았다. 하지만 동시에 제안해 봐도 괜찮은 부분을 발견했다.

바로 머리였다. 관리한 덕분에 윤기가 났지만 투리는 항상 하나로 땋은 머리를 고수했다. 세례식에 머리를 바꾸려면 예쁜 머리 장

---

3 일본에서 세 살, 다섯 살, 일곱 살을 맞은 어린아이를 축하하는 행사. 보통 11월 15일에 치른다.

식 정도는 꽂아 보는 게 어떨까?

하지만 무얼 하던 이곳의 기준을 모르고서는 행동에 옮길 수 없었다. 어린 마인의 기억에 세례식에 관한 기억이 전혀 없는 나는 투리에게 물어보기로 했다.

"투리, 귀여워! 근데 머리는 어떻게 할 거야? 세례식 때 하는 머리는 정해져 있어?"

"이대로 갈 생각인데?"

투리, 그건 안 되지. 모처럼인데 좀 더 예쁘게 꾸미라고.

어깨에 힘이 빠졌지만 정신을 차리고 다시 질문을 던졌다. 머리는 바꾸지 않더라도 장식 정도는 생각해 놓은 게 있겠지.

"그럼, 머리 장식은? 생각해 놓은 거 있어?

"음. 여름이니까 어디서 꽃이라도 꺾어 올까?"

"이렇게 예쁜 옷을 입는데 그걸로 안 되지!"

이곳에선 어린애가 올림머리를 하는 건 NG라고 했지만, 땋은 머리 정도는 괜찮겠고, 장식이 없으면 만들면 된다. 여름까지는 아직 시간이 있으니까 레이스를 뜨자.

"내가 꾸며 줄게! 투리. 나한테 맡겨 줘! 꼭 예쁘게 해 줄게!"

그렇게 선언한 직후, 레이스를 뜰 코바늘이 없다는 사실을 눈치챘다. 엄마가 가지고 있는 털실용 바늘은 너무 굵어서 레이스는 뜨기 힘들었다.

어, 어떡하지……?

가족 중에 도구를 만들 수 있는 사람은 아빠밖에 없다. 투리가 만들어 준 비녀를 쓰기 좋게 매끈하게 다듬어 기름칠해 준 사람도 사실은 아빠였다.

나는 곁눈질로 살짝 아빠의 심기를 살폈다. 문에서 오토에게 글을 배우게 된 지 며칠이 지났는데도 아빠의 기분은 아직도 저기압이었다. 왠지 애교로 조르는 건 힘들어 보였다.

"저기, 있잖아, 아빠."

"뭐야?"

"아빠는 손재주가 좋잖아? 투리 인형도 아빠가 만들어 준 거지?"

"흠, 뭐, 그렇지. 흠흠! 아~, 그렇구나, 마인도 인형을 갖고 싶으냐?"

아빠는 화났다는 티가 팍팍 나는 엄한 표정을 하고 있는 한편으로 어딘가 모르게 기대에 찬 눈으로 슬쩍슬쩍 나를 보면서 물었다.

"아니, 코바늘이 필요해."

"코바늘? 엄마가 뜨개질할 때 쓰는 거 말하는 거냐? 빌려 쓰면 되잖아?"

내 대답에 아빠가 굉장한 실망한 얼굴을 하며 말했다. 조금이라도 좋으니 자기에게 신경을 써 달라는 불쌍한 표정이었다.

"그것보다 더 가는 코바늘이 필요하거든. 털실 말고 실을 뜰 때 쓸 거라서. 아빠, 가는 코바늘 만드는 건 굉장히 어려울 것 같은데, 만들 수 있어?"

나는 아주 살짝 글썽거리는 눈동자를 위를 향하며 아빠를 가만히 바라보면서 가슴 앞에 양손을 끼고 귀엽게 조르는 자세를 잡아 보았다. 이 세계에서 이런 자세가 통할지 모르겠지만, 딸바보 아빠들이 바라보는 딸의 귀여움은 전 세계 공통…… 이겠지?

나의 귀여움이 통했는지 아빠가 꺼끌꺼끌한 수염을 만지작대며 생각에 잠겼다.

"나무로 만들면 되지?"

"응! 할 수 있어? 엄청나게 가늘어야 해."

"한번 만들어 보지."

아빠가 자존심에 살짝 자극을 받은 모양이다. 바로 창고로 가서 이것저것 찾더니 칼과 나무를 몇 종류 가지고 와서 깎기 시작했다. 칼질이 익숙한 아빠의 손놀림은 빨랐다. 가느다란 나뭇가지 껍질을 빠른 손놀림으로 순식간에 벗겨내자 나무 가운데의 단단한 심만 남았다. 그다음은 본보기로 삼은 털실용 코바늘을 봐 가면서 손질해 갔다.

"털실용이 이 정도 굵기면 가는 실에 쓸 거라면 이거면 될까?"

"음, 좀 더 가늘게 할 수 있어?"

"이 정도?"

"그 정도가 좋아!"

굵기를 결정하자 다른 칼로 바꾸어 바늘 끝을 만들고 다듬었다. 장인 솜씨까지는 아니지만 내가 할 수 없는 걸 해 준 아빠를 순수하게 칭찬했다.

"아빠! 이렇게 빨리 만들다니 대단해! 이젠 여기에 실이 걸리지 않게 손질해서 기름으로 매끈하게 만들어주면 완벽해!"

"아빠한테 맡겨."

딸에게 칭찬을 받아 기쁜 아빠는 자신감을 회복했는지 신이 나서 가느다란 코바늘을 열심히 손질하기 시작했다.

"왠지 아빠 기분이 좋아진 것 같네? 다행이야."

투리가 천사 같은 순진한 미소를 보냈다. 나는 '응! 정말 다행이야!'라고 끄덕이며 마음속으로 중얼거렸다.

아빠의 기분이 안 좋았던 건 순전히 내가 원인이었거든…….

나는 아빠가 열심히 손질하고 있는 코바늘을 바로 사용할 수 있게 실을 찾기 시작했다. 투리의 예복을 만들 때 썼던 실이 조금 남아 있었다. 천을 짜는 데 썼던 하얀색이라기보다 옅은 베이지색 실은 다른 곳에도 쓸 데가 있을 것 같았다. 그러나 장식과 허리끈에 사용하고 남은 알록달록한 실은 천을 짜기엔 길이가 애매해서 그다지 쓸모가 없을 것 같다.

"엄마, 이 색깔 실을 찾아 줘."

"어디에 쓸 건데?"

내가 실을 찾을 거라고 생각도 못 한 엄마는 의표를 찔린 듯 의아한 얼굴로 바라보았다.

"'레이스 뜨기'를 해 보려고. 투리 머리 장식에 쓸 거거든."

우라노 때 엄마는 광고지를 말아 만든 바구니뿐만 아니라 다른 여러 수공예에 푹 빠져 있었다. 쓸데없는 간섭이었지만, 엄마는 내게 책 이외에 다른 취미를 갖게 하려고 유행이란 유행에 나를 끌어들였다. 즉, '주부 아트'경력은 나도 웬만큼 길다는 말이다.

사실 수도 없이 경험한 '주부 아트' 완성작 중에서 비교적 도움이 된 것이 레이스 뜨기였다. 도구만 있으면 레이스 뜨기로 머리장식을 만드는 건 자신 있었다. 우라노 인생은 끝나 버렸지만, 그 시절 경험이 언제 도움이 될지 모르는 일이었다.

하지만 우라노 인생을 알 리가 없는 엄마는 나에게 실을 주는 데 난색을 표했다. 아마 나에게 물건을 넘기면 대체로 못쓰게 되는 경우가 허다했으므로 실도 버리게 될까 봐 아깝다는 생각을 하고 있으리라.

"세례식에 쓸 머리 장식은 그때밖에 못 쓰잖니? 잠깐 쓸 장식에 실을 쓰는 건 아까우니까 꽃만 꽂아도 돼. 이 이상 안 꾸며도 투리는 매우 귀여운걸."

"지금보다 더 귀여워지면 훨씬 좋잖아. 귀여움이 진리라고."

내가 주먹을 불끈 쥐고 주장하자 엄마는 한숨을 내쉬고 이야기는 이걸로 끝이라고 말하고 싶은 양, 등을 돌렸다. 당황한 나는 엄마의 치마를 붙잡고 조르기 시작했다.

"응? 엄마. 여기 남은 실이라도 좋아. 모처럼 아빠가 코바늘도 만들어 줬는데 써 보고 싶어. 금방 완성해. 부탁해요."

나는 아빠에게 '코바늘을 무용지물로 만들지 마!'하고 도움을 요청하는 시선을 보냈다. 내 시선의 뜻을 읽은 것인지, 아니면 손에 쥐고 있는 코바늘이 쓸모없어지는 것이 싫었는지, 아빠를 향한 존경심이 없어지는 게 두려웠던 건지, 아빠가 내 편을 들었다.

"에파. 마인이 드물게 뜨개질에 흥미를 보이는데 남은 실 정도 주면 어때?"

"하긴…… 그렇네요."

잠시 고민하던 엄마가 떨떠름한 표정을 지으며 다 쓰지 못할 정도로 기다란 실을 몇 가닥 주었다.

"해냈다! 엄마, 고마워. 아빠, 사랑해요."

내가 만세를 외치며 과장되게 좋아하는 모습을 보이자 아빠가 흐뭇한 미소를 지었다. 코바늘을 손질하는 손에 힘이 들어가고, 콧바람이 거칠어지고 히죽거렸다. 아빠들은 딸이 어리광을 부리면 다들 저렇게 되는 걸까?

일단 아빠는 기분도 풀린 모양이니 이제 내버려 둬도 괜찮겠지?

아빠에게 숨 막힐 정도로 애정이 듬뿍 담긴 코바늘을 받자마자 레이스 뜨기를 시작했다. 조그마한 꽃잎을 잔뜩 만드는 거다.

깨작깨작 깨작깨작…….

레이스 뜨기는 이전에 실패한 파피루스 유사품처럼 세밀하게 떠야 해서 끈기가 필요했다. 하지만 지금은 십오 분 정도면 작은 꽃 하나는 만들 수 있-*--었다.

나는 식탁 위에 완성한 노란 꽃을 올려 두고 다음 꽃을 만들기 시작했다. 투리가 완성된 레이스 꽃을 감탄하듯 찬찬히 살펴보더니 고개를 갸웃거렸다.

"너무 작은 거 아니야?"

"작은 꽃들을 모아 만들려고."

커다란 꽃을 만들려다가 완성하기 전에 만들기에 질려 버리면 안 되잖아?

진심은 마음속에 묻어 두자.

떵떵거리며 큰소리를 친 이상 투리의 머리 장식은 끝까지 완성해야 했다. 그래서 도중에 싫증이 나도 괜찮도록 작은 꽃이 여러 개 달린 디자인으로 정했다. 사실 우라노 때 커다란 디자인 제작에 싫증이 나서 도중에 손을 놓아 버린 일이 한두 번이 아니었다. 위험 요소는 처음부터 배제해 두는 게 상책이다.

"레이스 리본을 할까 해. 어느 정도 길이가 길어야 묶이는 데다 도중에 색실을 다 써 버릴 수도 있으니까 작은 꽃을 여러 개 만드는 거야.

"마인 생각 많이 했구나?"

"그렇지? 전부 투리를 위한 거야."

나는 항상 신세 지는 투리를 귀엽게 꾸미기 위해 열심히 고민했다. 중간에 싫증이 나도 마지막으로 만든 작은 꽃을 모아서 장식하면 완성할 수 있다든지, 실이 없어도 다른 색실로 새로운 꽃을 만들면 되니 실을 쓸데없이 낭비하는 일이 없게 한다든지.

　깨작깨작 깨작깨작······.

　꽃을 몇 개쯤 완성했을 때 어디선가 시선을 느껴 잠시 얼굴을 들었다. 움직이는 내 손을 엄마가 신기하다는 듯이 들여다보고 있었다. 뜨개질이나 바느질 솜씨가 미인의 기준이 되는 이곳에서 미인이라 인정받는 엄마가 레이스 뜨기에 신경이 쓰이는 건 당연했다. 엄마는 완성된 작은 꽃을 손바닥 위에서 굴리며 쳐다보고 있었다.

　"만들기는 그렇게 어렵진 않은 것 같네."

　"엄마는 털실 뜨개질에 익숙하니까 몇 가지 요령만 익히면 나보다 훨씬 잘 만들 거야. 해 볼래?"

　코바늘을 건네자 엄마는 작은 꽃을 보면서 척척 만들기 시작했다. 가끔 손가락 끝으로 완성된 작은 꽃을 굴려 눈으로 코를 확인하고는 금세 하나를 완성했다.

　와오, 역시 뜨개질 미인. 코를 보면 어떻게 뜨는지 바로 아는구나. 억지로 엄마 옆에서 꼭 붙어서 배워야 했던 나와는 딴판이네.

　"엄마, 정말 대단하다."

　"이런 뜨개질 방법을 생각한 마인이 더 대단하지. 머플러나 스웨터를 뜬 적은 있지만 이런 장식을 만들어 보려고 생각한 적도 없었는걸."

　생활하기도 벅찬 이 세계에서는 장식품에 관심을 가질 여유가 없고 누구도 만드는 사람이 없었으니 애초에 레이스 자체를 처음 봤을 가능성도 있었다. 나는 옷장식이 당연한 세계에서 자랐지만, 이런 조그마한 장식마저도 이 세계에서는 이질적인 모양이다.

"그런데 마인. 이 꽃들을 잔뜩 만들어서 어떻게 머리를 장식할 생각이니?"

식탁 위에 널려있는 꽃만으로 완성품을 떠올리지 못한 엄마에게 최대한 쉽게 설명했다.

"음, 그러니까. 이런 자투리로 작은 원을 만들어서 하나하나 꿰어 붙이는 거야. 그러면 꽃다발처럼 되잖아? 그걸 '핀'에 빙빙 감…… 잠깐, '핀'!?"

나는 설명하다 말고 순식간에 핏기가 가셨다. 나도 모르게 비명을 지르자 엄마가 흠칫 놀랐다.

"갑자기 왜 그러니?"

"어떡해…… '핀'이 없어."

큰일 났다. 이 세계에는 핀이 없다. 적어도 이 집 안에서 본 적이 없다. 고무줄도 없어서 끈으로 묶는 곳이다. 모처럼 열심히 만들었는데 어떻게 해야 하지?

"아, 아아아, 아빠!"

말로만 설명하기 어려워서 석판을 꺼내 들고 그림을 그리며 졸랐다.

"비녀처럼 한쪽 끝을 날카롭게 해서 반대쪽을 이런 식으로 조금 평평하게 깎아서 작은 구멍을 낸 짧은 비녀가 필요한데 만들 수 있어!?"

"음, 이거라면 코바늘보다 간단하지."

"정말!? 정말 대단해, 아빠! 이제까지 중에서 제일 멋져!"

감격에 찬 나는 투리에게 하듯이 아빠를 와락 껴안자, 아빠가 '훗훗훗, 내가 이겼다. 오토'라고 작게 중얼거렸다. 아무래도 혼자서 오토를 상대로 겨루고 있었던 모양이다.

기분이 좋아진 아빠가 만들어 준 짧은 비녀에 단추를 꿰듯이 비녀 구멍에 실을 통과시켜 레이스 미니 부케를 만들었다.

"좋아, 완성! 투리, 예복 입고 여기 앉아봐."

여름 예복을 입은 투리가 가마에서 가장 가까운 의자에 앉았다. 나는 내 의자를 투리 뒤로 질질 끌며 가져와서 신발을 벗어 의자 위로 올라가 섰다. 그리고 투리의 땋은 머리를 풀어 빗질한 후, 양쪽 귀 위에서부터 머리를 꼬았다. 투리의 자연스러운 파마머리가 땋은 반올림 머리스타일에 어울려서 깜짝 놀랄 만큼 산뜻한 분위기를 연출했다.

땋은 머리끝을 묶은 낡은 천이 떨어지지 않게 장식을 살짝 꽂아 넣었다. 투리의 청록색 머리에 노랑, 파랑, 하얀 꽃장식이 잘 어울렸다.

"응, 귀여워!"

"어머나, 정말이네! 정말 귀엽구나. 투리."

"대단한 손재주구나, 마인. 몸은 약해도 손으로 만드는 일이라면 잘하겠는데?"

가족들의 칭찬에 수줍게 웃던 투리는 몸을 이리 돌리고 저리 돌리고 머리와 장식을 만지작거리더니 잠시 뒤 심술 난 듯 볼을 부풀렸다.

"마인, 뒤에 꽂으면 나한텐 전혀 안 보여."

"그건 그런데…… 어쩔 수 없잖아."

"그래도 어떻게 되어 있는지 보고 싶단 말이야."

이 집에는 거울이 없으므로 투리의 뒷모습을 보여 줄 방법이 없었다. 어떻게 할까 고민하는데 투리가 굉장히 불만 가득한 얼굴을 하고 있자, 나는 미니 부케 비녀를 뽑아서 내 머리에 꽂혀 있는 비녀 옆에 꽂았다.

"이런 느낌이야. 어때?"

"우와! 굉장히 귀여워! 엄마. 내 머리도 이래?

투리가 내 머리에 꽂힌 장식을 보고 환성을 질렀다.

"마인이 예쁘게 땋아 준 데다 투리한테 어울리는 색상으로 맞춘 거니까 투리가 더 잘 어울려."

"그래? 그렇구나. 우후훗……. 고마워. 다들. 정말 기뻐."

볼을 빨갛게 물들이며 기쁜 듯이 얼굴 전체에 웃음꽃이 핀 투리가 내 머리에서 조심스레 장식을 빼냈다.

이렇게 해서 봄을 앞두고 투리의 예복 코디가 완성됐다. 이걸로 여름에 열리는 세례식에서 투리가 가장 주목받을 게 틀림없다.

그리고 엄마가 레이스 뜨기에 푹 빠졌는지 아빠가 만들어 준 코바늘이 어느샌가 엄마의 바느질 상자에 들어가 있었다.

숲에 데려가 줘

숲에 쌓인 눈이 녹기 시작하면서 여기저기 싹이 움트기 시작했단다. 숲에 갔다 온 투리가 그렇게 말했다. 아이들이 채집하러 숲에 갈 수 있게 되었다는 것은 독서를 못 해 시간이 남아도는 긴 동면 기간이 끝났다는 것을 뜻했다.

겨우 점토판을 만들 수 있겠어!

투리는 아직 눈이 남아 있어서 발 내딛기가 어려워 걷기 힘들고, 채집할 수 있는 것도 많지 않다고 했다. 그러나 채집할 만한 물건이 많든 적든 나에겐 큰 문제가 아니었다. 내가 필요한 건 점토였기 때문에 땅을 파기만 하면 된다. 나도 숲에 가서 점토판을 만들고 싶었다. 숲에만 가면 나의 승리였다.

물론 나 혼자서 숲에 가도록 가족들이 가만히 놔둘 리가 없었다. 투리가 감시역으로 반드시 옆에 있어야 했다. 우선 투리에게 다가가 어리광을 피워 보기로 했다.

"제발, 투리. 나도 숲에 가서 모두랑 사이좋게 지내고 싶어. 나도 데려가 줘."

"마인은 못 걸으니까 무리야."

예전과 변함없는 대답이 돌아왔다. 여전히 나에 대한 신뢰는 낮았지만, 여기서 포기하기엔 아직 이르다.

"나 체력도 조금 붙었어. 힘들면 문에서 기다릴게, 제발."

투리는 떨떠름한 반응이었지만, 나는 매일 라디오 체조를 하고 식사에 신경을 쓰고 설거지하러 가는 투리를 따라 우물까지 가면서 내 나름대로 체력 증진에 힘써 왔으니 이제 슬슬 숲에 갈 수 있겠다고 생각했다.

"아빠한테 허락이 떨어지면 그렇게 해."

투리는 판단을 포기하고 모든 것을 아빠에게 떠넘겼다. 실제로 힘이 빠져 문에서 기다리게 되면 어차피 아빠의 허락이 떨어져야 하니 어쩔 수 없었다.

나는 아빠 꼬시기에 돌입했다.

"아빠, 나도 숲에 가면 안 돼? 최근엔 열도 잘 안 나잖아."

"그렇긴 하지……."

겨울 동안 건강을 챙기려는 노력 덕분에 열로 쓰러진 건 겨우 다섯 번뿐이었다.

아, 정말 많이 좋아진 거야. 가족들한테도 대단하다고 칭찬을 받았다니까?

그리고 제대로 된 밥을 먹는 횟수가 늘었다. 그러니 당연하지만 영양 상태가 좋아졌고 체격도 조금 커졌다. 여전히 또래 평균에는 못 미치지만, 아마 체력도 늘었을 것이다.

"힘들면 문에서 쉴 테니까 허락해 줘. 응? 응?"

아빠가 고민에 빠졌다. 바로 반대하지 않는 걸 보면 투리와 달리 아직 희망이 보였다. 나는 허락을 받으려고 끈덕지게 물고 늘어졌다.

"익숙해지면 어떻게든 된다니까? 세 살인데 벌써 숲에 데려가는 애도 있잖아? 그럼 나도 갈 수 있는 거 아니야?"

"아~, 뭐, 그렇긴 하지만……. 그 애는 체력이 넘쳐서 집 안에 가만히 있지 못하는 말썽꾸러기라 밖에 내보내는 거야."

"그럼 나도 말썽을 부리면 숲에 보내줄 수 있다는 거야?"

"그런 말이 아니야. 바보 같은 생각은 하지 말아라."

나는 무슨 일이 있어도 아빠의 허락을 받아야 했다. 왜냐면 봄이
되면 엄마가 일하러 나가는데 그러면 엄마는 또다시 나를 겔다 할
머니에게 맡길 게 뻔했다. 그건 내게 정신적인 고문이었다. 그것만
은 죽어도 싫었고 갈 생각도 전혀 없었다. 방치되는 아이들을 보고
있기가 힘들었다.

"아빠, 내 몸이 약해서 걱정해 주는 거지? 그럼 어떻게 하면 숲에
보내줄 거야? 어떻게 해야 아빠가 괜찮다고 판단할까?"

"그건 말이지……."

아빠가 가볍게 눈을 감고 생각에 잠겼다. 나는 아빠의 대답을 가
만히 기다렸다.

"당분간은 문까지만 다니는 거야."

"문까지? 당분간이란 건 얼마간이란 거야?"

"혼자서 문까지 걸어갈 수 있게 될 때까지다. 다른 사람들과 뒤
떨어지지 않게 걷게 되면 그땐 숲에 가도 좋아."

역시나 그리 간단히 보내줄 생각이 없는 모양이다. 점토판을 만
들겠다는 야망에서 조금씩 멀어지는 느낌이 들었다. 하지만 아빠가
일하는 문까지 걸어 다니며 체력을 키우라는 제안은 신뢰가 낮은
내게 최대한 양보한 것이겠지. 적어도 겔다 할머니한테 갈 필요가
없어졌다는 점에서 나는 타협하기로 했다.

"알았어……. 아빠 말대로 할게."

내가 일단 이해하고 끄덕이자 아빠가 안도한 듯이 표정을 누그러

뜨렸다. 혹시나 내가 인정하지 못해서 날뛰면 어쩌나 하고 걱정을 한 걸까?

"그럼, 아빠. 문까지 걸어야 한다는 건 왔다 갔다 하라는 말이야?"

"아니, 오토에게 글을 배우도록 해."

"뭐? 그래도 돼?"

오토에게 글을 배우는 걸 그렇게나 질투하며 싫어하던 아빠에게 도대체 무슨 심경의 변화가 생긴 걸까? 고개를 갸웃거리는 나를 보며 아빠가 살짝 미소를 지었다.

"마인은 몸이 약하지만, 머리가 비상하다고 오토가 말했단다. 머리를 쓰는 일이 적성에 맞을 거라고 말이야. 글을 익혀서 조금이라도 체력적으로 편한 일을 시키는 게 좋겠다고 말이지."

힘밖에 쓸 줄 모르는 아빠를 설득해 준 오토가 고마워서 눈물이 찔끔찔끔 나올 것 같았다. 아빠의 허락을 받고 정식으로 오토에게 글을 배우게 되다니 상상도 못 한 일이었다.

"마인은 손재주가 좋으니까 그쪽 일을 하면 좋겠다고 생각했는데 머리를 쓰는 일 쪽이 수입이 좋고 몸에 부담도 적다는구나."

"머리를 쓰는 일이라니? 어떤 거?"

나는 전혀 상상이 되지 않았다. 이 세계에서 체력 없이도 가능한 두뇌 노동이 있기는 한 걸까?

"관서 직원이나 귀족에게 내는 서류를 대신 작성하는 대필자가 있는데 대필자라면 집에서도 가능하다는구나."

서류를 대신 작성하는 일이라면 행정사 같은 건가? 행정사라면 확실히 자격만 있으면 집에서도 할 수 있는 일이겠지. 자격증을 딴

적이 없으니 자세히는 모르겠지만.

"오토는 지금은 병사지만 전엔 행상인이었거든. 상업 길드와는 아직 관계가 있다고 하는구나. 아빠랑 엄마가 소개할 수 있는 직업은 마인에게 맞지 않으니까 오토와의 친분은 소중히 하는 편이 좋아."

오토 씨한테 질투나 하던 아빠가 왠지 굉장히 어른스러워 보였다.

"고마워, 아빠. 나 열심히 할게."

아빠는 가볍게 내 머리를 톡톡 다독이고 투리를 바라보았다.

"투리도 협력해 줄 수 있지?"

"마인한테는 무리야."

투리는 고개를 가로저었다. 여동생 부탁은 뭐든지 들어 주는 투리지만 숲에 데려가는 것만큼은 절대로 양보하지 않았다. 아빠도 투리의 의견을 부정할 생각은 없는지 무겁게 고개를 끄덕였다.

"알고 있어. 그래도 숲까지 다니지 못하면 마인에게도 좋을 게 없잖아."

"그건 그렇지만…… 방해되는걸……."

"그래. 지금 이 상태로라면 모두에게 방해지."

투리뿐 아니라 아빠까지 내가 방해라고 딱 잘라 말했다. 나도 인지하고 있는 사실이지만, 눈앞에서 들으니 가슴이 아팠다.

"적어도 모두와 같은 속도로 걷지 못하면 숲까지 함께 행동하기 어려우니까 일단은 문까지 다니도록 하자. 그때까지 아빠가 마인과 같이 갈게. 그러니까 마인이 문까지 걷게 되면 그땐 투리도 협력해 주렴."

"그거라면…… 힘낼게."

책임감이 강한 투리는 힘차게 고개를 끄덕였지만, 나에 대한 가족들의 평가가 여전히 바닥을 기고 있다는 걸 깨달은 나는 반대로 어깨가 축 처졌다.

아무리 그래도 다들 내가 문까지도 못 걸을 거라고 생각하는구나. 요즘엔 우물까지 가도 예전만큼 숨차지 않은데.

다음 날, 해가 조금 높게 뜬 오전에 나는 아빠와 함께 문에 가게 됐다. 내가 문에 가는 날은 아빠가 오후 근무일 때만이다. 문지기 일은 3교대로 이루어진다. 개문부터 낮까지가 아침 조, 낮부터 폐문까지가 오후 조, 폐문 후부터 개문까지가 새벽 조로 나뉘었다. 내가 문까지 걷게 되기까지는 오후 조인 아빠와 같이 갔다가 숲에서 돌아오는 투리와 함께 집으로 돌아오거나, 아빠가 일이 끝날 때까지 기다렸다가 같이 돌아가거나 내 몸 상태에 따라 정할 생각이라고 했다.

"무리하지 않도록 해요. 여보, 마인 잘 봐줘요."

"응, 걱정하지 마. 마인, 가자."

"다녀오겠습니다."

나는 걱정스러운 얼굴로 배웅하는 엄마를 향해 손을 흔들고 아빠의 손을 잡고 걸었다.

예전에 계단을 내려가는 것만으로 휴식이 필요했던 상태에서 벗어났지만 큰 거리에 나와 조금 걸으니 숨이 차올랐다.

그러고 보니 업혀 가거나 짐수레에 실려 가거나 목말을 타거나 해서 이제껏 내 다리로 문까지 간 적은 없었구나.

"마인, 괜찮아?"

"아직, 괜차…… ㄴ……."

여기서 포기하면 평생 숲에 보내 주지 않을 거야. 그런 생각에 사로잡혀 '괜찮다'라고 했지만, 몸은 전혀 그렇지 않았다. 이 자리에 주저앉고 싶을 정도로 몸이 무거웠다.

"전혀 괜찮아 보이지 않는데? 웃챠."

아빠는 한숨을 한 번 내쉬고 가볍게 나를 안아 올렸다. 그 순간 내 몸은 축 늘어져 아빠에게 기대어 거친 숨을 반복해서 내쉬었다.

무리! 죽을 것 같아! 가족들 말이 맞아. 난 숲까지 절대 못 가.

"있잖아, 아빠. 나 오토 씨에게 글을 배우게 되긴 했는데 거기에 시간 뺏겨도 괜찮아? 오토 씨 일은 어떻게 해?"

오토에게도 문지기로서의 일이 있을 것이다. 내게 글을 가르치는 일은 아무리 생각해도 병사가 할 일이 아니었다.

"봄 세례식이 끝난 수습생이 다섯 정도 있어. 그 녀석들에게 글을 가르치는 게 오토가 맡은 일이야."

병사는 일단 글을 읽고 쓰는 능력이 필요하다. 사람 이름이나 직업을 읽고 쓸 수 없으면 문지기가 될 수 없기 때문이다.

"나도 걔들이랑 같이 배우는 거야?"

"음, 뭐 그렇지. 하지만 너는 병사 수습생이 아니라 조수로서다. 그 아이들과 역할이 달라."

"조수?"

이런 어린애에게 조수를 맡긴다고? 내 입으로 말하긴 그렇지만, 겉모습이 세 살 정도인 어린애다. 조수라고 해도 아무도 인정하지 않을 게 분명하다.

"마인, 너 오토 일을 도와줬다며?"

"회계 보고랑 예산이라면…… 근데 계산만 했어."

오토의 일을 도운 건 단 한 번뿐이었다. 오토가 부끄러움을 무릅쓰고 한 부탁이라 입 밖에 내지 않는 것이 좋을 거라는 판단에 아빠에게는 말하지 않았다. 그러나 오토는 아빠에게 혼이 날 각오로 보고한 모양이다.

"그래. 그 일을 오토 혼자 맡기기엔 부담이 크다고 예전부터 말이 나왔는데 도울 수 있는 녀석이 없어서 말이지. 오토가 너에게 글자를 가르쳐서 자기 조수로 삼고 싶다고 했어."

내게 글을 가르쳐 달라고 한 건 검산 작업을 도운 보상으로 부탁한 거지만, 조수로 삼고 싶다는 마음도 농담이 아니라 진심이었던 모양이다.

"사실 오토의 개인 조수로 들어가는 거지만, 세례를 받기 전인 어린애에게 일을 시켜서는 안 되니까. 일단은 글을 가르친다는 명목으로 문에 다니기로 했다. 급료는 석필. 몸이 안 좋은 날은 휴일. 예산상으로도 이보다 조건이 좋은 조수는 없다고 오토가 강조했거든."

아무래도 오토에게 글을 배우면서 서류 작업을 돕는 일이 내게 요구되는 역할인 듯하다. 오토가 내년 예산 시기에 맞춰 미리 수를 쓴 거다. 상사에게 나를 조수로 쓰겠다는 보고를 해서 급료인 석필 값을 예산에 포함하다니. 역시 상인이야. 자기 돈은 쓰지 않고 이익을 얻는 방법을 숙지하고 있다는 느낌이 들었다.

문까지 약 절반 정도의 거리를 아빠에게 안긴 채 이동해서 문에 도착했다. 도착하자마자 나는 숙직실에서 휴식을 취해야 했다. 솔직히 어떤 일도 하기 힘들었다. 힘들어하는 나를 아빠가 숙직실 벤치에 눕혀 주었다.

점심이 지나서야 나는 겨우 몸을 일으킬 수 있었다.

"마인. 슬슬 시작할 건데 괜찮겠어?"

"네."

오토가 데리러 왔기에 나는 토트백을 들고 숙직실에서 훈련실로 이동했다.

훈련실 한구석에 나무로 된 책상과 의자가 있었고, 세례식을 갓 마쳤다는 남자아이 다섯이 거기에 앉아 있었다. 아빠가 말한 병사 수습생들이겠지.

"마인은 이곳 반장님 딸로 지금 서류 작업을 돕고 있다. 오늘은 글을 배우고 싶다고 해서 수업에 참여하게 되었으니 쓸데없는 장난은 치지 않도록."

오토는 이렇게 나를 소개한 후 수업을 시작하고 석판 위에 기본 글자를 써 내려 갔다. 우선 이것을 전부 외워야 했다.

"기본 글자는 이것이 전부다."

전부 35가지 글자 종류 중에서 오늘은 5개를 발음하고 쓰는 연습을 했다. 몇 가지는 얼마 전에 배웠기 때문에 쉽게 외울 수 있었다.

"마인은 정말 기억력이 좋구나."

"몸을 움직이는 것보다 공부를 더 좋아하거든요."

이 세계 아이와 달리 공부가 익숙한 점과 나 자신이 공부에 대한 거부감이 없는 점도 높은 기억력과 관계가 있다고 생각했다. 좋아해야 능숙해진다는 말도 있지 않은가. 석필을 잡는 것도 글자를 쓰는 것도 처음인 초심자들과 나를 비교해 버리면 이 아이들이 불쌍하다.

"오토 씨, 이제 글자 공부는 여기서 끝내는 게 좋아요."

내가 오토에게 말을 걸자, 오토가 눈을 동그랗게 뜨고 뒤돌아봤다.

"뭐? 벌써?"

체감 시간으로 아마 삼십 분 정도겠지만, 남자아이에게는 얌전히 앉아서 쓰는 작업이 고통스러운지 아까부터 꼼지락거리며 몸을 비틀고 있었다. 싫증나기 시작했다는 증거다.

"처음 석필을 잡는 사람한테 긴 시간 동안 집중하는 건 무리예요. 조금 글자를 연습했다면 다음은 계산 공부를 하고, 마을 지도를 베껴 그려 본다든지, 병사의 마음가짐을 가르치고, 운동도 하고. 이런 식으로 하루에 여러 가지를 조금씩 체험하는 편이 몸에 익을 거예요."

오토가 멍한 얼굴로 나를 봤다.

이 아이들 나이로 봐서 초등학교 시간표를 참고하는 편이 좋겠다고 생각했다. 하루 동안 국어 하나만 죽어라 배우는 건 일본 초등학생이라도 견디기 힘들다. 더욱이 앉아 있는 것이 익숙하지 않은 낯선 세계의 아이라면 말할 것도 없다.

"다음은 계산 수업합시다. 숫자를 가르치는 것부터 해요."

다들 장 보러 간 적은 있었는지 숫자 열까지는 익힐 수 있었다. 다만 좀 의심스러운 아이도 있어서 소리를 내며 하나부터 다섯까지의 숫자를 석판에 적었다.

숫자 수업도 전원이 몸을 꼼지락거리기 시작할 때쯤 일단락 짓고 다음엔 체력 단련을 하기로 했다.

"오늘 공부는 여기까지 하는 게 어떨까요? 오토 씨."

나는 오토에게 제안하는 형태를 취하면서 아이들을 빨리빨리 해산시켰다.

"다음 수업까지 오늘 배운 글자와 숫자를 전부 외우고 와. 못 외우면 그 사람만 공부 시간을 확 늘릴 거야. 글자와 숫자는 굉장히 중요하거든."

내 말에 아이들은 환성을 높이며 훈련실을 빠져나갔다. 그 모습을 아직 이해가 안 된다는 듯 보고 있던 오토가 떨떠름한 얼굴을 했다.

"마인, 그런 만만한 방법으로는 제대로 못 외워."

"응~? 그래도 공부가 재미없다고 느껴 버리면 나중에 시간이 더 걸리니까 하루 동안 가르치는 건 저 정도로 충분해요. 나랑 비교하면 안 된다니까요."

"아…… 그렇군."

무의식적으로 나와 아이들을 비교한 것을 깨달았는지 오토가 볼을 움찔거렸다.

"게다가 외우든 못 외우든 그 아이들 책임이니까 만만하진 않아요."

"네 말대로 이제 막 일을 시작한 햇병아리들에게 자기 책임은 만만치 않구나."

나는 쓴웃음을 짓는 오토를 따라 웃으며 몰래 숨을 내쉬었다. 우라노 때의 경험으로 신입 교육에 참견을 해 버렸지만, 이상한 의심은 하지 않겠지?

숙직실에 돌아와서는 오토가 남은 시간을 할애해 나에게 개인 수업을 해 주었다. 오토가 단어를 적으면 나는 그것을 석판으로 연습했고 오토는 내가 연습하는 시간에 서류 작업을 했다.

"기본 글자는 다 외운 것 같으니까 이제 단어를 외워 볼까? 자주 쓰는 단어부터 시작하자."

이렇게 해서 기본 글자를 외운 나는 오토 선생님의 개인 수업에서 단어를 익히기로 했다. 그런데 가르쳐 주는 단어가 전부 비품이나 문지기 일에 관한 것들뿐이었다. 나를 서류 작업에 쓸 계획을 단단히 한 모양이다. 아마 어느 정도 언어 실력이 늘면 내년 예산 시기가 오기도 전에 서류 작업을 시키지 않을까?

아니, 누가 처음부터 '인물 조회' '귀족' '소개장' '탄원서'라는 글을 가르쳐 주냐? 평소에 전혀 쓰지 않는 단어잖아. 적어도 비품 항목부터 시작했더라면 건초나 식료품, 아니면 무기나 방패 같은 단어를 외울 수 있었을 텐데…….

석판에 글자를 쓰고 있자 아빠가 나를 부르러 왔다. 폐문 시간보다 조금 이른 시간인 걸 보면 투리가 숲에서 돌아왔나 보다. 나는 석판을 가방에 넣고 모두와 함께 돌아가기로 했다.

"마인, 집에 가자."

채집용 바구니를 등에 지고 도구나 채집한 것들을 든 아이들이 토트백 하나만 든 나를 뚫어지게 쳐다봤다.

"뭐라고? 마인?"

"투리 동생이야? 처음 봐."

꾀죄죄한 아이들의 노골적인 시선에 나도 모르게 투리 뒤에 숨었다. 투리가 쓴웃음을 지었다.

"마인이 밖에 나오는 일이 드물어서 그래."

동네 행사에도 잘 참여하지 않았던 마인은 아이들 사이에서 레어 몬스터 격 취급을 받고 있었다. 투리가 '괴롭히려고 쳐다보는 게 아니니까 괜찮아'라며 다독여 줬지만, 아이들의 시선이 따가웠다.

"마인도 같이 가는 거야?"

"루츠!"

아는 얼굴이 있다는 사실에 안심하고 랄프의 얼굴도 찾아 보았다. 하지만 덩치가 크고 빨간 머리가 눈에 띄는 랄프는 보이지 않았다.

"어라? 오늘은 랄프랑 같이 안 갔어? 어디 아파?"

"랄프는 이번 봄부터 일곱 살이라서 오늘은 수습 나갔어."

"그렇구나······."

랄프가 아직 일곱 살이었구나. 나이는 마인의 기억으로 알고 있었지만, 체격이 좋고 주변을 잘 챙겨서 여덟 살이나 아홉 살 정도라고 멋대로 생각하고 있었다. 어라? 루츠도 겨울 동안 키가 커졌나?

루츠의 눈 위치가 조금 높아진 것 같다는 생각을 하면서 집으로 향했다. 숲에서 채집을 끝내고 무거운 짐을 든 아이들은 조금이라도 빨리 집에 가고 싶은지 자연스럽게 발걸음이 빨라졌다.

그런 집단에서 내가 뒤떨어지지 않게 투리와 루츠가 옆에서 도와 줬다.

"다들 서두르면 안 돼!"

"마인, 괜찮아?"

나도 열심히 걷는다고 걸었지만, 아이들과의 거리는 점점 벌어져만 갔다. 아이들은 가차 없어서 늦어지는 나를 기다려 주지 않았다.

"다들 너무 빨라……."

"미안, 루츠. 마인 좀 봐줄래? 나 애들 좀 보고 올게."

투리는 세례를 받지 않은 아이 중에서 최연장자이므로 여동생보다 모두를 우선하여 돌봐야 했다.

"알았어. 마인, 천천히 걸어. 도중에 지쳐도 오늘은 업어 줄 수 없으니까."

루츠만이 혼자 남겨진 나와 함께 천천히 걸어 주었다. 더는 루츠에게 폐를 끼치고 싶지 않은 마음에 사양하지 않고 속도를 낮춰 걸었다.

"마인은 문에서 뭐 하고 있었어?"

"글을 배웠어."

"글? 쓸 수 있어?"

루츠가 굉장히 놀란 듯 나를 쳐다봤다. 루츠의 눈이 나에 대한 존경으로 초롱초롱 빛이 나는 것 같았지만, 아직 글을 쓸 정도로 단어를 아는 건 아니니까 그런 눈으로 봐도 부담만 클 뿐이다.

"아직 내 이름 정도밖에 못 써. 지금부터 연습하는 거야."

"자기 이름을 쓸 수 있다니! 대단해. 마인!"

어라? 존경심이 완전히 자리 잡아 버린 것 같은데?

이름을 적을 수 있다는 것만으로 존경받을 줄 몰랐다. 하지만 잘 생각해보면 농민 중에 글을 읽고 쓰기가 가능한 사람은 촌장 정도이고, 이름을 쓸 수 있는 아빠도 대단한 거라 들었다.

그 정도밖에 못한다고 아빠를 무시했는데, 여기서는 존경받는 수준이구나.

서류 작업을 돕는 일이 얼마나 대단한 일인지 조금 이해가 됐다.

오토가 주변 병사보다 나를 키울 맘이 생길 만도 하다. 이름을 적을 수 있는 수준에 만족한다면 서류 작성 따위 가르칠 수 없을 테니까.

"하아…… 하아……."

"너, 괜찮아?"

내겐 글자를 외우는 건 간단해도 체력을 키우는 건 어려웠다. 사람마다 잘하는 것과 못하는 것이 있다는 말에 통감했다.

걱정하는 루츠의 도움을 받으면서 집에 도착했을 땐 말을 할 수도 없을 정도로 몹시 지쳐 있었다. 예상대로 열이 나서 이틀을 앓아누웠다.

"그러니까 무리하지 말라고 엄마가 말했잖아!"

엄마가 잔뜩 골을 냈지만, 확실하게 내 체력은 붙어 가는 모양이었다. 평소라면 닷새는 앓는데 사흘 만에 밖에 나갈 수 있게 되었으니까.

아빠와 문까지 절반 정도 걸은 뒤엔 아빠에게 안겨서 이동. 낮부터 글자 연습과 계산 서류 작성 돕기. 아이들과 다 같이 집에 가다가 금방 뒤처져서 숨을 할딱거리다가 루츠의 걱정을 사고 집에 돌아와서 앓아눕기.

이 상태를 한 달 가량 반복했더니 체력이 조금씩 붙기 시작했다. 하루 출근하고 사흘을 쉬던 것이 이틀 쉬게 되고, 나중엔 격일 출근이 가능하게 되었다. 그때쯤엔 걸음 속도는 여전히 느렸지만 어떻게든 문까지 걸어갈 수 있었다. 그러다 이틀 출근에 하루 휴일에서 삼일 출근에 하루 휴일이 되었다. 처음으로 닷새 연속으로 출근했을 때는 가족들이 성대하게 축하해 주었다.

"마인, 처음으로 쉬지 않고 연속 출근했구나!"

"꽤 체력이 붙어서 아빠는 기쁘구나!"

"이제 숲에도 갈 수 있겠어."

가족들의 칭찬에 기뻐서 더 열심히 해야겠다고 결심했지만, 그 날 이후 열이 나서 이틀을 앓았다. 생각만큼 일이 잘 풀리지는 않는 모양이다.

문에 다니기 시작해서 삼 개월째에 들었을 무렵에 드디어 숲에 가도 좋다는 허락이 떨어졌다. 여기저기 여름 기운이 느껴지기 시작하는 봄 끝자락 무렵이었다.

메소포타미아 문명, 만세

오늘은 처음으로 내 발로 숲에 가는 날이다.

석판을 넣은 토트백 대신 다른 아이들보다 작은 바구니를 등에 지고, 땅을 팔 때 쓸 나무 주걱으로밖에 보이지 않는 삽을 들었다. 이 주걱으로 흙을 파라니, 아이들 장난감으로 쓰는 플라스틱 삽보다 더 미덥지가 않은 건 나만 그런 걸까.

당장에라도 부서질 것 같은 나무 삽을 붕붕 휘두르고 있자, 아빠가 내 어깨를 꽉 잡았다. 아빠는 숲에 가기로 한 날부터 귀에 딱지가 앉을 정도로 들었던 대사를 반복해서 읊었다.

"마인. 오늘은 숲에 갔다가 돌아오기만 하는 거야. 돌아오는 길은 다들 짐도 많고 피곤하니까 너한테 신경 쓸 여유가 없어. 오늘 목표는 숲에서 쉬고 있다가 다 같이 집으로 돌아오는 거야. 알겠어?"

"알아."

나의 대답만으로 불안한 건지, '벌써 몇 번이나 들었다고'라는 내 속마음을 꿰뚫어 본 건지, 아빠는 떨떠름한 표정으로 투리를 돌아봤다.

"투리, 힘들겠지만, 잘 부탁한다. 폐문 시간까지 돌아올 수 있게 루츠와도 서로 도와 가며 다녀오는 거야."

"응. 오늘은 되도록 빨리 끝낼게."

책임감 넘치는 투리가 아빠의 부탁에 사명감을 불태웠다. 오늘의 투리는 엄격해질 것 같은 예감이다.

밖에 나가자 이미 아이들 여럿이 바구니를 지고 모여 있었다. 나와 비슷한 체격인 아이부터 투리와 페이처럼 체격이 좋고 키가 큰 아이까지 모두 여덟 명이었다. 핑크 머리 페이가 선두로 앞장서고 투리가 맨 뒤에서 걸었다. 나는 걷기 시작했을 땐 선두였지만, 도착 지점에 다다를 즈음엔 거의 뒷줄로 밀려나 있었다.

"그럼, 마인. 가 보자. 천천히 걸어."

문까지 걸을 수 있게 된 나였지만, 숲까지 걷는 건 이번이 처음이다. 그리고 루츠가 내 속도를 보조해 주는 역할을 맡았다. 집에서 문까지의 왕복을 약 석 달간 걸어 다니는 동안에 루츠는 어느샌가 내가 힘들지 않는 속도를 습득한 모양이었다. 최근 무리 없이 걸을 수 있게 된 것도 루츠 덕분이기도 했다. 오늘 루츠는 아빠에게 용돈을 받고 감시원 역할을 맡았다.

"고마워, 루츠."

"아니야. 우리도 마인한테 신세 지고 있으니까 괜찮아."

얼마 전 루츠 집에서 마지막 남은 파루 찌꺼기를 처분했다. 눈 속에서만 딸 수 있는 파루는 날씨가 따뜻해지면 순식간에 상태가 나빠져서 먹을 수 없게 된다고 한다. 그래서 지금까지의 고마움과 이제부터도 잘 부탁한다는 마음을 담아, 나는 선물을 대신해서 비지로 양을 늘린 비지 햄버거가 아닌 파루 햄버거 조리법을 루츠에게 가르쳐 줬다. 겉보기엔 노란 파프리카지만 속은 토마토 같은 맛을 내는 포메를 조려서 소스를 만들고, 치즈를 올려 완성했다. 파루의 부드러운 단맛이 맛에 깊이를 더해서 만든 나도 깜짝 놀랄 정도로 맛있었다.

참고로 루츠만이 아니라 루츠의 형들까지도 파루 햄버거를 먹고 눈물을 흘렸다. 맛은 물론이고 먹을 수 있는 양이 평소보다 배나 많아서 감동한 모양이었다. 칼라 아줌마도 "마인의 요리가 살림에 도움을 주는구나."라며 감격하셨다. 그도 그럴 것이 식성 좋은 사내아이가 넷이나 있으면 엥겔 계수가 엄청나겠지. 도움이 되어서 다행이다.

"그때 먹은 파루 햄버거는 왜 겨울 동안엔 안 알려 준 거야?"

"신선한 고기가 없으면 민스(다진 고기)를 만들 수가 없어. 거기다 민스를 만드는 건 굉장히 힘든 작업이거든. 협력해 줄지 몰라서……."

"아~, 힘들긴 했지만, 마인 요리라면 열심히 만들 수 있어."

내겐 고기가 다져질 때까지 식칼로 계속 두드릴 힘도 없고, 힘든 작업인 줄 알면서 엄마에게 만들어 달라고 조를 수도 없어서 지금까지 먹을 수 없었는데, 운 좋게도 루츠 집에서 모두와 함께 만들어 먹을 수 있었다.

그런 수다를 떨면서 숲까지 걸었다. 재잘거리며 걷는 편이 즐겁게 오래 걸을 수 있지만, 도착한 후에 밀려오는 피로감은 이루 말할 수 없었다.

나는 모두가 채집하는 동안 조금 큰 바위 위에 앉아 쌓인 피로를 풀었다. 루츠는 거친 숨을 내쉬는 나를 걱정하며 등을 가볍게 문질러 주면서 말했다.

"곧 있으면 페이랑 투리도 세례식을 하니까 마인도 빨리 숲에 익숙해지지 않으면 안 되겠네."

"왜?"

투리의 세례식은 집에서 예복과 머리 장식을 만들었기 때문에 알고 있었지만, 세례식 이후에 구체적으로 무엇이 변하는지는 몰랐다.

"투리도 세례식이 끝나면 수습생으로 일해야 하잖아? 그럼 일주일에 반은 마인 혼자 숲에 와야 하니까."

나는 루츠의 지적에 눈을 크게 떴다. 그 말은 즉, 투리가 수습을 시작하면 내가 투리 대신 해야 할 일이 늘어난다는 뜻이다.

"어, 어떡하지? 거기까지 생각 못 했어."

이제까지는 투리가 언니로서 병약한 마인을 보살펴 준 덕분에 평온하게 지낼 수 있었다. 투리가 일을 나가게 되면 내가 제대로 된 생활을 할 수 없을 게 불을 보듯 뻔했다.

루츠는 핏기가 싹 가신 나를 보고 헤헤 하고 웃으며 코를 비볐다.

"투리가 없어도 내가 마인을 지켜 줄게. 마인은 약하니까."

정말 착하구나, 루츠. 내가 마인이 되고 처음 만났을 때부터 루츠에겐 이런 남자다움이 있었다.

"고마워, 루츠. 잘 부탁할게."

"응. 나는 땔나무 주으러 갔다 올게. 마인은 여기서 쉬고 있어. 집에 못 돌아가면 안 되잖아?"

그렇게 말하며 루츠는 땔나무를 주으러 갔다. 루츠의 발소리가 멀어지고 주변에 아무도 없게 되자, 나는 재빨리 삽을 가장한 나무 주걱으로 구멍을 파기 시작했다. 오늘 내 목표는 '숲에 갔다가 돌아오는 것. 되도록 열이 나지 않게 할 것'이라는 정도는 잘 알고 있다. 걱정해 주는 가족들과 루츠에겐 미안하지만, 그래도 숲에 와서 도전 한번 해 보지도 못하고 돌아갈 수는 없었다.

파자, 파자, 깊게 파자!

얼마나 파야 점토를 파낼 수 있을까? 이곳 지질이 지구와 같다고 가정한다면 꽤 깊게 파지 않는 이상 점토까지 닿지 못할 것 같다.

"이얍!"

나는 있는 힘껏 삽을 땅에 찔렀다. 하지만 삽이라는 이름을 한 나무 주걱은 끝이 단 1센티도 땅에 박히지 않았다.

엥? 흙이 뭐 이렇게 딱딱해?

마치 잘 다져진 운동장을 파내는 것 같았다. 숲이라면 수분이 많은 부드러운 흙을 상상했는데, 완벽하게 배신당한 기분이 들었다. 흙이 안 좋은 거야? 아니면 삽이 안 좋은 거야? 답은 간단했다.

그래, 삽이 안 좋은 거야.

이건 내가 알고 있는 삽과는 하늘과 땅 차이였다. 적어도 나무가 아닌 금속 재질로 만든 삽이 필요했다. 하지만 삽이 목제든 땅이 딱딱하든 부드럽든 나에게 포기라는 선택 사항은 없었다. 시간이 걸리겠지만, 일단은 조금씩 파는 방법밖에 없었다.

드륵드륵드륵드륵······.

나무 삽으로 조금씩 흙을 긁었다. 점토 파기는 상당한 끈기와 힘이 있어야 하는 작업이다. 오늘 하루 만에 끝날 것 같지가 않았다. 왠지 점토판을 만드는 일도 상당히 힘들 것 같은 예감이 들었다. 파피루스 유사품보다 쉽기를 빌어야지.

5센티 정도 팠을 때 누군가가 다가오는 소리가 들렸다.

"마인, 뭐 하는 거야?"

양손 가득 나무토막을 주워 온 루츠가 지면에 주저앉아 삽을 움직이는 나를 발견하고 눈을 크게 떴다.

"오늘은 숲에서 쉬고 있기로 약속했잖아!?"

집을 나올 때 한 약속은 기억나지만, 눈앞에 점토를 놔두고 어떻게 가만히 있을 수 있겠는가. 루츠가 돌아오기 전에 그만둘 생각이었는데 한번 시작한 손은 멈추지 않았다.

어, 어떡하지?

만약 아빠라면 미소와 포옹으로 얼버무릴 수 있지만, 루츠는 투리가 감시역으로 임명할 만큼 만만한 상대가 아니었다. 얼버무리려 하면 오히려 의심을 부추겨서 더 엄하게 추궁을 받는 꼴이 되리란 건 이미 경험으로 숙지한 바였다.

"저, 저기…… 그런데, 루츠."

"그런데? 뭐?"

루츠가 미간에 깊은 주름을 새기며 허리에 양손을 올리고 내려다보았다. 이제부터 심문을 시작한다는 신호였다.

"분명 내가 쉬고 있으라고 말했을 텐데, 넌 대체 뭐 하고 있는 거야?"

"구, 구, 구멍을 파고 있었습니다!"

장승처럼 우뚝 서서 분노의 아우라를 풍기며 내려다보는 루츠에게 그만 이실직고해 버렸다.

왜냐면 루츠가 화나면 무서우니까. 잘못했다간 폐문 시간까지 못 돌아갈지도 모른다.

"그건 보면 알아. 왜 구멍을 파고 있었던 거야?"

내 솔직한 대답에도 루츠의 화는 수그러지지 않았다. 오히려 나를 내려다보는 시선이 굉장히 싸늘해진 느낌이 들었다. 나는 작게 신음하며 루츠를 올려다보았다.

"그, 그게 말이야, '점토'가 필요해."

"뭐? 뭐가 필요하다고?"

루츠가 이해하기 힘들다는 듯 고개를 갸웃거렸다. 의아한 표정으로 바뀐 걸 보아 화가 조금 누그러진 듯하다.

"차지고 끈끈해서 무거운 느낌이 들고 물빠짐이 나쁜 흙이 필요해."

"그거라면 여기 말고 저쪽 나무나 풀이 적은 곳에 많아."

루츠 말대로 점토는 배수가 나빠 식물이 잘 자랄 수 없는 흙이라서 식물이 적은 곳을 찾는 편이 효율적이었다.

"역시 루츠야, 고마워!"

"잠깐! 마인, 기다려!"

허둥지둥 이동하려다가 루츠에게 목덜미를 붙잡혀 제자리로 끌려와 버렸다. 나와 루츠는 덩치도 힘도 차이가 나서 도망칠 수 없었다.

"오늘 마인이 할 일은 휴식이라고 누누이 말했지? 귀가 안 들려? 지금 당장 해야 하는 일이야?"

루츠가 내 양쪽 귀를 쫙 잡아당겼다. 나는 팔을 허공에 휘두르며 발버둥쳤다.

"아파! 아파! 그래도 진짜 필요한 거라고. 생활에 꼭 필요한 게 아니니까 투리든 누구한테든 부탁할 수 없었어!"

내가 신음과 함께 아픈 귀를 비비면서 글썽이는 눈으로 루츠를 노려보자 루츠가 움찔거렸다. 내가 반박할 줄은 몰랐던 건지, 아니면 평소에 집착하지 않는 나의 이상한 고집에 당황한 건지는 잘 모르겠다. 하지만 나의 본능이 이 틈을 놓치지 말라고 내게 소리쳤다.

"내가 얌전히 있으면 루츠가 파 주겠다는 거야, 뭐야!?"

"오늘 양만큼 땔나무를 주우면 내가 파 줄게. 마인은 그냥 얌전히 있어."

의외의 답변에 나도 모르게 몸이 굳어 멍하게 루츠를 쳐다보기만 했다.

'가는 말이 고와야 오는 말이 곱다'는 속담도 있지만, 루츠는 자신이 뱉은 말의 의미를 알고는 있는 걸까? 자신과 전혀 관계없는 점토판 만들기를 도와주는 것보다 조금이라도 채집을 많이 하는 편이 좋을 텐데.

"저기, 마음은 고마운데, 루츠는 자기 일 하는 편이 좋지 않아?"

"연약한 네가 어떻게 흙을 판다는 거야?. 내가 해 줄게. 그 대신 그 흙을 어디에 쓸 건지, 네가 뭘 하고 싶은 건지 솔직하게 털어놔."

"왜……?"

"네가 뭘 하고 싶은지 알아야 쓸데없는 시간 낭비를 안 할 테니까. 지금도 파야 할 흙은 저기 있는데, 전혀 다른 곳을 파고 있잖아."

으으, 아픈 곳을 찌르다니.

루츠 말대로 목적은 명확한데 단어를 모르거나, 일본에서 본 물건과 겉모습이 달라서 제대로 알아보지 못하거나, 도구가 없어 헤맨 경우가 많았다. 루츠가 방향을 잡아 준 덕분에 돕겠다는 말이 그냥 입 밖에 튀어나온 말이 아니란 건 잘 알겠다. 하지만 왜 날 도와주는 건지, 그 이유를 몰라 떨떠름했다.

"루츠는 왜 나를 도와주는 거야?"

"그야 내가 굉장히 배고팠을 때 마인이 파루 케이크 만들어 줬으니까. 난 그때 마인을 돕겠다고 생각했거든."

엥? 달랑 그거? 그 이유만으로 흙을 파 준다고?

솔직히 파루 케이크 하나로 이런 중노동을 서슴지 않게 해 준다는 마음을 이해하기 어려웠다. 받은 은혜에 꼭 보답하는 것이 이 나라의 기질인 걸까? 그래도 본인이 하겠다고 하니 거절할 이유는 없지. 미안하지만 힘쓰는 일은 전면적으로 루츠에게 맡기자.

"그럼, 루츠한테 맡길게. 나는 기다리면 되지?"

"응. 해야 할 일 바로 끝내고 올게."

루츠는 정말 순식간에 땔나무 줍기를 끝내고 돌아왔다. 그리고 나를 배수가 나쁜 땅으로 안내해 주었다. 그곳은 숲 안에서도 비교적 경사가 진 낮은 지형이었다.

"여기쯤이야."

그렇게 말하며 루츠는 내가 들고 온 나무 주걱 같은 삽으로 흙을 파기 시작했다.

"마인, 너 말이야. 이런 것까지 준비해 왔다는 건 충동적인 게 아니라 처음부터 작정하고 약속을 어길 생각이었구나?"

"어? 그, 그건 그, 음, 겨우 숲에 왔으니까 가만히 있을 수 없어서, 그만. 계획적으로 준비하긴 했는데."

루츠의 얼굴이 실룩하고 경련을 일으키더니 감정을 폭발시키듯 삽을 세차게 지면에 내리꽂았다.

"젠장! 이러니까 마인은 양의 탈을 쓴 여우라니까! 방심할 수가 없어!"

"루츠도 방심해도 괜찮은데……. 아빠보다 예리한걸."

"귄터 아저씨는 너무 너한테 물러!"

나는 분노의 삽질을 하는 루츠에게 아무 말도 못 하고 그저 쳐다보기만 했다. 어째서인지 평범한 나무 주걱으로 순조롭게 흙을 파내고 있었다. 깨작거리며 흙을 긁던 나와 달리 퍽퍽퍽 하고 땅을 파는 게 신기하기 짝이 없었다.

이건 힘의 차이인가? 아니면 삽을 쓰는 법이 다른가? 뭔가 다른 요령이 있는 건가?

"어라? 흙 색깔이 바뀌었어!"

루츠가 15센티 정도 파냈을 즈음에 흙색이 달라졌다.

"필요한 게 이거야?"

조금 파내어 준 흙을 쥐고 주물럭거려 봤다. 손안에서 흙의 차갑고 끈적끈적한 감촉이 느껴졌다. 내 손의 움직임에 따라 자유자재로 형태가 변하는 이 흙은 내가 찾던 점토가 분명했다.

"이거야! 나 혼자였으면 분명 며칠이나 걸렸을 거야! 대단해 루츠! 힘이 장사야!"

"마인보다 힘없는 남자는 없어."

루츠가 발끈하며 흙을 퍽퍽 파기 시작했다. 나는 쌓여 가는 점토에 눈을 반짝이며 커다란 바위 위에 조금씩 흙을 옮겼다. 이걸로 점토판이 얼마나 만들어질까? 그런 생각만으로 이 흙덩이가 사랑스러워 보였다.

"그래서, 이걸 어떻게 할 건데?"

"후후후~ '점토판'을 만들 거야."

"'점토판'?"

"그래."

나는 루츠가 땀의 결정으로 일구어낸 점토를 물렁물렁 주물럭주물럭해서 얇은 점토판을 만들었다. 그리고 근처에 떨어진 나뭇가지로 엄마가 잠자리에서 들려준 이야기를 완성된 점토판에 일본어로 새겨 갔다.

할 수만 있다면 이 나라 글자로 적고 싶었다. 하지만 오토가 귀족의 직책이나 소개장 같은 정형문만 가르쳐 줘서 아직 일상생활에 쓰이는 단어를 쓰지 못했다.

"마인이 적고 있는 거 글자야?"

"응, 맞아. 이렇게 기록해 두면 까먹어도 읽으면 다시 기억나거든. 기록이란 거 참 대단해. 그런 기록들이 엮인 책은 더 대단하고."

"흠……."

"루츠, 흙을 파 줘서 정말 고마워. 큰 도움이 됐어. 더 해야 할 일이 있으면 갔다 와도 돼. 나는 여기서 얌전히 글 적고 있을게."

"알았어. 이제 돌아다니지 마."

지금 쓰고 있는 이야기는 '구둣방 할아버지와 난쟁이' 분위기의 '이(異)세계 편'이다. 점토판 한 장에 글자를 빽빽하게 새겨도 전부 열 장에 이르는 대작이 되었다.

"해냈다! 완성!"

마지막에 '끝'이라고 새겨 넣으니 끝까지 해냈다는 실감에 감동이 물결쳤다.

내가 점토판을 완성하다니! 위대한 메소포타미아 문명이여, 만세!

이제 이 점토판을 으스러지지 않게 가마에 넣고 구우면 진짜로 완성이다. 주먹을 불끈 쥔 채 지금까지 새긴 점토판 쪽으로 몸을 돌렸다.

"꺄아아아아아아아아!"

다음 순간, 나는 뭉크의 절규처럼 뺨에 손을 대고 절규했다. 눈앞에서 벌어진 믿을 수 없는 광경에 머릿속이 새하얘졌다.

채집한 것들을 안고 바구니가 있는 곳으로 돌아오던 루츠가 허둥지둥 내가 있는 곳으로 달려왔다.

"마인! 무슨 일이야!?"

"페이가 밟았어! 다 망가졌다고! 으아~앙!"

점토판에 열심히 쓴 이야기 중에 반이, 아니 반 이상이 페이 일당에게 밟혀 엉망이 되어 버렸다. 발자국투성이에 형태가 완전히 뭉크러져서 글자를 읽을 수도 없을 정도였다.

"겨, 겨우 완성했는데…… 너무해……. 으앙! 숲에 오기까지 얼마나 시간이 걸린 줄 알기나 해!? 이 약해빠진 몸에 체력을 키우려고 얼마나 고생했는지 아냐고! 루츠랑 투리도 끌어들여서 겨우 완성했는데! 이 바보바보바보!"

나는 눈물과 오열을 쏟아 뱉으며 페이 패거리를 힘껏 노려보았다. 솟구치는 분노가 몸속에서 소용돌이쳤고, 소름 끼칠 정도로 머리가 빠르게 식어 가는 느낌이 들었다.

머리로는 어른스럽지 않다는 건 알고 있었지만, 치밀어오르는 분노를 멈출 수가 없었다.

페이 패거리는 노려보는 내 눈빛에 몸을 떨며 슬슬 뒷걸음질쳤다.

얼마 안 남았었는데! 조금만 있으면 책을 손에 넣을 수 있었는데! 이런 끔찍한 상황을 어떻게 책임질 거야!

점토판을 무참하게 짓밟힌 원망을 어떻게 풀지 생각하고 있는 사이, 내 절규를 들은 투리가 새파래져서 달려왔다.

"마인, 왜 그래!?"

그렇게 말하며 투리가 내 얼굴을 들여다본 순간 페이 패거리뿐 아니라 투리의 얼굴에서도 두려움이 서렸다.

"무슨 일 있었어? 엄청나게 무서운 눈을 하고 있는데?"

투리는 나에게서 시선을 거두고 주위로부터 전후 사정을 듣고는 나를 달랬다.

"마인, 그렇게 화내지 마. 다들 악의가 있어서 한 짓이 아니야. 응?"

악의가 있든 없든 망가져 버린 점토판은 돌아오지 않는다. 오늘까지 해 온 노력을 전부 짓밟힌 것에 대한 앙심과 노여움은 투리의 말만으로 수그러들지 않았다.

"싫어! 절대로 용서 못 해!"

내가 거친 숨을 내쉬고 눈물 콧물 흘리면서, 벌벌 떠는 페이 패거리를 노려보고 있자, 루츠가 내 등을 토닥거렸다.

"숲에 오고 싶었던 것도, 삼 개월 동안 숲에 오려고 노력했던 것도, '점토판'을 만들기 위해서였으니까 마인이 이렇게 화내는 것도 분한 것도 이해해. 그런데 화낸다고 해서 다시 예전으로 돌아가는 건 아니야. 그러니까 새로 만들자. 나도 도울게."

"지금부터 새로 만들면 폐문 시간에 맞출 수 있어. 나도 협력할게. 응? 마인. 페이도 미안해하니까 같이 도와줄 거야. 응?"

"그래, 우리도 도울게! 그렇게 소중한 물건인지 몰랐어. 미안해."

루츠와 투리의 중재에 이끌리듯 페이 패거리는 딱딱하게 고개를

흔들며 사과하고는 자신들이 밟아 망가뜨린 점토판에 허둥지둥 손을 뻗었다.

페이 패거리의 사과와 '폐문 시간까지 가능하다'라는 말에 온몸에서 내 분노가 물밀듯이 빠져나갔다. 이대로 화내고 있는 것보다 다시 만드는 편이 합리적일 것 같았다.

"알았어. 다시 새로 만들자."

어쨌든 한번 점토판을 완성해 봤으니 방향은 확실히 잡혔다. 파피루스보다 간단하게 완성할 수 있다는 사실에 만족하자. 그래도 나는 페이 일당에게 따끔한 일침을 놓는 것을 잊지 않았다.

"두 번은 없을 줄 알아."

이 일로 아이들 사이에서는 '절대로 화나게 해서는 안 되는 인물'에서 한동안 내가 정상 자리를 빛냈다고 한다.

점토판은 실패다

숲에서 점토판을 만들었다가 분노를 폭발시킨 나는 루츠와 투리의 예상대로 열이 나 쓰러져 버렸다.

겨우 열이 내린 것은 잠꼬대로 '점토판'을 중얼거리기 시작하고 며칠 뒤였다. 빨리 숲에 가서 점토판을 만들겠다고 주먹을 불끈 쥐며 의욕을 불태웠지만, 아빠의 허락이 쉽사리 떨어지지 않았다.

"안돼, 안돼! 몸 상태가 좋아졌는지 봐야 하니까 내일로 해. 알겠어?"

"네에……."

역시나 나은지 얼마 안 된 몸으로 숲에 가겠다는 억지는 통하지 않았다. 그래도 오늘 하루 열이 오르지 않으면 숲에 갈 수 있어서 설레는 마음으로 내일의 준비를 시작했다.

먼저 창고 안에서 용도를 알 수 없는 널빤지를 바구니 바닥에 깔아 놓았다. 그리고 엄마가 청소걸레로 쓰기 위해 챙겨둔 누더기를 꺼내 몰래 바구니에 넣었다. 이걸로 점토판을 싸서 가져올 생각이었다.

자, 점토판을 만들고, 만들고, 잔뜩 만들어 오는 거야!

들뜬 마음으로 다음 날 아침에 일어났더니 폭우가 내리쳤다. 이곳에선 흔하지 않은 호우였다. 마치 태풍처럼 거센 바람과 비가 판자문을 세차게 두드렸고 빗소리가 예사롭지 않았다.

"으아아아악! 비야!?"

이 세계에는 일기예보가 없어서 날씨까지 생각이 미치지 못했다. 정확히는 아파서 누워 있던 날이 많았고 가족들의 허락 없이는 밖에 나갈 수 없어서 지금까지 날씨에 신경 쓴 적도 없었다.

점토판이 폭우로 인해 흐물거리며 망가지는 영상이 뇌리에 스쳤다. 아무리 관목 아래 숨겨 뒀다 해도 이런 폭우 속에서 무사할 리가 만무했다.

으캬아아아아아! 내 점토판이! 흐물흐물해질 거야!

"잠깐만, 마인! 지금 어딜 가려고?"

"숲!"

생각 없이 집을 박차고 나가려던 나는 엄마에게 목덜미를 잡혀 저지당했다.

"가뜩이나 자주 아픈데 이런 폭우가 치는 밖에 나간다니, 제정신이니!? 우물에 가는 것도 어려운 날씨야!"

꽉 닫혀 있는 판자문에 부딪히는 비바람 소리가 집 안까지 선명하게 울려 얼마나 거친 폭우인가를 실감케 했다. 건강한 사람도 우물에 가길 꺼리는 이 날씨에 내가 나갈 수 있을 리가 없었다. 나는 그 자리에 쓰러지듯 주저앉았다.

"내 '**점토판**'이…… 흐윽."

"마인, 괜찮아. 다들 도와주겠다고 했으니까 전보다 훨씬 빨리 만들 수 있을 거야. 그러니까 눈 색깔이 바뀔 정도로 화내지 마."

투리가 그렇게 말하며 우울해 있는 내 머리를 쓰다듬으며 달래 주었다. 정말 착한 언니야, 투리는.

드문 폭우는 이틀 연속으로 내렸고, 아이들이 숲에 갈 수 있게 된 것은 그보다 이틀이나 더 지난 후였다.

맑게 갠 아침에 오랜만에 숲에 갈 수 있게 된 모든 아이의 얼굴이 반짝반짝 빛나 보였다. 오늘은 수습이 없는 날이라 큰 아이들도 많아서 그런지 평소보다 인원이 많았다. 루츠의 형인 랄프도 함께 숲에 가는 모양인지 커다란 바구니를 등에 지고 활과 화살을 들고 있었다.

"오, 마인. 열은 내렸어?"

"안녕, 랄프. 아빠가 이제 괜찮다고 한 날부터 비가 왔었어."

"운이 안 좋았네."

랄프는 내 머리가 엉클어질 정도로 쓰다듬으며 투리를 쳐다봤다.

"오, 투리."

"랄프. 왠지 오랜만이네?"

수습을 시작해서인지 얼굴이 어른스러워진 랄프. 그리고 내가 세례식을 위해 열심히 예쁘게 관리해 주고 있는 투리의 빛나는 미소.

역시 꽤 좋은 분위기라고 생각하는데 말이야. 둘 다 주변을 잘 챙기고 잘 어울려.

내가 히죽거리며 둘을 바라보고 있자 루츠가 내 팔을 잡아당겼다.

"마인, 멍하게 서 있지 마. 넌 걸음이 느리니까 선두에서 출발해야 해."

"아, 미안."

아이들은 숲을 향해 뭉쳐서 걸으며 문을 통과했다. 녹색이 펼쳐져 있어야 할 풍경에는 폭우가 할퀴고 간 자국이 선명히 남아 있었고, 농가가 군데군데 참혹하게 변해 있었다.

이 세계에서는 재난을 맞았을 때 보상이란 걸 받을 수 있나?

멍하게 풍경을 바라보면서 발걸음을 재촉하고 있자 무언가가 시야를 스쳤다. 깜짝 놀라 뒤돌아보니 루츠가 내 눈앞에서 손을 휙휙 흔들고 있었다.

"뭐? 뭐야?"

"아니, 제대로 보면서 걷고 있나 해서. 있잖아, 마인. 오늘도 만들 거지? '점토판'이랬나? 그거 뭐야?"

일본어로 쓰여 있지 않아도 루츠는 글자를 모르니 점토판에 무엇이 적혀 있는지 알 수 없었을 것이다. 그보다 집 안에 글자나 종이가 없는 생활을 보내고 있으니 점토판뿐 아니라 기록 매체의 훌륭함을 모르는 게 분명했다. 나는 이 훌륭함을 선교해야 한다는 묘한 사명감에 휩싸여 루츠에게 설명하기 시작했다.

"그건 말이야, 잊고 싶지 않은 것들을 적어 두는 물건이야. 제대로 적어 놓으면 까먹지 않겠지? 그걸 보존해 두면 언제든지 볼 수 있잖아? 그런 물건을 '기록 매체'라고 하고, '점토판'은 '기록 매체' 중에 하나야. 점토를 반죽하면 만들 수 있고 잘못 써도 손가락으로 문지르면 글자가 지워지고, 불에 구우면 오랫동안 보존도 가능해. 굉장하지 않아?"

쉴새 없이 쏟아내는 내 설명에 루츠가 멍한 표정으로 입을 벌리고 있다가 살짝 고개를 갸웃거렸다.

"잘 모르겠어. 그래서, 마인은 뭘 쓴 거야?"

"엄마가 들려준 이야기를 썼어. 잊어버리지 않게 적어 두려고. 사실은 책을 갖고 싶은데 여기서는 팔지 않으니까 내가 직접 만드는 거야."

"흠. 그게 마인이 하고 싶은 일이야?"

루츠의 질문에 잠시 고민에 빠졌다. 지금은 주변에 책이 단 한 권도 없으니까 어떻게든 책을 만들려고 하는 거지만, 사실 책을 만드는 일을 하고 싶은 게 아니었다.

"음. 좀 달라. 내가 정말 하고 싶은 건 책에 둘러싸여 사는 거야. 달마다 셀 수 없을 만큼 책을 사서 죽을 때까지 읽으면서 살고 싶어."

"어, 그러니까 네 말은 책이 갖고 싶은 거야……?"

"맞아! 지금 당장 갖고 싶어. 그런데 비싸서 살 수도 없으니까 스스로 만드는 수밖에 없어. 종이도 비싸니까 점토판을 만들어서 거기에 이야기를 적어 구워 볼 생각이야."

그러자 루츠가 이해했다는 듯 손뼉을 쳤다.

"그래서 지금 책 대용품을 만들고 있는 거구나?"

"응! 요전번엔 실패해 버렸지만, 이번이야말로 꼭 성공시킬 거야."

"알았어. 나도 도울게."

우연히 만들어 준 요리의 답례로 이렇게까지 협력해 주는 루츠에게 나도 뭔가 도움이 되고 싶었다.

"그럼, 루츠는 뭘 하고 싶어? 나한테 물을 정도면 루츠도 하고 싶은 일이 있는 거 아니야?"

"나는…… 다른 마을에 가 보고 싶어. 여러 마을을 돌아다니며 여러 이야기를 알고 있는 행상인이나 음유시인처럼 나도 더 넓은 세상을 보고 싶어."

"그거 좋네!"

그러고 보니 나도 우라노 때 여러 나라 도서관을 돌아다니며 책

점토판은 실패다 ◆ 209

을 읽어 보고 싶다는 생각을 했었다. 이젠 이룰 수 없게 된 꿈을 머릿속으로 그리며 살짝 시선을 내리깔았다.

"정말 그렇게 생각해? 내 말은 이 마을을 떠나고 싶다는 뜻이야."

"아~, 여행도 좋지. 여기저기 가는 거 왠지 재미있을 것 같아. 나는 '세계 각국'의 '도서관'을 도는 게 꿈이었어. 쭉……."

"하아, 고민한 내가 바보지. 마인이라면 하고 싶은 일을 꼭 이룰 거야."

"루츠도 하면 되잖아."

우라노 시절의 꿈과 하고 싶었던 일들이 머릿속에 가득 차 있던 나는 그때 루츠가 어떤 표정을 짓고 있었는지 전혀 보지 못했다.

간신히 마른 길을 걸어 숲으로 향했다. 숲에 들어가면 보이는 조금 트인 장소가 집합 장소다.

"자, 각자 흩어져서 채집하자. 작은 아이들은 멀리 가지 말고 반드시 이 집합 장소가 보이는 곳에 있도록. 알았지?"

큰 아이들은 그렇게 말하고 활과 화살을 들고 숲 속으로 뛰어들어갔다. 작은 아이들이 힐끗힐끗 나를 쳐다보며 눈치를 봤다. 나는 숲에 도착하자마자 바닥난 체력에 비틀거리면서 점토판의 상태만이라도 당장 확인하고 싶어 주위를 두리번거렸다.

"저기, 누가 '점토판'이 어디 있는지 알아?"

장소를 표시해 두었던 나무가 보이지 않았다. 벌써 며칠이나 지난 일이라 내가 위치를 까먹었다 생각했는데 다른 아이들도 당황한 듯 두리번거리며 주변을 둘러보고 있었다.

"저 주변에 있던 나무에 표시해 뒀지?"

페이의 말에 아이들이 일제히 끄덕였다. 페이가 손가락으로 가리 킨 주변은 나도 대충 짐작했던 곳으로 폭우로 나무 몇 그루가 뽑혀 나가 있었다.

"대충 장소는 알았으니까 어쨌든 일단 찾아 보자."

루츠가 관목 아래를 찾기 시작하자 다들 뿔뿔이 흩어져 탐색하기 시작했다. 페이 패거리뿐만 아니라 모두가 도와주다니…… 다들 좋은 아이들이야.

"저기, 이거 아냐?"

표시가 부러져 있어 찾기 힘들었는데 페이가 웅크리고 앉아 손을 휙휙 흔들었다. 있는 힘껏 달려가 보니 뭉개져서 글자를 알아볼 수 없어진 흙덩이가 있었다. 예상대로 엉망진창이 되어서 새겨 놓았던 글자는 형체도 보이지 않았다. 점토판이 흙으로 되돌아가 버렸다.

아, 또다시 출발점으로 돌아와 버렸어.

"이, 이번엔 내가 망가뜨린 거 아니야!"

"알고 있어……."

페이가 당황하며 변명했지만, 그 정도는 말하지 않아도 안다. 주위가 내 눈치를 보며 말을 걸어야 할지, 어떻게 해야 할지 하며 술렁거리고 있는 것도 안다. 걱정을 끼치고 있다는 것도 알고 있지만 흘러내리는 눈물을 멈출 수가 없다.

오열을 삼키며 신음하고 있는 내 곁으로 발걸음 소리가 다가왔다. 발소리의 주인이 바로 내 앞에서 멈추더니 내 머리를 가볍게 토닥였다.

"마인, 울고 있을 여유가 있으면 다시 만들자."

루츠의 목소리에 정신을 차렸다. 그래. 루츠 말이 맞아. 모처럼 협력해 준 페이와 친구들이 옆에 있을 때 다시 만드는 게 좋아.

나는 손으로 콧물을 훔쳐내고 얼굴을 들었다.

질까 보냐! 첫 번째 실패 원인은 페이. 두 번째 실패 원인은 폭우. 이미 인재(人災)도 천재(天災)도 경험했으니 이 이상 실패 원인이 무엇이 있으랴. 무슨 일이 있어도 완성할 테다!

점토 자체는 굳어져 무사히 그 자리에 있었으므로 주물러서 만들면 다시 글자를 새겨 넣을 수 있었다. 점토가 부족해도 어느 지점에 점토가 있는지 기억하고 있어서 큰 문제는 없었다. 흙을 찾는 단계부터 시작해야 했던 지난번과는 천지 차이였다.

괜찮아. 출발지점까지 완전히 되돌아가진 않았어.

지금까지 경험한 실패로 맑은 날에 전부 완성하거나, 지붕이 있는 곳에서 작업해야 한다는 것을 깨달았다. 오늘은 날씨도 좋고 힘과 기력이 남아도는 조수가 세 명이나 있다. 페이와 친구들은 내 분노에 압도당해 약속했겠지만, 이렇게나 도와줄 인원수가 늘었으니 분명 많은 시간을 투자하지 않아도 만들 수 있을 것 같았다.

"루츠와 페이 친구들만 도와주면 돼. 투리는 채집하고 와."

"알았어. 다들 힘내."

"응!"

우리는 투리의 응원에 힘입어 마음을 다잡고 점토판 만들기에 다시 한 번 도전했다.

페이와 부하 1이 점토를 파내면 부하 2와 루츠가 점토를 주물러서 형태를 만들었다. 내가 할 일은 가느다란 나뭇가지 끝으로 문자를 새기는 게 다였다.

좋아, 좋아. 잘하고 있어.

"'**점토판**' 열 장이면 이야기를 쓸 수 있으니까 그것만 만들고 다들 채집하러 가도 돼. 고마워."

"알았어."

잇따라 형태를 만든 점토판을 늘어놓으며 빠르게 점토판 열 장을 완성한 페이와 친구들은 앞다투어 채집하러 갔다. 그런데도 루츠는 아직도 점토를 파고 있었다.

"루츠는 안 가?"

"오늘은 랄프가 있으니까 나는 마인을 도와도 돼."

"흠. 그럼 점토는 이제 괜찮으니까 이거 지면에 쓰면서 연습할래?"

나는 비에 젖어 부드러워진 지면에 점토판에 글자를 새기던 나뭇가지를 콕 찍어 이 세계 글자로 '루츠'라고 적었다.

"뭐야, 이거?"

"루츠 이름이야. 자기 이름 정도는 쓸 줄 알아야 다른 마을에 갈 수 있잖아?"

이 마을 사람이 다른 마을 문을 지나려면 기본적으로 얼굴로 통과하거나 이름을 물어 대답하거나 직접 써야 한다고 전 행상인인 오토가 말했었다.

실제로 문 출입도 자기 마을 사람과 다른 마을 사람이 서 있는 줄이 다른데, 특히 다른 마을 사람들은 체크를 엄격하게 한다고 했다. 언젠가 루츠가 다른 마을에 가게 된다면 자기 이름 정도는 쓸 줄 아는 편이 좋겠지.

"저기, 마인. 이게 내 이름이야?"

"맞아. 여행을 하고 싶으면 제대로 글자를 배워 두는 편이 좋을 거야."

루츠가 녹색 눈을 반짝거리며 지면에 이름을 연습하는 동안 나는 부지런히 이 세계에서 처음 들은 이야기를 일본어로 새기며 점토판을 만들어 갔다. 꼭 책을 완성할 거라고 마음속에서 수십 번 외치면서.

"완성이다!"

엄마에게 들은 이야기 하나를 완성했다. 이런 식으로 '엄마의 이야기집'을 만들고 싶었다. 내가 이 세계에 와서 처음으로 들은 이야기를 묶은 책이 될 것이다.

완성한 점토판을 가지고 온 낡은 천으로 싸서 부스러지거나 글자가 지워지지 않게 조심스럽게 바구니 안에 쌓아 넣었다. 전부 바구니에 넣은 후 깊은 숨을 내쉬었다. 눈이 뜨거워지면서 울컥하고 눈물이 어렸다.

첫 완성이다.

점토판 따위는 책이라 부르기 힘든 기록 매체이지만, 나에게는 이 세계에서 처음으로 손에 넣은 책이다. 가을이 끝날 무렵부터 이곳에서 생활하기 시작해서 지금은 봄의 끝자락이다. 첫 책을 손에 넣기까지 꽤 많은 시간이 걸렸다.

하지만 책을 만들 수 있다고 실감한 뒤에야 겨우 안심이 되었다.

"이 세계에서도 책을 읽을 수 있어……. 이제 괜찮을 거야."

값이 비싸 빈민은 책을 읽을 수 없는 세계에서 뭘 하려고만 하면 열이 나서 쓰러지는 병약한 몸으로 태어났으니 무리해서 죽어 버리더라도 상관없었다. 이런 몸이 내 몸이라는 실감도 없었고 책이 없는 이곳이 내가 살아가야 할 세계라는 걸 생각할 수도 없었으니 애착 따위 손톱만큼도 없었다.

하지만 책을 손에 넣은 지금에는 여기서도 소중히 하고 싶은 것이 생겼다. 이 세계에서 제대로 한번 살아가 보자고 생각했다. 내가 걸어가야 할 길을 발견한 느낌이었다.

"마인, 완성했어?"

"응, 완성했어. 모두가 도와준 덕분이야."

투리와 루츠가 힘이 되고 싶어 하는 상대가 내가 아닌 마인을 향한 것이라 해도 이 책을 만드는 데 있어서 그들이 도와준 것은 사실이다. 나는 가장 위에 덮은 천을 걷어 내고 투리와 루츠에게 완성된 점토판을 보여줬다.

"있잖아, 마인. 이거 뭐라고 쓴 거야?"

"이건 별나라 아이들 이야기야. 첫날밤에 엄마가 들려준 거야."

"첫날밤?"

투리가 의아한 듯 미간을 찌푸렸다.

"응. 내가 기억하는 첫 이야기."

마인이 된 첫날 열이 높아 잘 수 없었던 내게 엄마가 낮은 목소리로 들려준 이야기다. 애정이 담긴 목소리는 내게 들려주는 것이었지만, 마치 내가 아닌 존재를 향하고 있는 것 같았다. 마인이 된 사실을 인정하지 못했던 나에게는 엄마의 목소리도 감정도 그저 나를 스쳐 지나갔고, 현실을 받아들이지 못해 혼란스러운 나의 정신만이 떨어져 나가는 느낌이었다. 나의 고독함을 더하게만 하는 엄마의 애정이 나를 더없이 괴롭게 했다.

그런데도 이곳에서 책을 만들기로 마음먹었을 때 이야기가 이것밖에 떠오르지 않았다. 엄마의 이야기집이 내게 있어서 소중한 책이 된다면 이야기에 담긴 엄마의 애정을 받아들일 수 있을 것 같았다.

"나 있지. 엄마한테 들은 이야기를 잊지 않게 전부 기록해 두고 싶어."

"어차피 또 지워지는 거 아냐?"

"이대로 두면 지워져 버리니까 구워서 굳혀야 해. 그렇게 하면 언제든지 엄마의 이야기를 읽을 수 있어."

이곳에서 살기 시작한 지 약 반년이 지났다. 이제야 겨우 나답게 웃은 것 같았다.

이렇게 아름답게 끝났다면 감동적이었겠지만, 여기가 끝이 아니다. 그렇게 집에 돌아와 바로 점토판을 구우려고 엄마가 보지 않는 틈을 타 가마에 넣었더니, 그만 폭발해 버리고 말았다. 농담이 아니라 진짜로. 설마 하겠지만, 정말이다.

내가 만든 첫 책은 흙먼지와 파편이 되어 사방에 흩날리며 사라졌다.

원인을 규명할 여유도 없이 어리벙벙한 채로 엄마에게 실컷 혼이 나고 두 번 다시 점토판을 만들지 않는다는 약속을 강요당했다.

얼레? 완전히 출발점으로 돌아와 버렸나? 아니, 한번은 완성했으니 기분상으로는 여유가 생겼다. 세 걸음 전진에 두 걸음 후퇴한 느낌이려나? 이제, 어떻게 해야 되냐고요!

투리의 세례식

하아, 점토판을 구워서 보존이라도 할 수 있었으면 좋았을 텐데 설마 폭발할 줄은 꿈에도 생각하지 못했다. 적어도 투리처럼 칼이 있으면 목간을 만들 수 있었을 텐데.

가마 안에서 작은 폭발을 일으켜 점토판 만들기가 금지된 후, 책 만들기 계획이 벽에 부딪혔다.

다음 방법을 고민하고 있는 사이에 투리가 일곱 살이 되었다.

여기에서는 일곱 살 생일을 성대하게 축하하는 관습이 있다. 정확히는 생일이 아니라 생일 계절이다. 계절마다 신전에서 세례식이 열리는데, 일곱 살이 된 아이들은 신전에서 세례식을 받는다. 그 후부터 수습생으로서 일을 시작하기 때문에 마을의 일원이 된다는 의미가 있는 듯하다.

종교의식이라면 왠지 모르게 거북함이 느껴지지만, 일본의 '시치고산' 행사 같은 거라고 생각하면 그나마 나았다. 신전에는 일곱 살 미만의 아이는 입장할 수 없어서 나는 세례식을 보러 갈 수 없다.

하지만 참여할 수 없는 건 나만이 아니라 아빠도 마찬가지였다. 운 없게도 아빠는 투리의 세례식 당일에 도저히 빠질 수 없는 회의가 있다고 했다. 이 회의는 상급귀족으로부터 소집을 받은 것이라 참여하지 않으면 물리적으로 목이 날아간다고 한다.

물리적이란 게 대체 뭐야!? 무서워!

그런데도 아빠는 아침 일찍부터 구시렁구시렁 불만을 내뱉으며 출근하려 하지 않았다.

"안 가. 회의 따위 안 가. 투리 세례식이라고! 왜 이런 중요한 날에 쓸데없이 회의 따위 하는 거야?"

확실히 세례식은 중요한 날이다. 귀족 중에도 아이가 있을 테니 배려해 줄 수 있는 부분이다.

"혹시 귀족 아이들은 세례식이 없어?"

"신전에서 하는 게 아니라 신관을 집으로 부른다는 말이 있어. 그러니까 귀족들은 우리 같은 서민들의 기분을 전혀 이해 못 해."

나는 아빠가 집 안에서 푸념을 늘어놓는 것만으로 직성이 풀리면 그걸로 다행이라고 생각해서 어젯밤부터 건성으로 듣고 있었지만, 솔직히 귀찮아 죽을 것 같다. 자식의 운동회나 '시치고산'과 일이 겹친 딸바보가 보이는 비애와 근심은 전 세계 아빠들의 공통점인 걸까.

나는 투리의 머리를 빗고 가운데 가르마를 타면서 한숨을 내쉬었다.

"아빠, 같이 가 줄 테니까 이제 일하러 가자. 도중까지는 투리랑 같이 가면 되잖아. 어차피 신전 안에 들어갈 수 있는 건 아이들뿐이라서 어른들은 신전 광장에서 기다릴 텐데."

도중까지 행렬에 섞여 투리가 예복을 입은 모습을 보면 조금은 기분이 나아지겠지. 그렇게 생각하고 제안했는데 아빠는 계속 불만을 터트렸다.

"광장에서 기다리는 것이 아빠의 역할인데……."

"직장에서 돈을 버는 게 아빠의 역할이라고 생각하는데?"

"윽!"

"됐어. 나랑 같이 일하러 가는 게 싫으면 아빠 혼자 가세요."

흥, 하고 뿌리치니 아빠가 당장이라도 울 것 같은 눈으로 애원하듯 나를 쳐다봤다.

"마인이랑 일하러 갈게. 오늘 저녁 축하에는 꼭 다 같이 할 거니까 회의가 끝나면 곧장 집에 오겠어."

내가 투리의 머리를 땋고 있어서 머리를 움직이지 못하는 투리가 시선만 아빠를 향하며 싱긋 웃었다.

"아이 참. 아빠도. 알았어. 다 같이 축하해 주는 거지? 기대하고 있을 테니까 빨리 돌아와야 해."

"알았어."

히죽거리며 응하는 아빠의 기분이 급상승하는 것을 보고 마음속으로 '역시 우리 집 천사 투리야'라며 박수를 보냈다. 그 천사는 미소를 머금은 채로 나에게 부탁했다.

"마인, 아빠가 똑바로 일하게 지켜보고 있어야 해."

"맡겨줘! 투리가 걱정 없이 세례식에 나갈 수 있게 내가 아빠를 감시할게."

"아빠한테 감시라니, 너무하잖아, 마인!?"

비참한 표정을 짓는 아빠의 모습에 결국 투리가 큰 소리로 웃음을 터트렸다.

멋진 웃음이었다. 투리가 이렇게 뜨거운 사랑을 받고 있다는 걸 안다면 아빠가 세례식에 오지 않아도 외롭진 않겠지.

"자, 완성했어. 좋아……. 투리, 귀여워."

"고마워, 마인."

머리카락을 반으로 나누어 양 옆에서 땋아 반올림 머리를 하고 마지막으로 비녀를 꽂았다. 겨울에 레이스 뜨기로 만든 작은 꽃 모양으로 예복에 수놓은 자수와 같은 색을 한 꽃들이 작은 부케를 이루고 있었다. 형형색색의 꽃을 모아 만든 머리 장식은 투리의 활발하고 부드러운 분위기에 잘 어울렸다.

"어머나, 투리. 예쁘게 꾸몄구나."

"어…… 엄마?"

투리와 함께 신전에 가는 엄마도 오늘은 단 한 벌밖에 없는 외출복을 입고 한껏 멋을 내었다. 구두가 보일 듯 말듯 발목 길이까지 오는 심플한 드레스는 옅은 파란색으로 시원스러운 느낌을 주었다. 조금 옷을 바꾸고 빨간 열매 알맹이를 으깨서 만든 입술연지를 바른 것만으로 엄마가 이렇게까지 미인이 되리라곤 생각지 못했다.

우리 엄마, 원판이 좋긴 좋구나. 진짜 예쁘다.

"엄마도 여기 앉아 봐."

"엄마는 괜찮아. 마인이 머리 손질해 주면 정말 화려해 보이는 걸. 오늘 주역이 될 아이들보다 꾸밀 순 없잖니."

"그런가……."

특별히 머리에 장식을 꽂지는 않을 거라 크게 화려해지지 않겠지만, 엄마가 그렇게 말한다면 어쩔 수 없지. 이곳 예복 스타일이 어떤지 모르니까 심하게 꾸미는 것일 수도 있겠다. 나는 머리를 묶기 위해 올라가 있던 의자에서 뛰어 내렸다.

"자, 이제 출발하자꾸나."

차려입은 투리와 함께 나도 문에 가기 위해 토트백을 들고 집을 나왔다. 투리와 함께 신전에 가는 엄마와 작업복을 입은 아빠도 함께.

평소라면 아무리 짐이 많아도 성큼성큼 걷던 엄마가 오늘은 치마가 땅에 끌지 않도록 손가락으로 치맛자락을 잡고 사뿐사뿐 계단을 내려갔다. 투리도 똑같이 따라 하며 치마를 가볍게 잡아 올려 한 계단씩 내려갔다.

그리고 평상복을 입은 내가 드물게 두 사람보다 빠른 속도로 한 걸음 먼저 집 밖으로 나왔다.

"우와."

우물가 광장은 많은 사람으로 인산인해를 이루고 있었다. 아무래도 이 세례식은 마을 전체가 축하하는 행사인 모양이다. 오늘 세례식과는 관계가 없는 루츠와 이미 봄에 세례식을 끝낸 랄프의 모습도 보였다. 밖으로 나온 이웃 주민들이 오늘의 주역들에게 축복을 담은 인사를 건네고 있었다. 지난겨울과 봄에도 세례식이 있었지만, 밖을 나갈 수 있는 상태가 아니었던 나에게는 오늘이 처음 보는 세례식 광경이었다.

"페이, 축하해."

"늠름해졌는데?"

핑크 머리 페이도 오늘이 세례식인 모양이다. 투리와 같은 흰색 기본에 파란색 자수로 가선을 장식한 예복을 아래위로 입고 녹색 허리끈을 매고 있었다.

아, 역시. 바느질 솜씨가 중요하긴 하구나.

전부 수작업으로 만든 거라 솜씨 차이가 확연히 보였다. 일본에서는 바느질 솜씨 따위 그다지 필요하지 않았고 여기서도 낡은 옷만 입어서 바느질 솜씨가 좋다는 게 어떤 건지 감이 오지 않았다. 하지만 이렇게 새로 맞춘 옷을 입고 있으니 그 차이가 명확히 드러났다.

지금까지 비교 대상이 없어서 몰랐지만, 엄마의 바느질 솜씨는 훌륭했다. 자랑할 만하다. 바느질을 싫어하는 나는 여기서도 연애도 결혼도 힘들겠구나.

"어머나, 투리. 어쩜 이리 귀엽니!"

투리가 나오는 모습을 본 루츠의 엄마 칼라가 감격스러운 듯 손으로 뺨을 감싸며 광장 안이 울릴 정도로 큰 소리로 투리를 칭찬했다. 그 순간 시선을 한 몸에 받은 투리는 사방에서 날아오는 축복의 말을 받았다.

"투리, 축하해."

"머리까지 예쁘게 묶으니 꼭 공주님 같아."

칼라에게 칭찬받은 투리가 부끄러운 듯 얼굴을 붉히며 웃었다. 엄마가 실력을 발휘한 예복을 입고 다른 아이에겐 없는 반짝반짝 윤기 나는 청록색 머리가 바람에 흔들렸다.

역시 우리 투리는 천사야. 아빠가 딸 바보가 되는 이유를 알겠어.

"마인이 열심히 땋아 줬어요."

"어머, 마인이? 이상한 요리를 만드는 것 외에도 잘하는 게 있었구나."

칼라 아줌마, 어떻게 그런 심한 말씀을.

마음속으로는 의기소침하면서도 마음 한편으론 안심했다. 도움 안 되는 내가 이 세계에서도 인정받을 수 있는 점이 있긴 있구나.

"굉장히 복잡해 보이는데, 어떻게 묶은 거야?"

"어디, 어디?"

여성 무리가 나이 불문하고 투리의 머리를 보려고 서로 얼굴을 내밀며 들여다보았다.

히익, 평범하게 땋은 머리니까 그렇게 자세히 보지 말아줘! 제대로 된 빗이 없어서 가르마가 엉성하단 말이야.

"투리는 좋겠다. 나도 겨울 세례식 때 저런 머리 하고 싶어."

한 여자아이가 부러움을 담아 한숨을 쉬며 말하자, 여기저기서 같은 의견들이 튀어나왔다. "나도, 나도!" 하고 누군가가 뒤이어 말하자 거기서부턴 끝이 없었다.

"다들 마인이 머리를 만져 주길 바라는데 해 주는 게 어때?"

"안 돼."

"왜?"

"내가 언제 또 열이 날 줄 알고? 세례식을 보는 것도 오늘이 처음이잖아."

여동생이 자랑스러운 듯 웃고 있는 투리한테는 미안하지만, 세례식이 있을 때마다 모르는 아이의 머리를 묶어 줄 수는 없었다.

왜냐면 그 애들은 절대 투리처럼 될 리가 없으니까. 여자아이들은 예전 투리처럼 전혀 손질하지 않은 머리를 하고 있었다. 가족 외에 지저분한 머리를 손질부터 해야 하는 건 사양하고 싶다.

"그래? 하긴 좀 건강해진 것 같아도 언제 열이 날지 모르겠구나. 마인이 대단하다고 자랑하고 싶었는데 아까워."

기본적으로 도움이 안 되고 방해만 되는 나로서는 투리의 부탁을 들어주고 싶지만, 생리적으로 어려운 부탁이다.

"머리 묶는 과정은 보여줄 수는 있어. 그런데 그 아이들 머리까지 묶어 준다는 약속은 못 해."

"알았어, 아빠도 요전에 지키지 못할 약속은 하는 게 아니라고 하셨지. 얘들아! 마인이 머리를 묶는 방법을 가르쳐 주는 건 괜찮대!"

여담이지만 내가 낸 타협점에 만족한 투리의 제안으로 며칠 뒤 우물가 광장에서 머리 묶기 교실이 열리게 되었다. 땋은 머리가 이렇게나 주목을 받을 줄이야. 엄마가 머리를 묶는 걸 거절한 이유가 있었구나.

"그럼 이 머리 장식은 누가 만든 거야?"

"마인."

"아니야, 투리. 가족들이 다 같이 만든 거야. 꽃은 나랑 엄마가, 비녀 부분은 아빠가 했어."

머리 장식은 바느질 미인인 엄마도 몰랐을 정도다. 역시나 여기서도 레이스 뜨기는 희귀한 방식인 모양이다. 이쪽은 아줌마들이 굉장한 기세로 달려들었다.

"저기, 마인. 만드는 법 가르쳐 주는 게 어때?"

"가르치는 건 간단한데 가는 코바늘을 만들어야 해. 거기다 머리 장식은 엄마가 가르쳐 주는 게 좋을 것 같은데. 나보다 잘하니까."

나는 낯을 가리는 데다 이곳 상식을 모르니 이상한 말을 내뱉을 가능성이 컸다. 게다가 이 주변 아줌마들과 무슨 얘기를 해야 할지 전혀 모르겠다. 의심을 사는 것보다 적당한 거리를 유지하는 편이 좋은 이웃간의 교제이지 않을까.

댕댕댕…… 하고 신전에서 세 점 종이 울렸다. 중앙 신전에서 울린 종소리가 메아리치며 마을 안에 퍼졌다. 우물광장에서 시끄럽게 떠들던 사람들도 종소리를 듣고 단숨에 입을 닫았다.

"출발이다! 큰길로 나가자!"

세례식을 받는 아이들을 선두로 사람들이 줄줄이 큰길로 나가자 여기저기 골목길에서 아이들과 구경꾼들이 큰길로 빠져나오기 시작했다.

마을 끝에서부터 흰옷을 입은 아이들을 선두로 한 행렬이 신전을 향해 큰길을 걸어갔다. 세례를 받는 아이와 따라온 사람들로 이루어진 행렬이 지나가는 길옆으로 구경하는 사람들이 길가에 서서 손을 흔들며 그들을 축복해 주었다.

이 모습은 마치 그 풍경 같네.

길가에서 사람들이 손을 흔들거나 축복의 말을 건네고 그사이를 행렬이 지나가는 모습과 함성이 점점 가까워져 오는 느낌으로 행렬의 진도를 알 수 있는 부분이 일본 정월에 열리는 역전마라톤과 비슷했다.

멀리서부터 '와아' 하는 함성이 가까워졌다. 나는 바로 옆에 있는 투리의 얼굴을 살폈다. 투리는 굳은 표정으로 바짝 긴장해 있었다. 나는 힘껏 발끝을 들어 올려 집게손가락으로 투리의 볼을 콕 찍었다.

"어? 왜?"

"웃어야지. 웃으면 투리가 제일 귀여워. 진짜야."

투리가 놀란 듯 눈을 한번 크게 뜨더니 천천히 눈매가 가늘어지며 평소에 보던 미소가 얼굴에 번졌다.

"마인은 정말 못 말려."

"그래. '안 웃고 있어도 투리가 제일 귀여워'겠지."

아, 정말이지 어떻게 해야 할까? 이 아빠를.

이런 잡담을 나누고 있는 사이 큰길 끝에서부터 행렬이 보이기 시작했다. 커다란 함성과 박수, 휘파람 소리가 마을 전체에 퍼지는 동안 비슷한 예복을 몸에 걸친 아이들이 밝은 미소, 조금은 긴장한 얼굴, 자신에 찬 표정, 불안해 보이는 얼굴 등 각자의 표정으로 걸어오고 있었다.

투리와 페이가 길가에 선 관람객들 사이에서 한 발짝 앞으로 나가서 행렬의 흐름을 뒤따라 가벼운 발걸음으로 전진하는 아이들의 행렬 끄트머리에 가세했다. 페이 가족들과 우리는 행렬 속에 들어간 두 사람을 확인하고 뒤를 따르는 부모 행렬에 참가했다.

행렬은 길모퉁이를 지날 때마다 아이들 수가 늘어 갔다. 마을 중앙에 있는 신전에 다다를 때쯤에는 도대체 얼마나 늘었는지 도무지 짐작도 가지 않았다. 행렬을 따라 걷는 것만으로 감동해서 눈물을 머금은 보호자도 있었다. 예를 들어 우리 아빠처럼.

나도 행렬에 뒤처지지 않게 종종걸음으로 커다란 함성 속을 걸었다. 여기저기서 축복하는 소리가 터져 나오기에 두리번거리며 주변을 돌아보니 큰길 양쪽에 세워진 건물 창문에서 구경하는 사람들이 어디서 따 왔는지 모를 작고 하얀 꽃을 뿌리며 축복했다.

높은 창문에서 뿌려지는 새하얀 꽃잎들이 마치 파란 하늘에서 내려오는 것 같았다. 행렬하는 아이들 사이에서 기쁜 함성이 터졌다. 평균보다 키가 작은 나에게는 떨어지는 꽃잎을 잡으려고 하늘을 향해 뻗고 있는 아이들의 팔밖에 보이지 않았다.

큰길과 큰길이 만나는 분수대가 있는 교차점에서 행렬이 걸음을 멈추었다. 다른 길가에서 온 아이들의 합류로 행렬의 인원이 단숨에 늘었다. 나와 아빠가 세례 행렬과 함께 걷는 것도 여기까지다.

"아빠, 여기야."

행렬을 따라 신전 안까지 갈 기분에 홀딱 빠진 아빠의 손을 잡아 끌어 일단 행렬에서 빠져나왔다. 방해되지 않게 큰길 구석 쪽으로 피해 구경꾼들과 함께 행렬을 배웅했다.

"투리……."

"정말이지! 아빠는 이쪽이야!"

행렬이 지나가자 구경꾼들도 슬슬 각자의 집으로 돌아가기 시작했다. 우리는 그 인파와 함께 남문 쪽으로 길을 꺾었다.

아빠는 아쉬운 듯 몇 번이나 행렬이 향한 쪽을 뒤돌아봤다. 정말이지, 회의 시간은 괜찮은 거야?

"반장님! 늦었어요!"

문에 도착하자 눈꼬리를 치켜 올린 오토가 기다리고 있었다. 아빠를 회의실로 보낸 후, 나는 평소처럼 석판으로 글자 연습을 했다.

그런데 웬일인지 오늘부터 상인의 화물 표를 읽을 수 있게 출입이 잦은 물품 이름을 외우게 되었다. 처음으로 배우는 일상 단어다.

오늘 기억한 단어는 전부 이 계절이 제철인 채소였다. 포메(노란 파프리카 같은 토마토), 베르(빨간 양상추), 후샤(초록색 가지) 등 요리에 자주 쓰이는 채소는 외우기 쉬웠지만, 식탁에 오르지 않는 채소는 생김새를 상상하기 어려워서 외우는 데 시간이 걸렸다.

한번 장터에 가서 실제 모습과 단어를 대조해 보고 싶지만, 아직 푸줏간을 생각하면 속이 거북했다.

혼자서 꾸준히 글자를 연습하고 있을 때 비교적 젊은 병사가 서류를 가지고 방에 불쑥 들어왔다.

"오토 씨, 어디 계신지 아니?"

"회의에 나가셨는데요."

"아, 맞다. 그랬었지! 어떡하지……."

오늘 당번 문지기는 서류에 적힌 글자를 잘 읽지 못하는 모양이다.

"제가 읽어 드릴까요?"

"뭐? 네가?"

"일단 오토 씨 조수를 맡고 있어요."

병사가 굉장히 의심스러운 눈초리로 나를 봤다. 이런 겉모습이니 어쩔 수 없지. 의심 섞인 시선에는 익숙했다.

내 딴에는 친절하게 한 말이었지만, 서류를 보일 생각이 없다면 그걸로 상관없었다. 병사에게 특별한 반응이 나오지 않자 나는 다시 시선을 석판으로 돌려 글자 연습을 계속하기로 했다.

"읽을 수 있니?"

내가 시선을 석판으로 떨어뜨리니 병사가 석판을 보고 놀란 듯 눈을 크게 뜨고 물었다. 읽을 수 있냐고 묻는다면 서류의 종류에 따라 달랐다. 아직 완벽하게 읽을 수 있다고는 장담할 수 없었다.

"음, 그게 인물 조회표랑 귀족 소개장이면 읽는 데 문제없어요. 상인용 화물표는 숫자는 알지만, 항목에는 별로 자신이 없어요."

"그럼, 귀족 소개장이니까 부탁하지."

귀족 소개장은 쓸데없는 표현이 많긴 하지만, 장식적인 문장을 빼면 그다지 어려운 말은 쓰여 있지 않았다. 누가 누구를 소개하고 있는지, 누구의 인장이 필요한지만 읽어낼 수 있으면 된다.

나는 양피지와 잉크 냄새를 가슴 깊이 들이마시고 만족하면서 서류를 읽어 내려갔다.

아 참~, 병사장님도 회의 중이지. 하급 귀족이 보낸 소개니까 회의가 끝날 때까지 기다리는 편이 좋을까?

"저기, 브론 남작의 소개로 그라츠 남작 댁에 갈 예정이래요. 병사장님의 인장이 필요하네요."

나는 오토가 일하던 모습을 떠올리며 양피지를 병사에게 돌려줬다. 대응 방법이 머리에 들어 있으면 이 정도는 식은 죽 먹기다.

"이걸 들고 온 상인을 하급 귀족용 응접실로 안내하세요. 오늘 회의는 상급 귀족이 소집한 거라서 병사장님의 인장은 회의가 끝날 때까지 기다리시라고 제대로 이유를 설명하면 그라츠 남작의 손님은 억지 부리지 않을 거예요."

"고맙구나. 덕분에 살았어."

병사에게 가슴을 두 번 두드리며 경례를 받자 나도 의자에서 뛰어 내려 경례로 답했다. 오토의 조수로 일하고 있는 동안 당연한 것처럼 행하게 된 행동이다.

음, 이대로라면 이곳 사무직으로 취직하게 될 것 같은데.

내년에 수습이 시작하기 전까지 종이를 만들어서 서점 직원이 되어야겠다고 생각했지만, 앞이 캄캄해서 좌절하기 직전이다.

계속해서 석판으로 글자 연습을 하고 있자 회의를 끝낸 아빠가 뛰어들어왔다.

"마인, 집에 가자."

"아, 조금 전에……."

"얘기는 돌아가면서 들으마. 투리가 기다려."

아빠는 석판과 석필을 토트백에 넣더니 가볍게 나를 안아 올려

짐을 들고 걷기 시작했다. 나는 빠른 걸음걸이에 놀라며 아빠의 어깨를 토닥토닥 두드렸다.

"아빠!? 잠깐만, 보고가……."

"오토한테 잡히기 전에 가야 해."

"잠깐만! 오토 씨한테 해야 할 보고가 있다고!"

아빠와 서로 언쟁하는 사이에 오토가 뒤쫓아왔다.

"아, 오토 씨. 브론 남작이 그라츠 남작에게 보내는 소개장을 가져온 상인이 와 있어요. 병사장님도 회의 중이라 하급 귀족용 응접실에서 대기 중이니 빠른 대응 부탁할게요."

"역시 내 조수야. 잘 했어."

"내 딸이다."

오토가 아빠의 말에 관자놀이를 누르며 한숨을 쉬었다.

"우수한 조수에게 중요한 임무를 내리겠다. 지금 속히 반장님이랑 귀가하도록. 회의 중에 안절부절못하는 반장님 덕분에 상급 귀족들이 얼마나 노려보던지 내 수명이 반은 줄었어."

"아빠, 목숨은 소중히 해야지."

"오토도 이렇게 말하니까 이만 집에 가자고."

마음이 완전히 집에 가 있는 아빠에게 안긴 채 집에 돌아와서는 가족들과 투리의 생일 파티를 열었다.

축하 파티에서 케이크가 빠질 수 없지만, 그런 게 우리 집에 있을 턱이 없다. 내가 사용할 수 있는 재료를 확인하고 케이크 대용으로 프렌치 토스트와 비슷하게 만든 요리를 만들 수 있었다.

딱딱하게 굳은 잡곡 빵을 엄마에게 자르도록 부탁하고 루츠 집에서 요리법과 교환해 온 달걀과 우유 속에 자른 빵을 넣었다. 그것을 엄마가 버터로 구워 주면 완성이다. 꿀이나 설탕이 없어서 나무딸기 같은 과실로 만든 잼을 살짝 곁들여 봤다.

그리고 나는 투리를 위해 채소를 예쁘게 장식하듯 잘라 수프 위에 올렸다. 투리가 하트 모양이나 별 모양으로 자른 채소를 보고 귀엽다며 기뻐해 주었다.

"자, 투리. 선물이야."

"와! 아빠, 엄마, 고마워요."

일곱 살이 되어 세례식을 받으면 수습에 들어가는 투리는 작업복과 작업 도구를 받았다. 수습처에서 숙식을 제공하는 곳도 있는 모양이지만 투리가 가는 재봉사 수습은 통근이었다.

바느질 실력을 높여 미인을 노리는구나. 랄프에게 멋진 여자로 보이고 싶은 거지? 난 다 알아.

"매일 일하러 가는 건 아니지?"

"음, 처음부터 큰일을 할 수 있는 게 아니니까 일주일에 반 정도겠지?"

"수습을 계속 지도하다 주면 원래 직무가 진척이 안 되니까 그렇겠지."

생각해 보니 그랬다. 병사 수습생에게 글자와 계산을 가르치는 날이면 난 공부에 집중을 할 수 없었고, 오토도 업무가 많아져 바빠졌다.

"그리고, 이건 마인 거야."

부모님이 보자기로 감싼 얇고 긴 물건을 테이블 위에 올려놓았다. 나는 눈을 반짝이며 고개를 갸웃거렸다. 내 세례식도 아닌데 왜 선물을 주는 거지?

"난 세례식도 안 받았는데?"

"수습을 시작하는 투리를 대신해서 이제부터 땔나무 줍기는 마인이 해야 하니까 필요할 거다."

포장된 보자기를 풀자 거기에는 날카롭게 빛나는 칼이 들어 있었다. 칼날은 두께가 있어 손에 묵직한 무게가 실렸다. 만약 일본이라면 이런 날카로운 위험한 물건을 어린애에게 준다는 게 이해되지 않겠지만, 이곳 상식으로는 이 정도 무기를 가지고 있지 않으면 자신의 몸을 지킬 수 없고 주위에 도움도 되지 않아 아기 취급을 당한다.

나, 칼 선물 받아 버렸어.

나는 지금까지 가족들에게 완전히 아기 취급을 받아왔다. 집안일을 돕는 투리를 돕는 정도만 해 왔다. 오히려 쓸데없는 일만 저지르는 방해물이었다. 하지만 투리가 수습을 시작하자 부모님은 나에게도 칼을 주지 않을 수 없었다.

칼! 이걸로 목간을 만들 거야! 목간 만들 거라고!

황하문명이여, 사랑한다

투리가 처음으로 수습을 나간 그날, 나는 놀라지 않을 수 없었다. 도맡은 일들 중 하나도 제대로 할 수 있는 게 없었다. 현대 지식이 있고 의욕만 있으면 뭐든지 할 수 있을 거라고 생각했는데 지식 따위 내게 아무런 도움이 되지 않았다.

투리는 위대한 언니였다는 걸 뼈저리게 느꼈다.

먼저 나는 물을 긷고 나를 수 없었다. 물론 힘이 없어서였다. 조금씩밖에 길어 올릴 수 없었고, 계단을 오르는 일도 힘들었다. 작은 나무통 하나 채우는 데 무려 다섯 번은 왕복해야 했다. 물론 필요한 물은 통 하나가 아니라 물 항아리 가득 담을 양이 필요했다.

엄마도 함께 물을 날랐지만, 엄마가 항아리를 채우는 속도와 내가 통을 채우는 속도가 같았다.

하아, 도움이 안 되는구나.

엄마가 점심 준비를 한다고 가마에 불을 때라고 했다.

우라노 때 야외 활동을 한 경험이 있었던 나는 장작에는 어느 정도 자신이 있었다. 굵은 장작과 타기 쉬운 가느다란 나뭇가지를 섞어 공기가 통하는 길을 만든 다음 불씨가 잘 붙을 수 있게 건조한 풀을 놓는 것까지는 해냈다. 그런데 거기서부터가 문제였다. 나는 불을 붙이지 못했다. 일본에서는 긴 라이터를 사용했기 때문에 부싯돌을 써본 경험이 전혀 없었다. 그래서 투리가 하던 대로 흉내를 내 봤다.

"꺄악!?"

돌과 돌을 힘껏 부딪쳤더니 불씨가 팍 하고 튀었다. 눈앞에서 번쩍 튄 불씨에 깜짝 놀라 나도 모르게 돌을 떨어뜨렸다. 마치 불꽃처럼 튀는 불씨에 화상을 입을 것 같아 그 후부터 무서워서 힘껏 돌을 내리칠 수 없었다. 결국, 엄마가 대신 불을 붙여 줬다.

하아아, 또 도움이 못 됐어.

마지막으로 요리는 괜찮겠다 생각했는데 이것도 내 착각이었다. 무거운 식칼을 양손으로 부들거리며 들어야 해서 제대로 된 칼질은 커녕 목을 비틀어 죽인 닭을 보고는 그대로 몸이 굳어 버렸다.

결국, 내가 할 수 있는 일은 엄마가 어느 정도 크기로 썰어 준 재료를 작은 칼로 자르거나 조리법을 제안하는 것 정도밖엔 없었다. 키가 작아서 받침대를 밟고 올라가도 냄비를 젓지 못했다. 엄마는 조리법을 칭찬해 주었지만, 솔직히 할 수 있는 게 없는 나 자신에게 실망했다.

아! 정말 쓸모없는 인간아!

"왜 그래, 마인?"

첫 수습을 마치고 돌아온 투리가 새무룩하게 풀이 죽어 있는 나에게 말을 걸었다. 그런 나를 대신해 엄마가 쓴웃음을 지으며 대답했다.

"오늘 집안일을 돕게 했는데, 되는 일이 없어서 우울해 하는 것 같구나."

"뭐? 새삼스럽게?"

그래, 정말 새삼스럽게 인제 와서 내가 도움이 안 된다는 걸 뼈저리게 느꼈다.

"이것저것 해 봤는데 아무것도 못 했어."

"흠, 이제 깨달았으니까 노력하면 되잖아?"

"그래도 청소는 마인이 최고야."

빗자루로 쓸고 걸레로 닦는 것 정도는 경험이 있고 힘이 없어도 가능한 일이다. 의욕에 불타올라 열심히 하면 열이 나 버리지만. 거기다 청소는 내가 불결한 환경을 참지 못해서 하는 거라 집안일 축에 들지 않는다. 평소에도 병약한 몸을 더 악화시키는 환경을 개선하고 싶었을 뿐이다. 단지 나를 위해서였지 가족을 위해서가 아니었다.

우라노 때는 전부 기계에 맡겼으니까 청소도 세탁도 요리도 얼추 가능했지만, 여기서는 아무런 도움이 안 됐다. 솔직히 말하면 이렇게 힘들 줄 몰랐다. 겨우 한 살 많은 투리와 달리 나는 왜 이렇게 빈약한 몸으로 태어났을까?

이왕이면 좀 더 건강한 몸이었으면 좋았을걸. 그럼 적어도 가족들에게 짐은 되지 않을텐데.

"하하하, 마인. 쓸모없다니, 너 그런 데에 신경 쓰고 있었냐?"

"신경 쓰이는 게 당연하잖아."

"음, 그렇긴 하겠지만……. 아빠는 처음부터 마인한테 기대한 게 전혀 없거든."

왠지 웃으면서 굉장히 심한 말을 한 것 같은데요?

비록 내가 기대를 받을 만한 인간이라고는 생각하지 않았지만, 딸바보 아빠가 면전에 대고 '처음부터 기대하지 않았다'라는 말을 할 줄은 몰랐다. 아빠가 멍하게 서 있는 내 머리를 가볍게 토닥거리며 어째서인지 눈물을 글썽이기 시작했다.

"네가 쓰러질 때마다 이번엔 죽을지도 모른다고 생각해 왔단다. 아빤 네가 이렇게 건강해진 것만으로도 충분해."

아빠의 말에 어깨를 들썩인 건 투리였다.

"아빠 말도 일리가 있지만, 이대로라면 아무도 마인을 고용하려 하지 않을 거야. 아무것도 못하는 애를 누가 데려가?"

투리의 말에 아빠가 고개를 절레절레 흔들었다.

"아니, 문에서 일할 수 있어."

"뭐? 마인이 문에서 무슨 일을 할 수 있는데?"

투리와 엄마가 의아한 듯 고개를 갸웃거렸지만, 나는 왜 의아해하는지 이해할 수 없었다. 지금까지 몇 번이나 문에서 하는 일에 대해 이야기를 했었으니까.

"무슨 일이라니, 서류 작업이지. 지금까지 문에 출근하면 오토 일을 도와주고 있잖아. 그리고 벌써 반년이나 글을 배우고 있는데."

"정말!? 그냥 쉬려고 문에 갔던 게 아니었어?"

"마인이 과장해서 한 말이 아니었구나!?"

투리, 왜 그렇게 깜짝 놀라는 거야? 거기다 엄마, 내 말을 안 믿었다니 너무한 거 아니야?

"특히 마인은 계산 작업에 평가가 높거든. 특별히 희망하는 일이 없다면 세례식 후에는 문에서 일하면 돼. 마인도 아빠랑 같이 일하고 싶지?"

"뭐? 아니. 난 '서점 직원'이나 '사서'가 될 거야."

안타깝게도 내 장래 희망에는 문지기 서류 작업을 하기 위해 아빠와 출근한다는 항목은 없다. 하지만 예상대로 이 세계에서 보지도 못한 서점과 사서란 단어가 통하지 않았는지 다들 고개를 갸웃거렸다.

"아~, 마인. 그건 대체 뭐니?"

"책을 파는 사람이니까 상인인가? 음, 상인이라 하기도 그런데, 일단 책과 관련된 일을 할 거야."

"흠, 잘은 모르겠지만, 하고 싶은 일이 있다면 그걸로 됐어. 일단 할 수 있는 일부터 해보는 게 좋아. 반년 전엔 숲까지 걷지 못했고 외출하는 것도 싫어했지. 그런데 지금은 네 발로 숲에 갔다 돌아오게 됐으니까 말이야."

"응……."

오늘은 열심히 땔나무를 주워 오라고 해서 투리와 함께 바구니를 지고 집을 나섰다.

가족들 말대로 나는 숲까지는 걷게 됐지만, 도착한 후 쉬지 않으면 움직이지 못했고 상당히 조심하지 않으면 다음날 쓰러지기 일쑤였다.

허약한 이 몸이 정말 밉다.

숲에 도착해 숨을 고르고 땔나무를 줍기 시작했다. 나는 떨어져 있는 것만 찾아 주웠지만, 투리는 가지 모양을 보고 손도끼처럼 생긴 날붙이로 쓱싹쓱싹 잘라내고 떨어진 땔나무를 주웠다.

"투리, 대단하다."

투리의 솜씨에 다시 한 번 감탄했다.

"나도 할 수 있는 것부터 꾸준히 해야지."

열심히 나뭇가지를 주우니 곧 숨이 차올랐다. 나는 바위 위에 앉아 휴식을 취하며 목간을 만들기 위해 재빠르게 칼을 꺼냈다.

"으, 꽤 무거운데?"

날카롭게 번쩍이는 칼을 손에 쥐고 한숨을 내쉬었다. 그렇다고 지금까지 칼을 다뤄 본 적이 전혀 없는 건 아니었다. 일본에서도 식칼은 사용했고 커터 정도는 일상에서 자주 썼다.

그러나 나무를 깎아 본 경험은 거의 없었다. 사실 우라노 때 초등학교에서 작은 칼로 연필을 깎는 과제가 있었다. '연필 깎기 기계를 쓰면 될 것'이라며 대충 넘겼는데, 지금 진심으로 후회된다.

목간을 만들려 해도 내가 생각해도 위태위태해서 칼을 제대로 못 쓰겠어!

구부정한 자세로 연필을 깎은 적밖에 없는데, 이런 칼을 어떻게 다뤄? 정말 목간을 만들 수 있을까?

시험 삼아 주워 온 나뭇가지 중에서도 가느다란 놈을 골라 조금 깎아 보았다. 힘없는 작은 손으로 하기에는 힘이 들었지만, 나무껍질이 벗겨내니 속살이 드러났다.

아, 조금 힘들지만 어떻게든 되겠어!

칼질 연습도 되고 목간도 만들 수 있으니 일석이조인 셈이다. 나는 신이 나서 주워 온 나무를 칼로 평평하게 깎았다. 비슷한 길이로 맞춰 자른 길고 가느다란 나뭇조각을 여러 개 만들기 시작했다. 이걸 끈으로 꿰면 메모 용지 대신으로 쓸 수 있을 훌륭한 목간이 완성되겠지.

황하 문명 선조님들, 훌륭한 지혜를 남겨 주셔서 감사합니다. 태어나기 전부터 사랑했습니다. 엄마, 아빠, 멋진 칼을 선물해 줘서 고마워. 이걸로 목간을 만들 수 있어.

나뭇가지를 주워 깎기만 하면 되기 때문에 섬유를 깨작거리며 엮는 파피루스 유사품이나 땅을 파서 만드는 점토판에 비해 크게 힘들지 않았다.

이거 괜찮은데?

주변에 있는 나무를 쓱쓱 깎아 글자를 쓸 면을 평평하게 했다. 한 방에 힘있게 깎는 힘과 기술이 있다면 더할 나위 없겠지만, 못하는 걸 생떼 부려 봤자 소용없지. 착실하게 깎아서 목간을 하나씩 늘리면 된다. 지금 내 손으로는 글자 한 줄 적을 수 있을 만큼의 가느다란 나뭇가지밖에 깎을 수 없어서 무엇보다 목간을 많이 만들어 내는 것이 중요했다.

"마인, '**점토판**' 대신 이번엔 뭘 만들기로 한 거야?"

땔나무 작업을 끝낸 루츠가 나를 들여다보며 물어왔다. 생각지도 못한 루츠의 질문에 나는 고개를 갸웃거렸다.

"이게 '**점토판**' 대신인 걸 어떻게 알았어?"

"당연히 네가 즐거워 보이니까."

"즐거워 보여?"

"당장이라도 나무를 볼에 비비고 싶어 하는 얼굴이야. '**점토판**' 때도 점토를 넋을 잃고 봤잖아?"

진짜? 당장에라도 나무를 볼에 비비고 싶어 하는 얼굴을 하고 혼자서 즐거워하며 나무를 깎고 있었단 말이야? 그거 꽤 변태스럽지 않아? 으아! 자각이 없었다니! 부끄러워!

뜻밖의 지적을 당한 부끄러움에 속으로 몸부림치고 있자 루츠가 내가 깎은 목간을 말끄러미 관찰했다.

"그래서, 뭐 만들고 있었는데?"

"'**목간**'을 만들고 있었어."

"'목간'? 이번엔 거기에 글자를 적는 거야?"

"응. 그러니까 엄청 많이 필요해. 내 힘으로는 널빤지 같은 크기는 못 만드니까."

내가 칼을 바로잡고 나무를 깎기 시작하자 루츠가 내 옆에 털썩 주저앉았다. 그리고 좀 더 굵은 나뭇가지를 집어 들었다.

"도와줄게. 그 대신 전에 마인이 말한 오토란 사람을 소개해 주지 않을래?"

"왜?"

루츠가 주변 눈을 신경 쓰며 소곤소곤 작은 목소리로 말하는 모습을 전에도 본 적이 있었다. 장래에 행상인이나 음유시인처럼 마을을 떠나 여러 곳에 가 보고 싶다고 말했을 때였다. 다른 사람 이목을 신경 쓰며 소곤대며 말하는 걸 보면 잘 모르겠지만, 이 세계에서는 인정받는 직업이 아닌 걸까?

이곳 상식을 모르는 내 의견보다는 오토의 의견을 듣는 쪽이 루츠에게 도움이 되겠지.

"바쁜 사람이지만 한번 물어볼게. 거절당하면 미안해."

"그래도 괜찮아."

안심한 듯 숨을 내쉰 루츠는 무거운 짐을 내려놓은 듯한 표정을 지었다. 지금까지 누구한테도 상담하지 못했던 모양이다.

그 이후는 별다른 대화 없이 둘이서 부지런히 목간을 만들었다. 루츠도 투리처럼 손도끼 같은 도구를 사용해서 굵은 가지로 커다란 목간을 여러 개 만들어 주었다.

나는 칼로 그 표면을 쓱싹거리며 깎아 다듬었다. 목간을 만들기 위한 판은 늘었지만, 아직 아무것도 쓰이지 않은 양면은 새하얗다.

문에서 쓰는 잉크를 나눠 받거나 조금 얻을 순 없을까?

　잉크는 기본적으로 종이와 함께 쓰이는 물건이라 이 주변 상점에서는 팔지 않는다. 그러고 보니 문에서는 잉크도 양피지처럼 엄중하게 보관하고 있었다. 어쩌면 종이뿐 아니라 잉크도 고가품일지도 모른다.

　오토에게 이제부터는 급료를 석필이 아닌 잉크로 대체해 달라고 협상해 봐야겠다. 하는 김에 루츠의 부탁도 전해 두자.

잉크를 원해

투리가 수습하러 가는 날은 내 감시역을 맡을 사람이 없어 나도 문에서 공부했다. 최근에는 일상에서 쓰이는 단어도 많이 알게 되어 공부가 즐거웠다.

오늘부터 투리와 동기인 병사 수습생 세 명이 들어왔다. 그들에게도 글자와 숫자를 가르쳐야 하는 오토는 무척 바빠졌다. 신입 교육을 끝내고 숙직실로 돌아오면 밀린 평소의 업무 작업이 그를 기다리고 있었다.

나는 단어 연습을 하거나 계산을 하면서 오토와 얘기할 기회를 살폈다. 서류작업을 일단락했는지 오토가 잉크를 정리하는 틈을 타서 말을 걸었다.

"오토 씨, 질문을 하나 해도 될까요?"

"그래."

"어떻게 하면 행상인이 될 수 있어요?"

"뭐!? 마인, 행상인이 되고 싶어!? 진짜? 잠깐만! 그거 혹시 나 때문이야? 나 반장님한테 죽을지도 몰라!"

눈을 크게 뜨고는 책상에 엎드려 느닷없이 괴상한 소리를 지르는 오토의 모습에 오히려 내가 깜짝 놀랐다. 나는 황급히 손을 휘저으며 그의 말을 부정했다.

"아니에요. 내가 아니라 친구가."

"뭐야, 그럼 그 친구한테 포기하라고 전해."

"아, 역시 그렇죠?"

오토의 간결한 답변으로 행상인은 인정받지 못하는 직업이라는 게 확실해졌다.

"역시라니? 무슨 말이야?"

나의 반응에 오토가 눈을 가늘게 뜨며 물었다. 나는 어떻게 설명해야 할까 고민하면서 입을 열었다.

"그 친구가 말할 때 주위 눈을 신경 쓰면서 작은 소리로 행상인이 되고 싶다고 하는 모습을 보니 부모가 반대하는 직업일 거라고 생각했거든요."

"확실히 부모한테 불벼락을 맞겠지."

"거기다 행상인은 평생 떠돌아다녀야 하잖아요? 이 마을에서 물건을 사들여서 저 마을에 팔면서 넓은 지역을 왕래해야 하는데 정착해서 사는 사람들과는 뿌리부터 다른 생활이죠. 부모한테 물려받는 연줄이나 단골손님도 필요할 텐데 마을에 정착해 사는 평범한 아이가 되고 싶다고 해서 쉽게 될 수 있는 일이 아니겠다 싶었어요……."

한 마을에 정착해 사는 농민 아이가 자유롭게 돌아다니는 유목민을 동경하는 것이리라. 하지만 지금까지와는 확연히 다른 생활을 보내는 것은 동경만으로 이루긴 힘들다. 뜻대로 풀리지 않는 일이 빈번히 일어나도 생활 상식이 다른 이상, 원인을 깨우치기도 힘든 법이다. 생활 속에서 쌓인 암묵적 규칙에는 따로 설명서가 없다.

갑자기 낯선 세계에 떨어져 무엇이 정답인지 몰라 집안에만 틀어박혀 있고 싶었던 나는 상식이라는 벽의 두께가 얼마나 두꺼운 것인지를 뼈저리게 느꼈다.

집안에만 있고 싶어도 책이 없어 할 수 없이 밖에 나와야 했지만, 이곳에서 상당히 상식 밖의 짓을 하고 있다고 나 자신도 자각하고 있다.

"거기까지 알고 있다면 마인이 말해 주면 어때?"

"음, 그 아이와 똑같이 마을에 사는 제가 말하는 것보다 오토 씨가 현실을 가르쳐 주는 편이 설득력이 있잖아요. 거기다 아빠가 말했는데 오토 씨는 상업 길드와 연결고리가 있죠? 행상인은 어렵더라도 상인 수습생이 되면 매입하러 마을을 나가는 것 정도는 할 수 있지 않을까 하는데."

유랑을 위해 미지의 세계로 여행을 떠나는 것보다 마을에 정착하면서 출장으로 마을 밖을 나가는 것이라면 가족들도 심하게 반대하진 않겠지.

"그렇긴 하겠구나. 그나저나 네가 소개까지 하려는 거 보면 그 친구를 좋아하는구나?"

오토가 히죽거리며 입가를 실룩거렸다. 연애 냄새를 맡고 흥미진진해 하는 얼굴에 나는 가볍게 어깨를 들썩였다.

"좋아하는 것보다 루츠한테 신세를 많이 져서 그래요. 빨리 갚지 않으면 갚아야 할 게 많아져서 힘들어요."

"금발 머리 녀석을 말하는 거지?"

숲에 돌아와 힘이 빠진 나를 보조해 주는 루츠는 문에서 아빠에게 그 날의 행동을 보고하고 용돈을 받고 있었다. 아마 오토도 몇 번 스쳐 지나간 적이 있었겠지.

"맞아요. 하지만 신입 교육이 늘어서 오토 씨가 바빠 보이니까 정 어려우면……."

"지금이 제일 한가한 계절이니까 이때가 좋아. 다음 휴일은 어때?"

"고마워요, 오토 씨."

그건 그렇다 치고 잡무가 이렇게나 많은 지금이 제일 한가하다면 회계 보고와 예산 편성 시기엔 도대체 얼마나 일이 많다는 말이야? 아, 생각하기도 싫다.

"아! 한 가지 더 물어볼 게 있는데요. 이 잉크를 조금 나눠줄 수 있나요?"

"잉크라면 이걸 말하는 건가?"

미간을 찌푸린 오토가 뚜껑을 닫은 잉크 병을 손가락으로 톡톡 두드렸다. 병 안의 검은 액체가 살짝 물결치는 것을 보며 나는 크게 고개를 끄덕였다.

"다음 급료부터는 석필이 아니라 잉크로 해 주실 수 있어요?"

"삼 년 급료 공짜에 가불 불가."

가볍게 흘러간 말이 무슨 뜻인지 몰라 나도 모르게 눈을 깜빡였다. 잘못 들었기를 바랐지만, 오토는 진지한 눈으로 무언가를 손가락으로 세기 시작했다.

"조수에서 수습생이 되면 급료가 바뀌겠지만, 지금 상황이면 예산 때 받을 특별 급료도 포함해서 삼 년 분이겠군."

"삼 년!? 그렇게나 비싸요!?"

깜짝 놀라 펄쩍 뛰는 나의 반응에 오토가 쓴웃음을 지으며 "다음엔 예산 항목에 쓰이는 단어도 배우자꾸나." 라고 말했다.

"기본적으로 잉크는 귀족을 상대로 하는 서류 작성에만 쓰거든. 잉크 가격은 애들 장난감과는 비교할 수도 없이 어마어마해."

즉, 지금 내가 손을 뻗어서 가질 수 있는 물건이 아니란 말이군요. 잘 이해했습니다.

겨우 목간을 완성했더니 잉크가 없어 글을 쓰지 못하는 사태에 울부짖었다.

"한 고비를 넘겼더니 또 고비야! 대체 뭘 어떡하라는 거야!"

익숙한 볼펜이나 샤프, 연필, 만년필은 물론이고 먹이나 잉크마저도 주변에 팔지 않았다. 잉크라도 자유롭게 쓸 수 있다면 나무를 뾰족하게 깎아 쓰면 되지만, 그 잉크가 비싸서 손에 넣을 수가 없다. 석필 하나 가격은 알고 있지만, 예산 편성 시기에 받을 특별 급료가 얼마인지 모르는 나로서는 잉크 가격을 계산할 수 없었다.

삼 년 치 급료가 대체 얼마란 거야?

사기, 줍기, 얻기, 훔치기, 만들기 등 손에 넣을 방법을 총동원해 생각해 보니 답은 단 하나였다. 만들 수밖에 없다.

아무리 그래도 숙직실에서 훔칠 수도 없는 노릇이니까……

아무래도 책뿐만 아니라 잉크도 직접 만들어야 할 것 같다. 그것보다 잉크는 어떻게 만드는 걸까? 안료와 건성유가 필요한 건 알겠는데 이것을 어디에서 손에 넣어야 하지?

"차라리 '문어'나 '오징어' 같은 걸 잡으면 될까? 그나저나 '바다'가 있어야 잡든가 하지!"

만들다가 만 목간을 꽉 쥐고 고함을 질렀더니 루츠가 깜짝 놀라 돌아보았다.

"갑자기 왜 그래!?"

"루츠, 여기 잉크는 무엇으로 만들었다고 생각해? 어떻게 하면 만들 수 있을까!?"

바다를 찾으러 여행을 떠나 문어나 오징어를 잡는 것이 현실적으로 어렵다는 건 잘 안다. 하지만 주변 물건으로 잉크나 먹을 만들 수 있을지 미지수였다.

"애초에 그 잉크란 게 뭐야?"

"음, 검은 액체에, 이런 판에 글을 적을 때 쓰는 건데……."

그 물건을 평소에 본 적도 없는 사람에게 설명하기란 여간 어려운 일이 아니었다. 생각나는 대로 주워섬겼더니 루츠가 고개를 갸우뚱거리며 말했다.

"검은 거? 얼룩져도 괜찮다면 재나 검댕은 어떨까?"

"그거 괜찮은데? 해 보자!"

재나 검댕이라면 땔감을 태울 때 생기는 찌꺼기니까 얼마든지 집에서 구할 수 있다. 오늘도 땔감을 때고 있으니까 금방 손에 넣을 수 있을 게 분명했다.

나는 집에 돌아가자마자 곧바로 엄마에게 부탁했다.

"엄마, 이 재 써도 돼?"

"안 돼, 재로 비누도 만들고 눈도 녹이고 또 염색에 쓰고 농가에도 팔 수 있는 거라 어디든 사용할 수 있는 거야. 멋대로 가져가지 말렴."

그러고 보니 초봄에 눈 위에 재 뿌리는 작업을 도왔다. 그때 이유도 모른 채 '꽃 피우는 할아버지'[4] 가 된 기분으로 뿌렸는데, 눈을 녹이기 위해서였구나. 이제 알았네.

---

4 한국의 '혹부리 영감' 이야기와 유사한 일본의 설화. 버려진 강아지를 돌보던 착한 할아버지가 죽은 강아지를 묻은 곳에서 자라난 나무를 태워 만든 재를 고목에 뿌리자 꽃이 피는 기적이 일어난다.

흠, 비누를 만들 때도 잔뜩 사용했으니까 확실히 그 재는 중요한 물건이군.

남으면 팔 수도 있는 재를 손에 넣긴 어려울 듯하다. 검댕도 다른 용도가 있으면 어쩌지?

"그럼, 엄마. 검댕은 괜찮아?"

내가 두 번째 안을 제시하자 엄마는 미간을 살짝 찌푸리더니 어째서인지 피식 웃으며 허락해 주었다.

"어디에 쓸려는지는 모르지만, 검댕이라면 괜찮아. 마인이 가마 속을 청소해 준다는 거지? 하는 김에 굴뚝도 청소하면 더 많이 모을 수 있단다."

"뭐!? 아~, 응. 그, 그렇겠지?"

웃는 엄마에게 떠밀려 얼떨결에 가마와 굴뚝 청소를 하게 되었다. 일이 이상하게 됐지만, 검댕을 손에 넣기 위해서라면 어쩔 수 없다. 기합을 넣고 검댕을 털 청소도구를 집자 엄마가 안색이 싹 변해서 나를 멈춰 세웠다.

"마인, 잠깐만! 그 옷을 입고 청소하려고?"

"응? 안 돼?"

이미 지저분하고 낡아빠진 옷으로 청소하는 데 무슨 문제람? 고개를 갸웃거리는 내 앞에서 엄마가 바느질 상자와 걸레 바구니를 들고 왔다.

"금방 만들 테니까 잠깐만 기다려."

엄마는 흥얼거리며 걸레들을 연결해 순식간에 옷을 만들어 냈다.

나는 그 걸레 옷으로 갈아입고 아이들이 해서는 안 되는 머리라고 했지만, 머리카락이 조금이라도 더러워지지 않도록 비녀로 올려

삼각건 대신 걸레로 머리를 감쌌다.

와우, 신데렐라 코스프레라고 생각하고 입지 않는 이상 도저히 못 입고 다니겠는걸?

먼저 가마에서 재를 긁어냈다. 그다음 가마 내부에 머리를 집어넣고 달라붙어 있는 검댕을 청소해서 회수했다. 작은 체구로 해낸 집안일 돕기의 첫 성공일지도 몰랐다.

엄마의 웃음에 떠밀려 하는 김에 굴뚝도 청소해 검댕을 모았다. 검은 물체가 흐슬부슬 떨어져 나와 굴뚝 안이 깨끗해지면서 내가 원했던 검댕이 쌓여 갔다. 의외로 한 번 하기 시작하니 재미있어져서 그만 몰두해 버린 모양이다. 나는 열이 올라 쓰러지고 말았다.

검댕투성이로 쓰러지고 말았지만, 어떻든 검댕을 모을 수 있었다. 몸 상태도 회복했으니 오늘은 이 검댕을 글자를 쓸 수 있는 상태로 만들고 싶었다.

"마인, 이거 어떻게 할 건데?"

"일단은 물이겠지?"

가장 먼저 떠오른 것은 물 안에 검댕을 풀어 보는 방법이었다. 먹 비슷하게 되지 않을까? 그냥 내 느낌이다.

강물을 담은 나무 용기에 검댕을 넣고 나뭇가지로 빙글빙글 휘저어 보았다. 검댕은 물에 둥둥 뜨기만 할 뿐 생각보다 쉽게 녹지 않았다.

"이 정도일려나?"

"일단 한번 써 보는 게 어때?"

나는 루츠의 말을 듣고 끝을 뾰족하게 깎은 막대를 용기에 집어넣고 빼서 목간에 'ㅣ'이라고 써 봤다. 하지만 검댕은 목간에 써지는 양보다 막대에 들러붙는 양이 더 많았고 글자는 색이 옅어서 읽기 힘들었다.

"이건 아냐~. 실패야."

"이제 어떻게 할 거야?"

"음~, 이론으로는 기름에 녹이면 잉크가 만들어진댔는데……."

하지만 엄마한테 기름을 달라고 조를 수는 없다. 왜냐하면, 식물성 기름은 먹기도 하고 '간편 한린샴'에도 쓰여서 항시 부족했다. 거기다 동물성 기름은 양초나 비누에 쓰여서 이것도 간단하게 얻을 수 있을 것 같지 않았다. 아마 재처럼 바로 거절당하겠지.

"기름은 평소에 많이 쓰니까 받기 어렵겠지?"

"응. 어려워. 다른 방도는 없을까……?"

힌트를 찾기 위해 일본에서 썼던 필기도구를 차례차례 떠올렸다.

"음, '일본화'에는 '물감'으로 '아교'를 사용하지만, 내가 불을 못 쓰니까 만들기 어렵겠지? 체력도 팔심도 덩치가 작다는 건 정말 가혹해."

언젠가 아교를 만들 날이 오겠지. 아교를 쓰게 되면 자연 재료에서 물감을 만들 수 있으니 할 수 있는 범위가 넓어지지만, 일단은 내가 성장할 때까지는 기다려야 한다.

"어~이. 마인. 괜찮아? 정신 차려."

루츠가 눈앞에서 손을 좌우로 흔들고 있는 게 보였지만, 아직 의식을 되돌릴 순 없었다.

"음, 딱히 액체가 아니어도 괜찮겠지? '크레용', '분필', '연필'같은 거…… 맞다. 점토! 점토랑 섞어 보자!"

"엥?"

"'연필심'은 '흑연'이랑 점토를 섞었던 것 같아. 잠깐? '콩테'였나? 어쨌든 '흑연'이 아니라 검댕이지만 어떻게든 되겠지!"

점토와 검댕을 섞어 동그랗고 얇게 말아 말려서 굳히면 글자를 쓸 수 있을지도 몰라.

"루츠, '점토판' 만들었을 때 쓴 점토는 저 부근에서 팠었지?"

"일부러 파지 않아도 쓰다 남은 점토를 저 부근 어딘가에 놔뒀을 거야."

루츠의 말대로 그곳엔 작은 모래성처럼 쌓인 점토가 고스란히 자리를 지키고 있었다. 머릿속으로 플라스틱 색연필이나 연필심을 떠올리며 점토를 조금 집어 검댕을 섞고 주물럭거리며 반죽했다. 제대로 된 색이 나오려면 만졌을 때 손이 새까매질 때까지 검댕을 많이 섞어야 했다. 나는 내 손은 물론이고 밑판으로 쓴 돌이 새까매지도록 검댕을 둥글게 말아 연필 길이로 잘랐다.

이걸 말려서 딱딱하게 굳으면 성공이야.

강물에서 손발을 씻었지만 깨끗이 씻겨지지 않았다. 하지만 이 끈질긴 접착력이라면 목간에도 글자를 쓸 수 있을 것 같다.

"어느 정도 말려야 할까?"

"글쎄?"

"한 번 구워 볼까?"

"또 폭발시키고 싶은 게 아니면 쓸데없는 짓은 안 하는 게 좋아."

"윽."

루츠의 충고대로 나는 얌전히 검댕 연필을 말리기로 했다.

요리와 씨름 중

투리가 일하러 가게 되면서부터 나에게도 요리 당번이 돌아왔다. 그러나 식칼을 제대로 못 쓰고 불도 제대로 못 지피는 상태로는 모든 과정을 혼자서 해낼 수 없었다. 엄마와 함께 요리를 만들면서 나는 할 수 있는 범위 내에서 돕기로 했다.

이왕이면 일식을 만들어 볼까 해서 우라노 때 지식을 불태우며 조리법을 궁리했지만, 결국 두 손 두 발 다 들어야 했다. 왜냐면 일식이 먹고 싶은데, 쌀이 없고, 된장도, 간장도 없었다. 물론 미림도 일본주를 파는 곳도 없었다. 조미료 없이는 일식을 만들어 먹을 방법이 없었다.

저기, 나도 된장이랑 간장 제조법 정도는 알고 있거든? 물론 재료도 알지. 콩이랑 누룩이랑 소금으로 만드는 거잖아. 만드는 순서도 물론 배웠어. 초등학교 때 된장 공장에 견학을 가서 실제로 옛 제조법 코너도 진지하게 참여했고, 도서관에서도 이것저것 조사했다고.

나는 공장 견학을 갔던 때를 떠올렸다. 된장과 간장 만드는 법을 정리하고 도서관에서 찾아낸 자료도 추가해서 제출했다. 선생님께 칭찬받아 교실에 전시까지 했었다.

그런데 이 세계에서 콩과 누룩이 어디에 있는 거지? 콩은 다른 거로 대체할 수 있다 쳐도 누룩은 어디에서 팔지?

자연 재료로 누룩을 만드는 건 무서워서 도저히 엄두가 안 났다.

왜냐면 누룩은 곰팡이니까. 조금이라도 잘못하면 가족 전원이 식중독 급행열차를 타는 꼴이 된다. 만약 누룩이 있다 쳐도 잡균투성이인 우리 집에서 담그는 짓은 무서워서 못 하겠고, 냄새도 심해서 완성되기 전에 버려질 게 뻔했다.

조미료를 만드는 건 포기하고 조미료를 넣지 않는 일식은 없을까 골똘히 고민했다.

회는 어떨까? 간장은 없지만, 소금이랑 감귤에 가까운 과즙에 찍어 먹으면 맛있지 않을까?

하지만 이곳은 아무래도 바다와 멀리 떨어져 있는 듯했다. 장터에 가도 신선한 생선은 없었다. 미역이나 해초도 팔지 않았다. 회는 커녕 해초 샐러드도 만들지 못했다.

바다가 없다는 건 당연히 다시마도 없을 테고 말린 새우도 가쓰오부시도 없다. 일식에서 육수가 빠진다는 것은 정말 치명적이었다.

육수 가루까지는 바라지 않는다. 그래도 적어도 다시마랑 가쓰오부시를 주세요.

오이와 비슷한 채소와 와인비네거로 오이 초무침 같은 걸 만들어 봤는데 간장도 설탕도 없으니 풍미가 너무 달라 만족할 수 없었다. 목구멍이 아릴 정도로 쓴맛이 내가 생각한 초무침과는 전혀 달랐다.

일식을 만들 수 없다는 사실에 분해서 오이와 비슷한 채소를 소금에 버무리는 어린이도 만들 수 있는 간단한 요리를 만들어 먹었다. 소금으로 살짝 수분이 빠져 흐물거리는 유사 오이가 소금기를 적당히 먹어 일본의 오이절임처럼 만들어졌다. 이걸로 일식에 만족하려고 했더니, 이번엔 흰쌀이 그리워서 눈물이 핑 돌았다. 참고로 잡곡 빵과 오이절임은 궁합이 영 아니었다.

쌀, 쌀, 일식! 제발 내게 일식을 내려주소서!

오이절임 탓에 일식이 먹고 싶다는 생각이 떠나질 않자 강에서 낚시라도 해서 일식 비슷한 음식을 만들어 보기로 했다. 불을 피울 수 없으니 햇빛에 말리는 방법 밖에 없는데 강에서 생선을 낚아 건어물을 만들어 보는 건 어떨까? 소금을 뿌려 말리면 어떻게든 되지 않을까? 정말 어떻게 해서든 되었으면 좋겠다.

"저기, 루츠. 낚시해 보고 싶은데 이 강에서 가능할까?"

나는 숲에 채집을 온 날 강변에서 루츠에게 물어봤다.

"마인한테는 어려울 거야."

루츠의 말대로 결과는 참패였다. 생선을 잡는 것 자체가 어려웠다. 풀이 죽은 내 앞에 루츠가 낚은 생선을 들고 왔다.

"자, 생선 잡았는데 이걸로 어떻게 할 거야?"

"이거 나 받아도 돼?"

"상관없어. 난 이런 거 필요 없으니까."

"루츠. 루츠는 불 피울 수 있어? 이거 소금구이하고 싶은데."

루츠가 잡아 준 생선을 은어구이처럼 소금을 뿌려 구워서 먹어 보았다.

으악 더럽게 맛없어! 거기다 이 냄새는 뭐야!

한입 베어먹고 나도 모르게 오만상을 지었다. 내가 알던 생선 맛과는 전혀 다른 맛이었고 이상한 비린내가 났다. 왜 이렇게 냄새가 심한 거지? 잘못 구운 건 아닌지 기억을 더듬으며 의아해하는 나를 루츠가 미간을 찌푸리며 바라봤다.

"그렇게 굽기만 하면 냄새 나지 않아?"

"냄새 나……."

확실히 이 생선은 악취가 심했다. 좀 빨리 알려줄 것이지.

남은 생선 한 마리는 칼로 손질하기로 했다. 일본 식칼과 달라 엉성하게 잘렸지만, 맛에는 문제없겠지. 나무를 깎아 만든 막대에 꽂아 말려 보았다.

건어물이라면 괜찮을 것 같았는데 햇빛에 내버려두고 땔나무를 줍는 사이 먹지 못할 만큼 딱딱하게 굳어 버렸다. 아무래도 수분이 심하게 증발해 버린 모양이다.

"마인, 이거 뭐야?"

"햇빛에 심하게 말린 건어물. 건어물로도 못 먹게 됐지만."

"그렇긴 하겠다. 어딜 봐도 음식으로 보이지 않네."

"그래도 국물을 우려낼 순 있을 거야. 집에 가져가서 써 봐야지."

건어물로 먹을 순 없더라도 국물을 우려낼 수 있을지도 모른다는 생각에 딱딱하게 마른 건어물을 가지고 집에서 만들어 보기로 했다.

"마인, 이게 뭐니!? 징그러워! 절대 냄비에 넣지 마!"

"저기 엄마. 국물을 내는 데 쓰려는 거야."

"안돼! 먹을 수 있는 것만 냄비에 넣어야지!"

일단 먹을 수 있는 건데요…….

건어물을 징그럽다고 하는 엄마의 강경한 반대에 건어물로 국물을 내는 건 포기해야 했다. 어쩌면 평소에 생선을 볼 일이 없으니 배를 갈라 바짝 말린 생선이 징그러워 보였을 수도 있을 것 같았다. 반으로 쪼갠 돼지머리는 '맛있어 보인다'고 하면서 말이다.

생선아. 미안하다.

결론은 나는 일식을 만들 수 없다. 일단 지금 쓸 수 있는 재료로 조금이라도 일식처럼, 일본에서 먹었던 맛과 비슷하게 낼 수 있는 방법을 생각하자. 그 편이 의미 있을 것 같다. 응.

어쩌다 보니 오늘은 새를 한 마리 얻었다. 이웃집이 숲에서 다섯 마리나 쏴서 잡았다고 했다. 계절상 상하기 전에 전부 먹기 어렵다 해서 우리집에도 나눠준 것이다. 예전에 아빠가 잡은 새를 나눠준 답례라고 했다. 이름도 모르는 새를 칼로 가르는 역할은 엄마가 맡았다. 고기용 식칼은 무거워서 나도 투리도 아직 쓸 수 없었다.

"마인. 깃털 좀 뽑아 주겠니?"

"으, 응……."

힘없이 쳐져서 누워있는 새의 깃털을 잡아당겼다. 털이 뜯기는 감촉에 온몸에 닭살이 돋았다. 먹기 위해선 어쩔 수 없다며 자신을 달래며 울면서 털을 뽑았다. 쉽게 작업하기에는 아직 시간이 걸릴 것 같다. 그래도 내장을 발라내도 기절하거나 도망가지 않고 서 있을 수 있게 됐으니 스스로도 성장했다고 본다.

"자. 마인. 요리하자."

"알았어."

새 뼈로 국물을 우려 볼까 생각했다. 그 국물이 있으면 요리의 폭도 넓어지지 않을까? 다시마나 가쓰오부시는 없지만 말린 버섯과 섞어 보면 어떨까?

하지만 새 뼈 국물을 만드는 과정은 힘들었다. 새 뼈 국물을 제대로 이해하지 못한 엄마가 도와주지 않았기 때문이다. 새는 굽거나 살만 추려서 먹어야 맛있다고 했다.

오늘은 내가 요리 당번이라고 엄마를 설득하자 마지못해 손질은 해 주셨다. 그다음은 나 혼자 할 수밖에 없었다.

나는 제일 큰 냄비에 물과 새 뼈와 가슴살과 허브를 마구 집어넣었다. 일본에서 보던 것들과 생김새가 달라도 냄새와 맛과 조리법이 비슷해 보이는 재료들을 골라 넣었다. 파 같은 냄새가 나는 것, 생강 같은 맛이 나는 것, 마늘 같은 냄새가 나는 것, 월계수 잎처럼 생긴 이파리 등, 잡내를 제거할 때 쓰는 약초는 전부 넣어 보기로 했다.

"마인! 잠깐만! 그건 네가 감당 못 해! 난폭한 놈이야!"

내가 마늘 맛이 나는 하얀 래디쉬의 이파리를 칼로 자르려고 하자 갑자기 엄마가 칼을 빼앗았다. 엄마는 도망치지 못하게 막듯이 이파리를 꽉 잡아 도마 위에 올리고 하얀 래디쉬를 한번 노려보더니 식칼로 반을 잘랐다. 그 순간 '끼아악!'하는 비명이 들렸다. 하얀 래디쉬에서 말이다.

"어? 뭐야?"

환청인가 싶어 눈을 깜빡이는 내 앞에서 엄마가 이파리에서 손을 떼고 식칼 손잡이 끝부분으로 래디쉬를 쾅! 하고 소리 나게 두드렸다. 마늘을 으깰 때와 같은 동작이었다. 내가 깨작깨작 잘게 써는 것보다 빨라서 다행이라고 생각했는데, 그때 식칼 아래로 언뜻언뜻 보이는 하얀 래디쉬가 어째서인지 새빨개져 있는 게 아닌가! 마치 피가 배어 나온 것처럼 보여 섬뜩했다.

"이제 됐어. 깨끗이 씻어서 써야 해."

래디쉬보다 엄마가 난폭해 보이는 건 나의 착각인 걸까? 착각이지? 착각이라고 해 두자.

이곳에는 가끔 내가 아는 채소와 비슷하게 생겼어도 이해할 수 없는 이상한 재료들이 있었다. 이런 이상한 채소와 만날 때마다 역시 이곳은 내가 아는 세계가 아니란 사실을 실감하게 된다.

약간의 해프닝이 있었지만, 잡내를 제거할 허브를 넣으면 이젠 거품을 걷어 내는 일만 신경 쓰면 된다. 일본에선 닭 육수를 낼 때 첫물이 끓기 시작하면 다 버리고 물을 새로 넣어 끓이는 게 좋다고들 하지만, 국물 맛에 큰 변화가 없고, 귀찮기도 해서 그대로 약한 불에 계속 끓였다.

물이 끓자 가슴살은 적당히 익었을 때 건져냈다. 가슴살을 가볍게 물로 씻어낸 후 잘게 찢어 샐러드에 곁들이면 맛있을 거다.

국물을 끓이는 동안 다른 부위로 사전 준비에 들어갔다. 염통이나 모래주머니 등 상하기 쉬운 부분은 먹기 쉬운 크기로 잘라 소금과 술을 뿌려 둔다. 이 부위는 심플하게 소금을 쳐서 구워 먹기로 했다. 이것이 가족들이 가장 익숙한 조리법이라 했다. 순간적으로 숯불구이가 뇌리를 스쳤지만, 처리해야 할 것들이 많기에 포기했다.

오늘은 내장과 다리살을 먹을 예정이다. 다리살은 엄마가 로스트 치킨을 만들려고 분발하고 있어서 섣불리 손댈 수 없었다.

나는 가슴살에 소금과 술을 뿌려 겨울 준비 창고에 넣어 두었다. 이것은 내일 만들 요리에 써야지. 여기에 냉장고와 밀폐할 수 있는 봉투가 있으면 햄도 가능하겠지만, 만들 수 없으니 원통했다.

"좋은 냄새가 나네?"

"맛은 아직 덜 냈어."

국물 냄새가 방 안에 퍼지기 시작하자 내 조리법에 속이 상했는지 멀리 떨어져 있던 엄마가 냄비 근처로 조금씩 다가왔다. 육수는 느긋하게 끓여야 맛있기 때문에 거품에 신경 쓰면서 미리 채소를 자르기로 했다. 무엇을 하든 이 몸으론 시간이 걸리므로 빨리빨리 다음 순서로 넘어가는 편이 좋았다.

일식처럼 먹기 계획 중 제일 첫 번째 요리는 전골이다. 육수가 있으면 전골은 간단하게 만들 수 있기 때문이다. 익숙한 육수 맛은 아니지만, 이번에는 새 뼈를 우린 국물이 있다.

폰즈도 깨 소스도 없으니 노란 파프리카처럼 생기고 토마토 같은 맛이 나는 포메와 허브로 맛을 내고 삶아서 토마토 전골을 만들어 볼 예정이다.

포메 전골에는 엄마가 뼈만 있어서 조리하기 힘들다고 한 날개를 쓰기로 하고 이름 모를 계절채소를 대충 골라 썰었다. 넣고 끓이기만 하면 간단하고 맛있게 먹을 수 있는 점이 전골의 매력이니까 맛에는 큰 문제가 없을 거다.

"아, 슬슬 다 됐겠다. 엄마, 나 좀 도와줘."

두 번째로 큰 냄비 위에 소쿠리를 올려놓고 엄마를 불렀다.

"어떻게 하면 되니?"

"여기에 국물을 흘려보내 줬으면 좋겠어. 찌꺼기를 걸러낼 거야."

"찌꺼기를 먹으려고 했던 건 아니었구나."

엄마는 왠지 안심한 듯이 말하고 소쿠리에 국물을 부어 줬다. 그리고 제일 큰 냄비의 더러워진 부분을 씻어내고 걸러낸 국물을 다시 큰 냄비에 옮겨 담도록 했다. 두 번째로 큰 냄비는 사용 빈도가 가장 높아서 여기에 국물을 넣어 두면 나중에 조리가 힘들어진다. 지금부터 포메 전골을 만들 냄비도 두 번째로 큰 냄비로 할 예정이다.

완성된 국물에 잘게 썬 버섯을 넣고 포메 전골을 만들기 시작했다. 새 날개를 익히면서 조금 전에 걸러낸 국물 찌꺼기 중 먹을 수 있는 고기를 추려서 냄비에 넣었다. 뼈가 날카로워서 손이 찔리지 않도록 조심하면서 조금씩 고기를 뜯었다.

엄마가 만든 로스트 치킨에서 맛있는 냄새가 풍기기 시작했다. 나도 삶는 시간을 계산하며 냄비에 채소를 넣었다.

"마인! 뭐 하는 거니!?"

"채소를…… 넣었을 뿐인데?"

"제대로 데친 다음 넣어야지!"

이곳에서는 그렇게 하는 게 정식인 모양이지만, 잿물을 빼는 거라면 모를까. 채소가 물렁물렁해질 정도로 데쳐서 우러난 물은 전부 버리고 데친 채소만 쓰면 무슨 맛으로 먹냐고. 영양분도 녹아 없어질 텐데?

엄마의 요리에 불만을 말하진 않겠지만, 나에게 같은 요리법을 강요하는 건 싫었다.

"이 요리는 이걸로 괜찮아."

"모처럼 맛있게 만든 요리가 맛없어지잖니!"

"괜찮아."

거품을 걷어 내면서 끓이면 포메 전골은 완성이다. 간을 보니 맛있었다. 채소를 먼저 데치지 않아도 괜찮았다.

"다녀왔어. 아~, 우리 집이었구나."

"어서 와, 투리. 우리 집이라니?"

"큰길까지 맛있는 냄새가 나서 걸어오면서 엄청 배고파졌었거든. 길 가는 사람들이 다들 어디서 나는 냄새인지 찾더라고. 우리 집에서 나는 냄새인 줄 몰랐어."

중화요리나 라면 가게 근처를 지나가면 배고파지는 느낌일까? 새 뼈 국물 냄새는 꽤 강력하니까.

"다녀왔어. 오! 우리 집 냄새였어?"

오후조였던 아빠도 귀가했다. 꽤 넓은 범위로 포메 전골 냄새가 퍼진 모양이다. 나는 기대감에 찬 얼굴로 테이블 의자에 앉았다. 저녁 시간에 맞춰 가족들이 전부 모였다.

"오늘은 알 씨한테 새를 한 마리 받았어요. 전에 당신이 나눠준 거에 대한 답례라면서. 그걸 마인이랑 같이 요리했죠."

"그럼 이 처음 보는 요리는 마인이 만든 거야?"

"응."

테이블 정 중앙에는 엄마가 다리살로 만든 로스트 치킨이 놓여 있고, 그 옆으로 잘게 찢은 가슴살을 조금 올린 샐러드. 아빠 옆에는 안주로 내장 소금구이가 놓였다. 개인 용기에는 포메 전골을 조금씩 담았다. 이렇게 보면 전골이 아니라 포메 수프라 하는 게 낫겠다.

"이거 뭐야? 엄청 맛있는 냄새가 나. 먹어도 돼?"

"포메 수프야. 새 뼈로 우린 국물을 베이스로 썼으니까 분명 맛있을 거야. 먹어 봐."

그렇게 말하자 포메 수프에 얼굴을 가까이 대고 냄새를 맡던 투리가 눈을 반짝이며 숟가락을 집어 들었다.

"우와! 맛있어! 어떻게 이렇게 맛있을 수 있지?"

"어머나, 정말이네? 새 뼈 같은 걸 삶질 않나 채소도 씻기만 하고 그대로 넣어 버려서 깜짝 놀랐는데 맛있구나."

엄마도 한입 먹고는 깊게 감동한 듯 말했다. 요리 과정을 전부 지켜본 엄마로서는 겉으로는 맛있어 보여도 속으론 불안했을 것이다.

"마인, 대단한데. 요리에 재능이 있구나."

아빠가 매우 기뻐하며 빛의 속도로 그릇을 비웠다. 나도 포메 수프를 먹어 보았다. 새 뼈 국물이 진하게 배어 있고 채소도 본연의 맛이 우러나와 맛있었다.

맛있긴 했지만, 내가 원한 일식은 아니었다.

다음날은 숲에서 땔나무를 빨리 줍고 집에 돌아왔다. 어린아이들은 항상 단체로 행동해야 하지만, 세례식이 끝난 투리는 먼저 보고해 두면 마음대로 행동할 수 있어서 나도 투리와 함께 일찍 귀가했다.

남은 새고기를 써야 했으므로 오늘 요리 당번은 투리뿐 아니라 나도 함께하기로 했다. 일식처럼 먹기 계획 중 두 번째 요리로 새고기를 이용한 술찜에 도전하기로 했다. 술이라면 일본주가 아니라도 비슷한 종류가 있으니까 가능할지도 모른다.

"남은 고기를 쓰고 싶다는 건 뭘 만들지 정해져 있는 거야?"

"새고기 '술찜'이랑 '뇨키'랑 샐러드를 만들려고 하는데, 어때?"

"음, 잘 모르니까 마인한테 맡길게."

우선 뇨키 만들기다. 감자를 쪄서 으깬 다음 약간의 소금과 잡곡가루를 넣고 섞었다. 서민들에게 밀가루는 가격이 부담스럽기 때문에 호밀이나 보리, 귀리로 만든 잡곡 가루를 사용했다.

귓불 정도로 굳어진 반죽을 둥근 막대기 모양으로 늘려 1센티 정도 크기로 잘라냈다.

"내가 칼로 자른 걸 이렇게 펴 주면 좋겠어."

"알았어."

내가 애쓰며 반죽을 포크 머리 부분에 올려 엄지손가락으로 문질러 반죽을 펴는 모습을 보고 투리가 고개를 끄덕였다. 반죽 표면에 생긴 들쭉날쭉한 포크 자국과 손가락 자국으로 파인 뒷면 홈 안으로 소스가 잘 스며들게 하기 위해서다.

내가 자른 반죽을 투리가 차례차례 폈다. 나보다 힘이 세서 속도도 빨랐고 형태도 가지런했다.

"투리, 나보다 잘하는데?"

"나 보지 말고 빨리빨리 잘라. 벌써 다 끝나 간다고."

투리를 시켜 불 위에 물을 올리고 물에 반죽을 데쳤다. 반죽이 물 위로 떠오르면 완성이다.

어제 남은 포메 수프에 포메를 좀 더 넣고 끓여서 포메 소스를 만들었다. 소스는 먹기 직전에 뇨키 반죽에 부으면 되므로 지금 할 수 있는 건 여기까지였다.

"지금은 이 정도일까나? 샐러드는 금방 만들 테고."

"슬슬 엄마가 돌아올 시간이니까 지금 샐러드를 만들어도 되지 않아?"

투리와 샐러드를 만들고 있자 엄마가 집으로 돌아왔다. 나는 엄마의 귀가를 확인한 뒤 술찜을 만들기 위해 어제 미리 준비해 둔 가슴살을 가지러 겨울 준비 창고로 갔다.

아무리 서늘한 방 안의 차가운 돌 위에 올려 뒀어도 계절상 위험해서 킁킁거리며 냄새를 맡아봤다.

좋아, 아직 상하지 않았어.

"마인, 이 철 냄비면 돼?"

"응. 고마워, 투리. 어제 미리 소금이랑 술로 양념해 놨으니까 금방 끝날 거야."

양념에 후추가 빠진 게 아쉽지만, 그건 포기하자.

술찜 조리법은 정말 간단하다. 소금과 설탕으로 양념을 낸 가슴살을 껍질만 살짝 구워서 뒤집고, 거기에 술을 넣어 뚜껑을 덮기만 하면 된다.

모처럼이니까 오늘 숲에서 딴 버섯도 넣어서 풍미를 살리자. 내가 버섯을 씻어 칼로 자르려고 하자 투리가 눈꼬리를 치켜세우며 소리쳤다.

"마인, 안돼! 그 버섯은 불에 한번 굽지 않으면 춤출 거야!"

그렇게 말하기가 무섭게 투리가 버섯을 전부 꼬챙이에 꽂아 소금을 뿌려 가마의 불에 굽기 시작했다.

춤을 춘다고? 버섯이? 수증기 열에 가쓰오부시가 하늘하늘 춤추는 것처럼? 대체 무슨 말이야?

무슨 말인지 몰라 고개를 갸우뚱거리고 있는 내 앞에 투리가 구운 버섯을 내밀었다.

"이제 괜찮아."

"고, 고마워……."

이상한 표현이긴 하지만 괜찮다니까 그걸로 괜찮겠지. 이것도 이상한 재료 중 하나일 것이다. 버섯 종류는 특별히 주의해야 하는 모양이다. 뜨거운 버섯에 화상을 입지 않도록 조심하며 버섯을 잘 랐다.

"엄마, 요리에 쓰는 술은 어떤 게 좋아? 여기서 술을 아낀다고 안 주면 맛이 없으니까 반 컵 정도만 줘."

"그래…… 그럼 이걸 쓰렴."

나는 엄마가 반 컵 채워 준 술을 들고 받침대에 올라가 살짝 발끝 을 세운 자세로 철 냄비 안에 돌려 가며 넣었다. 치이익 하고 소리 를 내는 냄비에 뚜껑을 덮고 어느 정도 끓기 시작하면 불에서 냄비 를 내려서 내버려 뒀다. 이제 남은 열기로 고기를 익히기만 하면 완 성이다.

"벌써 불을 끄는 거야?"

"남은 열기로 충분히 익히면 돼. 가슴살은 너무 익히면 텁텁해져 서 먹기 힘들어지거든."

어제 남은 수프로 만든 포메 소스와 뇨키를 불에 데우면서 섞 었다.

투리도 샐러드를 완성했다. 샐러드 위에는 어제처럼 가슴살이 올 려져 있었다. 어제 먹은 가슴살이 꽤 맛있었던 모양이다.

"오늘 저녁도 화려하네."

"알 씨한테 감사해야겠는걸."

우리 가정 형편에 이렇게 많은 음식을 차리는 날은 극히 드물었 다. 새고기를 얻은 건 매우 큰 횡재였다.

"다녀왔어. 오늘 저녁도 맛있겠구나."

아빠는 오늘도 기대했는지 만면의 웃음을 띠며 집에 돌아왔다. 직장에서 어제 저녁 식사를 자랑했다며 자신 있게 말했다. 딸바보 아니랄까 봐 딸이 만들어 준 요리라며 엄청나게 과장하며 자랑했겠지. 만약 사실이라면 내일부터 문에 가기가 두렵다.

"잘 먹겠습니다."

"아, 굉장히 맛있어! 마인!"

적당량을 덜어낸 술찜을 먹은 투리가 눈을 동그랗게 뜨며 기뻐했다. 엄마도 한입을 먹더니 활짝 웃었다.

"간단하게 만들었는데도 가슴살이 부드럽구나. 버섯 맛이 깊게 배어 있어 맛있어. 좋은 술을 써서 그런가?"

"그럴지도 몰라. 벌꿀술을 써서 그런지 단맛이 풍미있지?"

내가 그렇게 말한 순간, 얼굴색이 싹 변한 아빠가 의자에서 벌떡 일어나 선반 쪽으로 달려가서는 술병을 집어 들었다. 양이 팍 줄어든, 크지 않은 술병을 보고 고개를 털썩 떨구었다. 당장에라도 울 것 같은 얼굴이다.

"내, 내 비장의 술이……."

미안, 미안, 그런데 "아빠가 몰래 사 온 술이야. 모처럼이니까 다 같이 맛있게 먹자꾸나."라고 엄마가 무시무시한 얼굴로 말했는걸. 내가 드물게 상황 파악을 좀 했어.

벌꿀술이라 정종과는 다른 달콤함이 있어서 맛있었지만, 이것도 일식이 아니라 완전 다른 음식이었다.

아, 일식이 그립다.

가끔 '춤춘다'던지 '날뛴다'던지 '위험'하다는 재료가 있어서 놀랐지만, 대체로 내가 아는 조리법으로 문제없이 요리할 수 있었다. 다음날 만든 감자 그라탕도, 메밀국수 같은 곡류를 쓴 리조토도, 딱딱해진 잡곡 빵 반죽을 깔고 만든 키슈도 가족들에게 호평을 받았다.

하지만 나는 만족할 수 없었다. 양식을 만들려고 해도 조미료나 향신료를 제대로 갖추지 못한 탓에 모든 요리의 맛이 다 비슷해서 점점 질려 왔다.

적어도 후추는 달라고요! 카레 가루도 있으면 더욱 좋고요!

나의 식생활 개선을 향한 도전은 계속된다.

목간과 이상한 열

열심히 만든 검댕 연필은 며칠 말려 두는 동안 점점 단단해졌다.

손이 더러워지지 않도록 검댕 연필을 헝겊으로 감싸 잡았다. 그리고 칼로 끝을 뾰족하게 깎아 글자를 써 보았다.

써진다! 약간 검댕이 흐트러지긴 해도 일단은 써진다! 책이라기보다 고대의 기록 매체지만 성공이다!

"해냈다! 써진다고, 루츠!"

"오오, 해냈구나."

필기도구 만들기에 성공한 나는 들뜬 마음으로 목간 수를 늘리기 시작했다. 목간은 땔나무를 주우면서 재료 확보가 가능했기에 간단하게 만들어낼 수 있었다. 내 힘만으로도 조금씩 만들 수 있다는 게 목간의 가장 큰 매력이었다. 부피가 커서 양이 늘어날수록 어디에 보관해야 할지가 문제였지만, 점토판 때도 마찬가지였다. 성인이 되어 홀로서기까지 참아야 한다.

나는 완성된 목간에 비교적 만족하고 있었다. 그런데 어느 날 목간이 돌연 사라져 버린 것이다. 집으로 돌아와 보니 놓아두었던 장소에 목간이 없었다.

"없어!? 없어? 어라!?"

"왜 그래, 마인?"

내가 목간을 찾고 있자 엄마가 창고로 얼굴을 내밀었다. 다른 곳으로 옮겨 뒀을지도 모른다는 생각에 엄마에게 물었다.

"엄마, 여기에 있던 '목간' 어디 있는지 몰라?"

"'목간'? 글쎄? 어떻게 생긴 거니?"

고개를 갸웃거리는 엄마에게 내가 만든 목간에 대해 되도록 상세히 설명했다.

"그러니까 가는 거랑 두꺼운 거랑 크기는 가지각색이고 표면을 전부 깎아서 그 위에 글자를 적은 나무인데…….."

"아, 마인이 주워 온 장작을 말하는 거지? 그거라면 이미 썼는걸?"

"어? 뭐? 썼다고? 왜?"

머릿속이 새하얘졌다.

"이제야 집안일을 도울 수 있게 된 마인이 열심히 주워 온 장작인걸. 소중하게 잘 써야 하니까 그렇지."

"하지만 장작은 여기에 쌓아 둔 걸로 쓰잖아! 왜 일부러 따로 챙겨 둔 걸 쓰는 거야? 그건 엄마가 들려준 이야기집을 만든 거라고!"

"어머, 이야기가 듣고 싶으면 자기 전에 엄마가 또 들려줄게."

마인은 여전히 응석꾸러기구나, 하고 엄마는 활짝 웃으며 머리를 쓰다듬었다.

"그런 뜻이 아니야…….."

하나도 남은 게 없어…….

목간이 놓여 있던 텅 빈 자리를 보니 기력이 전부 빠져나가는 걸 느꼈다. 아무리 열심히 만들어도 또 태워 버리겠지. 이렇게 생각하자 의욕이 싹 사라져버렸다.

그러자 몸에서 힘이 빠진 순간 지금까지 억누르고 있던 열이 갑자기 팽창한 듯 부풀어올라 내 몸 안에서 기세 좋게 날뛰기 시작했다. 흥분과 피로에서 나는 열이 한꺼번에 쏟아지는 감각에 손발이 저려 몸을 움직일 수가 없었다.

"뭐지……?"

나는 내 몸 속에서 무슨 일이 벌어지는지 모른 채 그 자리에 쓰러져 갑자기 나타난 고열에 시달렸다.

몸 안을 빙글빙글 헤집는 열 속으로 점점 빨려 들어가는 느낌이 들었다. 의식이 흔들리며 몽롱해졌다. 나 자신이 열에 먹혀 조금씩 사라져 가는 것 같았다.

이때 난 처음으로 진짜 마인이 이 열 속에 빨려 들어간 것일지도 모른다고 생각했다. 뜨겁고 고통스럽고 괴로웠다. 반항할 기력도 없이 조금씩 의식을 잃어 가면서 나를 바라보는 가족들의 걱정이 가득한 얼굴이 이따금 눈에 비쳤다. 그중에 어째서인지 루츠의 얼굴이 보였다.

어째서 루츠가……?

루츠에게 시선을 맞추려고 눈에 힘을 주자 열에 빨려 들어가려던 의식이 확 하고 떠올랐다.

관자놀이 주변에 더욱 힘을 주고 시력을 되돌리려고 하자 흐릿하게 보이던 루츠의 얼굴을 내 의지대로 선명하게 담을 수 있었다.

"마인?"

"루츠……?"

"에파 아줌마! 마인이 정신 들었어요!"

루츠의 목소리에 엄마가 침실로 뛰어 들어왔다.

"마인. 갑자기 창고에서 쓰러져서 의식이 돌아오지 않길래 걱정했단다."

"응. 가끔 얼굴이 보였어. 걱정 끼쳐서 미안. 엄마…… 목이 따끔따끔해. 몸이 끈적끈적해서 닦아내고 싶은데, 물 가져와 줄 수 있어?"

"알았어. 금방 들고 올게."

엄마가 발길을 돌리는 것을 보고 나는 루츠의 손을 꼭 잡았다. 누운 채로 얼굴을 들 수 없었다.

"루츠…… 또 실패했어. 엄마가 목간을 전부 태워 버렸어."

"아~, 어쩔 수 없지. 이상한 무늬가 들어간 장작으로밖에 안 보이니까."

"겨우 완성해서 일부러 따로 뒀는데……. 이제 끝이야. 난 절대로 책을 완성하지 못할 운명인 거야."

하아, 하고 한숨을 내쉬자 몸 안에서 열이 활개치기 시작했다. 머리를 흔들어 열 속에 빠지려는 의식을 되돌리려고 했다.

"그렇게 기죽지 마. 그러면 불에 타지 않는 소재로 만들면 되잖아?"

그래, 목제라서 장작으로 태워 버리는 거라면 타지 않는 소재로 만들면 되겠구나. 나는 루츠의 말에 한 가닥의 빛이 보이기 시작했다.

열을 내고 있을 상황이 아니야. 뭔가 좋은 소재가 없을지 생각해야 해.

전신에 힘을 주자 몸 전체에 퍼져 있던 열이 몸 중심을 향해 모여들며 작게 축소되는 듯한 느낌이 들었다.

"무엇으로 만들면 타지 않을까?"

열 때문에 머리가 몽롱한 탓인지, 주변에서 얻을 수 있는 재료를 잘 모르는 탓인지 고민해봐도 타지 않는 소재가 전혀 떠오르지 않았다.

"음, 대나무 같은 거?"

"루츠, 넌 천재야."

대나무는 태우면 폭발해 버리기 때문에 쉽게 태우려고 하지 않겠지. 희망이 솟기 시작했다. 그러자 어째서인지 열이 점점 작아지며 호흡이 편해졌다.

"어머, 무슨 얘기 하니?"

엄마가 물이 든 통을 가지고 들어왔다. 루츠와 나는 서로 얼굴을 마주 보고 조그맣게 웃었다.

"엄마한텐 비밀이야."

"내가 가져와 줄게. 그러니까 꼭 건강해져라."

"고마워, 루츠는 참 상냥해."

"이, 이건 오토 씨를 소개받기 위해서야! 선불 같은 거니까 꼭 건강해져야 해! 알겠어?"

루츠는 그렇게 말하며 방을 뛰쳐나갔고 나는 엄마가 가지고 온 물로 몸을 닦기로 했다.

왠지 이번 발열은 어딘가 이상했다.

갑자기 몸 안에서 덤비듯 덮치며 의식을 천천히 갉아먹는 듯한 열은 내가 아는 감기가 아니었다. 돌연히 퍼졌다가 집중하면 작아지고 지금도 몸 안에서 꿈틀거리는 이 열은 대체 뭐지?

내가 이곳에 왔을 땐 평소에도 열이 잘 나는 상태여서 특별히 이상하게 생각하지 않았다. 하지만 최근에는 체력을 키워 잘 움직일 수 있게 되었기 때문에 뜬금없이 나타난 열이 이상하다고 생각하지 않을 수 없었다. 이 몸은 대체 무슨 병을 앓고 있는 걸까?

이곳 의사에게 진단을 받을 정도로 유복하지 않고 가정용 질병 백과 같은 책도 없어서 당장 알아볼 수는 없다.

의식을 집중하면 열을 작아지게 할 수 있으니까 일단 상황을 지켜보자.

열을 다룰 방법을 생각하면서 이틀이 지난 저녁, 루츠는 정말 죽간으로 만들기 좋은 크기로 자른 대나무를 가져와 주었다. 표면의 껍질도 벗겨 놓아서 당장이라도 글을 쓸 수 있는 상태였다.

"열이 내리기 전까지는 절대로 만지지 마. 이 약속을 깨면 이제부터 안 도와줄 거야."

"응. 고마워, 루츠."

급하게 집으로 돌아가는 루츠를 배웅하고 나는 대나무 하나를 손에 쥐었다. 나머지는 엄마에게 부탁해서 창고로 옮겼다. 아직 침대 밖으로 나가지 못하지만, 열이 완전히 떨어지면 여기에 글자를 적어 완성하기로 했다.

일단은 몸이 다 나아야지…….

루츠가 가지고 온 대나무를 손에 쥔 채로 꾸벅거리며 눈꺼풀이 스르륵 감겼다. 그대로 의식이 꿈속으로 들어가려고 할 때, 펑펑펑 펑! 하고 요란한 소리가 울렸다.

"꺄악!?"

"뭐, 뭐야!? 무슨 일이야!?"

부엌 쪽에서 펑펑! 펑펑펑! 하고 무언가가 단속적인 폭발음이 이어졌다. 얼굴이 경직된 엄마가 침실로 뛰어 들어왔다.

"마인! 루츠가 대체 뭘 가지고 온 거야!?"

"대나무야."

"어머나, 헷갈렸구나! 루츠가 마인 대신 땔감을 가져다준 게 아니었구나!?"

엄마의 말에 폭발음이 난 원인을 알았다. 장작으로 대나무를 땐 것이다. 내가 아는 대나무보다 폭발이 훨씬 크게 일어난 것 같지만 세계가 다르기 때문이겠지.

"혹시 표면을 깎아 놔서 장작이랑 착각한 거야? 이상하네? 원래 나무랑 대나무랑 구분이 안 되는 거야?"

"대나무랑 바니히츠 나무는 섬유가 비슷하잖니."

"난 그 나무를 본 적 없으니까 잘 모르겠는데……."

이름을 들어도 모르겠다. 적어도 내가 숲에 갔을 땐 대나무처럼 생긴 나무를 본 적이 없었다.

"무슨 말이니? 겨울에 투리가 바구니 만들 때 썼던 나무잖니. 마인도 같이 만들었잖아."

"아, 생각났다. 확실히 껍질을 벗겨 놓으면 헷갈릴 만도 하겠구나."

바니히츠 나무는 투리가 손작업 준비를 할 때 본 적이 있어서 기억하고 있다. 그냥 보면 평범한 나무로 보이지만 껍질을 벗기면 대나무처럼 보였다.

"어쨌든 위험하니까 대나무는 집 안에 두지 말거라. 알겠니?"

"응……."

조그맣게 대답한 후 단 하나밖에 남지 않은 대나무를 손에 쥔 채로 나는 고열 속으로 빨려 들어가 또다시 꿈틀대는 열에 시달려야 했다.

내가 만든 물건을 태워버린 것에 대한 분노.

나의 분노를 이해해 주지 않는 것에 대한 억울함.

몇 번이나 도전해도 책을 가질 수 없는 현실을 향한 절망.

이 모든 것을 가로지른 곳 너머에는 전부 포기하고 싶어지는 무기력이 만연해 있었다. 아무것도 하고 싶지 않았고 열과 싸울 기력도 없었다. 엄마가 목간과 루츠가 가지고 온 죽간으로 만들 대나무마저 태워 버렸는데도 화도 나지 않았다.

이 몸이 건강하고 팔심도 체력도 가진 어른이었으면 좋았을 텐데…….

만약 내가 어른이었다면 파피루스도 점토판도 목간도 전부 무시하고 바로 종이를 만들었겠지.

적어도 투리나 루츠처럼 건강하고, 어느 정도 일이 가능한 팔심과 체력이 있었다면 도전했을 것이다. 하지만 이런 병약하고 빈약한 어린애 손으로는 종이를 만들 나무를 자르는 일도, 물을 긷는 일도, 불을 지피는 일도 할 수 없다.

어쩌면 어른이 될 때까지 기다리면 해결될 문제일지도 모른다. 하지만 그건 내게 너무나도 긴 시간이었다. 게다가 어른이 되었다고 해서 내가 다른 사람들처럼 성장할까? 팔심이나 체력이 붙고 몸도 커지긴 할까?

희망이 없었다.

이 모든 것들이 쓸모없다면 차라리 몸 안에서 날뛰는 열에 나를 맡겨 버려도 좋지 않을까? 노력해도 책을 가질 수 없는 장소에서 불편하고 더러운 환경과 타협하며 끊임없이 인내하며 살아가는 것에 무슨 의미가 있을까?

이제 사라져 버려도 괜찮을 거라고 잠깐 생각한 것만으로 몸 안의 열은 나를 삼켜 버릴 낌새로 활개쳤다. 마치 열이 생각을 멈추고 자기에게 먹혀 버리라며 나를 유혹하듯 퍼져 나갔다.

나에게 미련은 단 하나였다. 모처럼 타지 않는 소재를 열심히 생각해서 준비해 주었던 루츠에게 대나무를 태워 버려서 미안하다는 사과를 아직 하지 않았다. 대나무를 가져와 달라고 말했을 때의 루츠의 목소리가 뇌리를 스쳤다.

"이건 오토 씨를 소개받기 위한 선물 같은 거니까, 꼭 건강해져야 해! 알겠어?"

이 약속이 남아 있었다. 루츠가 이렇게나 나를 도와주고 약속까지 했는데 이를 모른척하고 열 속으로 도망쳐 버려도 괜찮은 걸까?

나는 루츠에게 빚이 남아 있다. 열에 먹혀 사라지는 건 간단하지만, 죽간을 받아 버린 나는 건강해져서 오토를 소개한다는 약속을 지켜야 했다.

루츠를 위해서다, 하고 스스로를 타이르며 열을 억지로 집어넣으려 애썼다. 열에 먹혀 버린다 해도 루츠와의 약속을 지키고 난 다음이다. 갈 땐 가더라도 주변을 정리해야 한다. 우라노 때는 갑작스러워서 그럴 시간도 없었다.

그래, 맞아. 지진으로 죽었을 때 전혀 정리하지 못했…… 아아아아아아! 그 흑역사들은 내가 죽은 다음 어떻게 된 거지!? 우오오오오오오! 신경 쓰여, 신경 쓰인다고! 안돼! 지금 죽을 때가 아니야!

제대로 처리하지 못한 전세의 흑역사가 차례차례 떠올라 "죽어도 죽을 수 없어!"라며 몸을 벌떡 일으켰을 땐 어째서인지 몸 안의 열이 상당히 작아져 있었다.

회합의 길

흑역사는 머릿속 구석에 치워 생각하지 않기로 마음먹은 지 이틀 후. 겨우 아빠와 함께 문까지 외출을 허락받은 나는 숙직실에서 오토와 얼굴을 마주했다.

"오토 씨, 죄송해요. 제 쪽에서 부탁했는데 열이 나 버리는 바람에……."

그렇다. 쓰러져 있는 동안 약속했던 휴일이 지나가 버리는 바람에 오토와 루츠가 만나지 못한 것이다.

"닷새나 열이 끓었다고 반장님한테 들었어. 이제 괜찮니?"

"네. 덕분에."

웃어 보였지만 오토는 미간을 찌푸린 채 가만히 내 얼굴을 바라봤다.

"정말 괜찮아? 얼굴색이 안 좋아 보이는데."

얼굴색이 안 좋아 보이는 건 열 때문이 아니다. 오히려 노력해도 만들 수 없는 종이 때문이다.

"해결되지 않는 고민이 있어서요. 만약 오토 씨라면 어떻게 할지 물어도 될까요?"

"어? 그 고민을 내가 들어도 돼?"

오토가 눈을 동그랗게 뜨며 내 얼굴을 들여다보았다. 나는 고개를 끄덕였다.

행상인으로서 상상도 할 수 없는 경험을 쌓아 왔을 오토라면 내가 생각지 못한 대답을 들려주지 않을까?

"네. 사실 지금 당장 갖고 싶은 물건이 있는데요. 지금 저는 힘도 체력도 없어서 만들 수가 없어요. 어른이 되면 가능할지도 모르겠지만 이런 몸으론 정말 건강해질지, 다른 사람들처럼 몸이 커질지도 모르는 일이죠. 애초에 그렇게 긴 시간을 기다릴 수 없어요. 오토 씨라면 이럴 때 어떻게 하실 건가요?"

흠흠 하고 고개를 끄덕이며 듣고 있던 오토는 조금의 망설임도 없이 가볍게 눈꼬리를 올리며 해답을 꺼냈다.

"스스로 못하는 일이라면 할 수 있는 녀석을 고용하면 되잖아? 고민은 그것뿐이야?"

"!?"

갑자기 눈이 번쩍 뜨였다. 내가 원하는 물건을 손에 넣기 위해 타인을 고용한다는 발상은 지금까지 없었다. 역시 전 행상인이야. 누군가에게 내가 고용된다는 생각은 해도, 내가 누군가를 고용한다는 생각은 못 했다.

"굉장히 명안이라고 생각하는데, 돈이 없어요."

"음, 네 나이엔 당연히 없겠지. 그렇군. 나라면 가능한 녀석을 유도해서 자발적으로 하도록 만들겠어. 간단하진 않지만 상대방이 스스로 움직인다면 나는 돈 걱정을 하지 않아도 되니까."

역시, 전 행상인. 상냥하고 부드러운 미소 뒤에 악마가 있군요. 훌륭합니다. 나도 영락없이 오토 씨한테 유도당한 거죠? 계산 능력이 뛰어나고 달랑 석필로 고용할 수 있어서 예산 수립에 좋은 조수라고 했었죠?

"참고할게요……."

대신해줄 수 있는 누군가를 끌어들여 자발적으로 하게 만든다. 나에게는 어려운 관문인 듯하다.

깊게 고민에 빠져있자 오토가 가볍게 내 어깨를 두드리며 석판을 꺼냈다. 수다는 이제 끝. 조용히 공부하자는 신호다.

"아, 맞다. 마인, 몸이 다 나았으면 상인을 소개해 달라던 그 아이와 만날 일 말인데, 내일모레 어때? 장소는, 그러니까…… 중앙광장이 좋겠군. 중앙광장에서 세 점 종이 울릴 때."

"루츠 말이군요. 안 그래도 부탁하려고 했었는데. 먼저 말해 줘서 고마워요."

잊어버리진 않겠지만, 버릇처럼 석판 모서리에 '중앙광장에서 세 점 종'이라고 메모해 두었다. 시선을 들자 오토가 턱을 천천히 쓸며 눈을 가늘게 뜨고 환하게 웃고 있었다. 어째서인지 등골이 오싹해지듯 위험을 감지하게 하는 웃음에 나는 엉겁결에 등을 쫙 펴고 오토를 응시했다.

"그래, 마인이 소개해 주는 아이니까 재미있는 아이겠지. 즐거운 회합을 기대할게."

지금 그 말이 내 귀에는 '귀중한 휴일을 투자하는 거니까 시시한 놈을 소개하기만 해 봐'라고 들린 것 같은데 제 착각이겠죠? 어라? 행상인에 관한 이야기를 듣는 가벼운 만남이 아니었나요?

나는 마음속 동요를 억제하며 활짝 웃어 고개를 끄덕이고 석판으로 시선을 떨구었다.

식은땀이 줄줄 흘러내렸다. 큰일 났다. 시간이 없는데 무슨 회합인지 모르겠어. 루츠를 소개하는 내가 회합의 의미도 이해 못 했다고는 인제 와서 말 못 해.

석판에 탁탁 소리를 내며 단어를 연습하면서 안간힘을 쓰며 의미를 생각했다.

"마인, 오늘은 그만하고 집에 돌아가자."

집에 가기에는 이른 시간이었지만 아빠가 부르러 와서 돌아갈 채비를 하고 숙직실을 나왔다.

"저기, 아빠. 루츠가 오토 씨를 소개해 달라고 했는데, 이 소개에 어떤 의미가 있을까?"

"지금 시기라면 수습으로 일할 곳을 찾고 있는 건가? 형들과 같은 일을 할 거라고 생각했는데, 루츠는 상인이 되고 싶다는 거냐?"

취직 자리 알선!? 잠깐만, 잠깐만. 그런 중대한 의미가 아닐 거야. 나 같은 어린애가 연줄이 될 리가 없지.

"얘기를 잠깐 듣고 싶다고 해서 만나 보기로 했는데……."

"그럼 틀림없이 수습할 곳을 소개해 달라는 말이네. 마인 친구라면 아무래도 어렵겠지만."

"어려워?"

"당연하지. 수습생을 둔다는 건 그 사람 뒤를 계속 봐줘야 한다는 거야. 독립해도 완전히 연을 끊을 수 없으니까."

생각보다 심각한 상황이었다. 얘기를 듣기만 하는 게 아니었다. 루츠는 행상인이 되고 싶어서 예전에 행상인이었던 오토에게 누군가를 소개해 달라는 뜻으로 내게 부탁한 거였다.

아, 그럼 내일모레 있을 회합은 취직 면접 같은 거구나!? 내가 그런 중대한 회합을 주선한 셈인 건가!

집으로 돌아와서 아빠와 엄마에게 수습에 관한 이야기를 자세히 듣고 사태의 심각성을 파악한 다음 날, 나는 짐을 바구니에 잔뜩 넣고 숲에 왔다.

숲으로 가는 도중에 루츠에게 엄마가 바니히츠랑 착각해서 태워 버린 죽간의 최후를 얘기한 뒤 사과하고 회합이 내일로 정해졌다고 전했다. 죽간에 대해서는 "바니히츠로 착각할 수도 있지."라며 한숨을 쉬었지만, 회합에 대해서는 "고마워, 마인."이라고 솔직하게 기뻐했다.

숲에 도착하자 다들 채집하려고 뿔뿔이 흩어졌다. 나는 루츠의 손을 잡고 강으로 향했다.

"자, 루츠. 여기서 몸을 깨끗이 씻자."

"뭐?"

오토는 예전에 상인이어서인지 단정한 차림새를 하고 있었다. 첫 대면에서 상대에게 주는 인상이 얼마나 중요한지 알고 있는 거겠지. 일을 도우면서 힐끗힐끗 쳐다본 바로 오토는 상인답게 계산적이고, 그 점을 아는 나로서는 이번 회합에 만전을 기하고 싶었다. 첫인상에 가치가 없다고 판단하면 루츠는 행상인은커녕 상인을 소개받지도 못할 것이다.

"사람을 만날 때 첫인상이 굉장히 중요해. 준비할 시간이 있다면 더욱 제대로 해 둬야지. 난 루츠가 겉모습만으로 얕잡혀 보이는 건 싫어."

"씻는다고 크게 달라지지 않을 것 같은데."

랄프의 예복을 빌리면 좋겠지만, 빌려줄지 모르겠다. 나도 루츠도 특별한 옷은 가지고 있지 않으니까 평상복을 입어야겠지만, 단정히 할 수 있는 부분만은 단정케 해 주고 싶었다.

겉모습이 미치는 영향에 관해 설명하면서 끝까지 인정하려 하지 않는 루츠를 '간편 한린샴'으로 씻겼다. 번쩍거리며 광택이 나게 해 줄 생각으로 무거울 걸 알면서 통과 수건과 빗을 챙겨왔다. 통에 강물과 '간편 한린샴'을 넣고 평소에 투리에게 하던 것처럼 몇 번이고 머리에 부으며 씻겼다. 물론 몸도 마찬가지다.

"저기, 루츠. 행상인 얘기가 듣고 싶다는 건 행상인이 되고 싶다는 뜻이지? 행상인 수습생이 되고 싶어서 오토 씨를 소개해 달라고 한 거지?"

나는 미용사가 된 기분으로 루츠의 머리를 씻기며 물었다.

"어? 응."

루츠의 머리는 수건으로 닦으면 닦을수록 윤기가 흐르는 금발이 되었다. 나랑 바꿨으면 싶을 정도로 아름다운 금색이다. 빗질할수록 더욱 반짝이는 머리카락에 살짝 질투를 느끼며 나는 다음 질문을 던졌다.

"그럼, 루츠는 행상인이 되어서 뭐가 하고 싶어? 여기저기 돌아다니는 거?"

"왜 그래? 갑자기."

"제대로 생각해 둬야지."

"왜?"

"오토 씨는 루츠를 전혀 모르는 사람이야. 부모나 친척처럼 잘 아는 사람이 소개해 준 게 아니니까 세세한 부분까지 스스로 생각해 둬야 해."

어제 엄마, 아빠에게 들은 얘기로는 이 마을 아이들은 대체로 부모나 친척 소개로 수습을 시작한다고 했다. 그래서 대부분 부모의 직업과 관련된 직종에 종사한다. 예를 들어 투리가 염색을 하는 엄마의 소개로 엄마 친구의 직장에서 재봉사 수습생이 된 것처럼 말이다.

하지만 같은 직종이라면 어리광을 부릴 수가 있기에 부모의 직장에서 아이가 함께 일하는 경우는 거의 없다고 한다. 비슷한 직종에서 일하며 눈에 들어오는 범위에 있어야 부모도 안심되고, 주변 친척들의 눈도 있기 때문에 아이들도 성실하게 수습에 임한다는 것이다. 루츠처럼 부모가 반대하는 직업에 종사하고 싶어서 따로 중개를 받는 일은 거의 없다고 했다.

"이번에 오토 씨는 나와의 의리로 만나 주는 거지만, 그렇게 상냥하지 않아. 예전에 상인이었던 만큼 손익 계산이 철저한 사람이야. 루츠가 아무 생각이 없으면 두 번 다시 만나 주지 않을 거라고."

내일 있을 회합은 취직을 위한 면접이다. 취직 활동이라면 복장을 단정히 하고 희망 동기와 자기 어필 정도는 생각해 두지 않으면 상대해 주지 않을 가능성도 있다.

"마인은……?"

"뭐?"

"마인은 상인이 되어서 무엇이 하고 싶으냐는 질문을 받으면 바로 대답할 수 있어?"

대답이 바로 생각나지 않아서 분했는지 입술을 삐죽이 내민 루츠가 비취색 눈동자로 나를 째려봤다. 나는 즉시 고개를 끄덕이며 대답했다.

"응. 난 종이를 팔 거야. 상인 수습생이 되면 누군가에게 종이 제조법을 가르쳐서 만들게 하고 싶어."

책은 내가 갖고 싶은, 나를 위한 물건이다. 되도록 타인에게 기대지 않고 스스로 할 수 있는 범위 내에서 책 대용품으로 쓸 수 있는 물건을 만들려고 했지만 이제 한계다. 나 혼자서는 뭘 해도 안 됐다.

이젠 아이디어만 내고 만드는 것은 처음부터 끝까지 누군가에게 전부 맡겨 버리고 싶다. 정보료를 받고 이익은 넘기겠다고 하면 분명 손을 들어 줄 사람이 있을 것이다.

"종이? 책이 아니라?"

"책을 만들 때 필요하거든. 이곳에선 나 말고 책을 갖고 싶어 하는 사람이 없어."

"필요로 하는 사람이 마인밖에 없다면 그건 안 팔리잖아."

질린 듯한 얼굴을 하며 말하는 루츠의 말에 나는 웃으며 긍정했다.

"맞아. 책은 그리 쉽사리 팔리지 않을 거야. 하지만 종이라면 양피지보다 가격을 낮게 책정할 수 있을 거고, 팔릴 거라고 생각해. 적어도 제작법을 알고 있는 나를 도와줄 이익에 민감한 사람은 있어."

"그렇구나……. 마인은 제대로 생각하고 있구나. 나도 생각해 둘게."

"오토 씨 조수의 친구라는 정도의 연줄로는 거절당하기 십상이래. 하지만 루츠가 스스로 하고 싶은 것을 분명하게 말하고, 그것이 상대방에게 이익이 되겠다는 인상을 준다면 루츠를 거둬 줄지도 모르잖아?"

수면을 노려보며 고민에 잠긴 루츠를 강에 몰아세워 전신을 깨끗하게 씻겼다.

　머리로 생각하면서 동시에 움직이지 않으면 시간이 모자라. 루츠.

　가능하면 랄프의 예복을 빌려오라고 말해 뒀지만, 더럽혀지면 안 된다고 거절당한 모양이었다. 세 점 종이 울리기 훨씬 이른 시간에 나는 평상복이지만 평소보다 훨씬 단정해진 루츠와 둘이서 중앙 광장을 향해 걸었다.

　"어이, 약속은 세 점 종이잖아? 너무 이르지 않아?"

　"괜찮아. 지각은 치명적이니까. 앉아서 얘기라도 하고 있으면 시간 따위 금방 간다고."

　시간은 두세 시간 간격으로 울리는 신전의 종으로 판단한다. 시계가 없는 이 세계에서는 지각에 엄격하지 않을지도 모르지만, 상대방에게 줄 인상을 고려하면 부탁하는 처지인 우리 쪽이 늦는 일만은 피하고 싶었다.

　"그러고 보니, 어제 엄마가 내 머리가 왜 그러냐고 계속 물어서 힘들었어."

　루츠는 윤기 나는 금발을 한심하단 얼굴로 잡아당겼다. 칼라 아줌마의 심정은 이해가 갔다. 아들의 머리카락이 단 하루 만에 반들반들 윤기가 난다면 누구라도 신경이 쓰일 것이다.

　"미용은 여자한테 제일 관심 가는 화제거든."

　"마인이 씻겨 줬다고 말해 뒀어. 물어보고 싶으면 마인한테 물어보라고."

　"뭐!?"

고집이 세고 목소리는 우렁차며 한 번 잡으면 놓지 않는 박력 넘치는 칼라 아줌마의 질문 공세를 받을 것을 생각하니 머리가 지끈거렸다.

"만드는 방법 가르쳐 줄 테니까 루츠가 만들어. 나도 별로 없으니까."

"아, 미안. 나 때문에 아끼는 걸 써 버렸구나."

"괜찮아. 루츠한테는 항상 신세 지고 있으니까."

지금까지 나를 도와준 루츠한테 쓰는 건 전혀 아깝지 않았다. 하지만 양은 정해져 있고 투리가 열심히 만들어 준 걸 칼라 아줌마한테 주는 건 아까웠다. 나도 평소엔 물로 헹궈낼 뿐, 간편 한린샴을 써서 머리를 감는 건 닷새에 한 번으로 참고 있었다.

"그래도……."

"그렇게 신경 쓰이면 루츠가 내 몫까지 만들어 주면 돼. 난 힘이 없어서 기름을 꽉 짜기가 힘들거든."

"뭐야, 그런 거야?"

그런 이야기를 하는 사이에 오토가 중앙 광장에 모습을 드러냈다. 입구에 선 오토가 광장을 둘러보다 우리를 발견하고 실쭉 웃는 모습이 멀리서도 확실히 보였다.

아, 역시 시험했던 거였어.

종이 울릴 때라는 애매한 시간을 지정하고 위험해 보이는 웃음을 보일 때부터 경계하고 있었지만, 역시 종이 울리기 전에 와 있는지 어떤지 우리를 시험한 모양이다.

호오, 하고 오토의 입이 작게 움직인 후, 다른 방향을 향해 손을 흔들자 한 남자가 나타나 오토와 함께 우리를 향해 걸어왔다. 식은

땀이 등 뒤를 타고 주르륵 흘러내렸다. 나도 모르게 옆에 있는 루츠의 손을 힘껏 쥐었다.

"왔어, 루츠. 우선은 인사부터야."

"으, 응."

친밀한 듯 대화를 나누며 걸어오는 두 사람을 보니 다른 한 사람은 오토의 친구인 상인인 게 틀림없다. 그 친구가 우리를 힐끔 쳐다보는 눈빛이 마치 물건에 가격을 매기는 것처럼 날카롭게 빛났다.

면접관이 오토 말고 또 있었다니 전혀 몰랐다고! 으으, 루츠 면접인데 내가 더 긴장돼!

상인과의 회합

루츠가 아무리 싫어해도 전신을 깨끗이 씻기고 벼락치기로 면접을 위한 마음가짐을 가르친 것은 잘한 일이었다. 오토도 그의 친구도 중앙 광장을 오가는 사람 중에서도 상위 부류에 속하는 깔끔한 옷차림을 하고 있다. 우리도 예복을 입고 왔으면 좋았을 텐데.

디자인은 이상한…… 아니, 조금 낯선 디자인이지만, 천을 많이 소모하는 드레이프가 많고, 얼룩이나 천을 이어 붙인 부분이 눈 씻고 찾아봐도 없는 옷은 천도 실도 되도록 절약하는 게 당연한 내 생활권 내에서는 좀처럼 보기 힘든 옷이었다. 복장으로 보건대 오토의 친구는 상당히 돈을 많이 버는 사람임이 틀림없었다. 복장, 자세, 눈빛 등 모든 면이 내가 본 상인들과 상당한 차이가 있었다.

큰돈을 버는 상인이라 해도 거창한 상점의 사장이 아니라, 순조롭게 성장하는 벤처기업 사장에 상통하는 박력이 있었다. 언뜻 보기에 밀크 티와 비슷한 옅은 크림색 곱슬머리를 한 부드러운 용모였지만, 자신감이 넘쳐 강렬하게 빛나는 적갈색 눈동자에서 야생의 육식동물과도 같은 맹렬함이 느껴졌다.

"여어, 마인. 그쪽은 루츠겠지?"

"안녕하세요. 오토 씨. 제 친구 루츠예요. 오늘은 바쁜 시간을 내주셔서 감사합니다."

적당한 인사가 생각나지 않아 평소대로 가슴을 두 번 두드리며 경례했다. 오토도 같은 동작으로 답해 주었으니 크게 틀리진 않은 것 같다.

"처음 뵙겠습니다. 루츠입니다. 잘 부탁합니다."

루츠도 긴장한 모양이지만 두 사람의 눈빛과 조여 오는 위압감에 지지 않고 막힘 없이, 목소리의 떨림도 없이 익숙지 않은 인사를 하는 데 성공했다. 첫 관문은 통과다.

"벤노, 여기가 내 조수인 마인, 반장님 딸이야. 마인, 이쪽은 벤노. 내가 행상인이었을 적 지인이다."

"처음 뵙겠습니다. 마인입니다. 잘 부탁합니다."

머리를 숙여 인사하는 습관이 없는 이 세계에서 머리 숙이지 않도록 주의하며 웃음만은 잊지 않고 인사했다.

"예의 바르네. 난 벤노다. 잘 부탁한다. 어린데도 제대로 예절을 배운 아가씨군."

"보기보다 어리지 않아. 여섯 살이다."

네 살배기로 보였을 나에 대해서 오토가 벤노에게 덧붙여 말했다.

벤노가 살짝 눈을 치켜뜨며 흥미가 생긴 듯 오토를 한번 보고 입술 끝을 올렸다.

"아직 세례식도 안 한 어린애가 조수라고?"

"아, 아니, 그렇군. 조수가 되도록 내가 글을 가르치는 중이지."

"네 말투로 보아 이미 조수로 써먹고 있을 것 같은데?"

"쓸데없는 소리는 그만 둬."

단어 구석구석에서 정보를 뽑아내는 두 사람의 대화에 등이 서늘해졌다. 나와 루츠가 이 사람들이 납득할 만한 면접을 치를 수 있을지 걱정되기 시작했다. 왠지 세례식을 받지 않은 어린애라고 쉽게 봐주지 않을 것 같은 느낌이 강하게 느껴졌다.

벤노가 의미심장한 눈으로 내 시선보다 조금 위를 가만히 쳐다보면서 입을 열었다.

"엄청 신경 쓰이는 게 있는데 먼저 물어도 될까?"

"네. 뭔가요?"

"그 머리에 꽂혀 있는 봉은 뭐지?"

그렇군……. 합격 결과를 말한 후에 시시한 질문을 하긴 힘드니 미리 물어봐 두자는 건가요? 혹시 벌써 불합격시킬 생각이에요?

나는 입가에 미소를 머금은 채 조금이라도 많은 정보를 캐내기 위해 벤노의 일거수일투족을 주의 깊게 응시하며 비녀를 뽑아 벤노에게 건넸다.

"이건 '비녀'라는 거예요. 머리를 묶어 올릴 때 쓰는 거죠."

오토도 신경 쓰였는지 벤노와 함께 찬찬히 비녀를 살펴봤다. 상하로 돌리거나 뒤집어보거나 하며 세세하게 관찰했다.

그냥 막대기야. 장치 같은 거 없다고.

"평범한 막대기처럼 보이는데."

"네. 아빠가 나무를 깎아 만들어 준 평범한 막대기죠."

"이걸로 머리가 묶인다는 건가?"

"네."

나는 비녀를 돌려받고 하던 대로 머리를 올렸다.

올릴 만큼의 머리를 잡아 꼬고 칭칭 돌려 감고 비녀를 꽂아서 고정했다. 매일같이 하는 머리라 익숙했다.

"오호, 신기한데."

다른 사람 앞에서 머리를 묶는 모습을 처음 선보인 거라 루츠도 오토도 눈을 동그랗게 뜨고 내 머리를 쳐다봤다.

갑자기 벤노가 손을 뻗어 내 머리를 만지더니 미간을 좁혔다.

"이봐, 꼬마 아가씨. 이 머리카락도 신기한데? 대체 뭘 바른 거야?"

나의 머리카락을 품평하듯 만지는 신중한 손가락 움직임과 달리 머리카락을 향한 벤노의 눈빛은 침을 꿀꺽 삼킬 정도로 날카로웠다. 가치 있는 물건을 발견한 듯 번쩍이는 벤노의 눈과 세례식 때 아줌마들이 달려드는 모습을 봐서 '간편 한린샴'은 상당한 상품가치가 있는 것 같다.

"비교적 흔히 있는 것들을 섞어서 만든 건데 자세한 건 비밀이에요."

"꼬마 신사도 같은 걸 썼나?"

아, 벤노 씨. 지금 살짝 혀를 차셨지요? 어린애라서 간단하게 불지도 모른다고 쉽게 생각하신 것 같은데 안타깝네요. 아직 루츠의 면접이 끝나지도 않았는데 전초전부터 이용 가치가 있을 것 같은 카드를 내밀 순 없지요.

내가 활짝 웃으며 입술을 끌어올린 미소로 벤노에게 응수하고 있자 오토가 가볍게 한숨을 내쉬며 자기 머리를 헝클듯이 쓸어 올렸다.

"그래서, 루츠는 행상인이 되고 싶다고 했었지?"

본론으로 들어왔다. 루츠가 옆에서 꼴깍 하고 침을 삼키는 소리가 들렸다.

어제 열심히 생각해 왔지? 자, 지금이 분발할 때야. 지망 동기를 펼쳐서 합격을 손에 쥐어야지!

응원하는 마음이 전해지도록 나는 잡은 루츠의 손에 힘을 실었다.

"아, 네. 저는……."

"포기해."

루츠가 지망 동기를 입에 꺼내기도 전에 끊어 버렸다. 모처럼 생각해 왔는데 제대로 들어 줘! 하고 마음속으로 외치고 있자 오토가 벌레라도 씹은 듯한 얼굴로 루츠를 내려보았다.

"시민권을 포기하는 건 바보나 하는 짓이야."

"오토 씨, 시민권이란 게 뭐예요?"

나도 모르게 그만 의문이 목소리를 타고 입 밖으로 튀어나와 버렸다.

시민권이라니, 처음 듣는 말이다. 이 마을에서 살기 위한 권리라는 것은 알겠다. 하지만 우리가 헌법으로 보장된 권리라는 것을 공부하기 전까지 아무 생각 없이 누리는 것처럼 나는 이 마을에 사는 주민들이 당연히 가지고 있는 권리라는 것이 어떤 것인지 몰랐다.

"이 마을에서 살 수 있는 권리다. 동시에 신분증으로도 쓰이지. 일곱 살 때 세례식에서 신전에 마을 주민으로서 등록되는데, 일도 결혼도 집을 빌리는 것도 시민권을 가진 사람과 없는 사람의 대응이 달라. 타지 사람이 신전에 시민권을 등록하고 마을에 정착하려면 어마어마한 돈이 들지."

"오토 씨도 지불했어요?"

"그래. 맞아."

오토는 그 당시가 떠올랐는지 씁쓸한 표정으로 고개를 끄덕였다. 옆에서 벤노가 쓴웃음을 지으며 오토를 가리키며 말했다.

"이 녀석은 코린나와 결혼하려고 전 재산을 쏟아부었거든."

"사실은 이곳에 상점을 차려서 장사하고 싶었는데 내 돈으론 시민권을 따는 게 고작이었어."

행상인이 모은 돈이 얼마만큼인지 가늠할 수 없지만, 시민권에, 결혼 자금에, 개업 자금으로는 얼마가 있든지 빠듯할 것 같은 느낌이다.

"거기다 마을에서 생활하는 것과 유랑 생활은 차원이 달라. 어이, 루츠. 매일 마차 안에서 지내는 생활이 어떤 건지 상상이 가나?"

"아뇨……."

루츠가 고개를 저었다. 이 마을은 끝에서 끝까지 걸어도 두 시간 정도 거리이다 보니 마을 아이들의 이동 수단은 기본적으로 도보였다. 짐수레는커녕 마차를 타 본 적도 없는 루츠가 마차 여행의 고됨을 알 리가 없었다.

"예를 들어, 물. 물이 필요해지면 어떻게 할 건가?"

"우물에서 길어 올립니다."

"그렇지? 그런데 여행 중에는 정해진 우물 따윈 없어. 우선 물이 있는 곳을 찾는 것부터 시작하지."

"강이라면……."

숲에서 몸을 씻을 때 썼던 강이 금방 떠오른 모양이다. 하지만 여행 중에 항상 강을 옆에 끼고 이동할 수는 없는 법이다. 그리고 종이가 비싸 손에 넣기 힘든 이곳에서 지도를 가진 행상인이 얼마나 있을까?

"행상인으로서 처음으로 밖을 나갔을 때는 아마 그 강도 어디에 있는지 모를 거야, 루츠. 계속 강을 따라서만 이동할 순 없고…….”

“마인 말이 맞아. 그래서 행상인들은 대체로 같은 루트를 따라 장사를 하지. 해를 거치면서 지인이 늘고, 정보를 교환하면서 물이 있는 곳이나 안전한 길을 터득해 가지. 그걸 자기 자식에게 가르치고 또 자식이 그 루트를 이어 가거든. 좁은 마차 생활에 타인이 들어갈 여지 따윈 없어. 그리고 제일 중요한 것은 행상인이 원하는 미래다. 넌 행상인이 뭘 원하는지 아니?”

루츠는 입을 다물고 힘없이 고개를 저었다.

“시민권이야.”

“네!?”

“힘든 유랑 생활을 관두고 언젠가는 마을에서 생활하고 싶다. 마을에서 상점을 차리고 안전하게 장사하고 싶다. 그러기 위해 돈을 모으고 싶다. 이것이 행상인들의 꿈이다. 이미 시민권을 가진 너를 행상인들은 받아들이지 않아. 정 하고 싶다면 혼자 시작할 수밖에. 행상인에게는 수습 제도가 없으니까.”

시민권이 행상인들의 꿈이라면 오토는 이미 꿈을 이룬 셈이다. 사실은 이 마을에서 장사를 하고 싶었던 모양이지만, 어째서 상인이 아니라 병사가 된 건지 이해할 수 없었다.

“오토 씨는 어째서 병사가 되려고 한 건가요?”

“잠깐만, 말하…… 읍!”

뭔가 말하려던 벤노의 입을 틀어막고 오토가 단호하게 잘라 말했다.

“코린나와 결혼하기 위해서다.”

“자, 자세하게 듣고 싶어요!”

"장황한 데다 귀찮으니까 나는 듣기 싫어. 꼬마 아가씨."

벤노가 당황하며 막았지만 오토는 눈을 반짝이며 말하기 시작했다.

"그래, 그건 내가 성인이 된 지 얼마 지나지 않았을 때였지. 이 마을에 왔을 때 코린나에게 한눈에 반해 버렸어. 심장을 뚫렸다고 해야 할까? 하늘의 계시가 떨어졌다고 해야 할까? 어쨌든 코린나밖에 눈에 들어오지 않았지. 결혼 상대는 그녀밖에 없다고 생각해서 그 자리에서 끈덕지게 구애했어."

"오토 씨, 뜻밖에 정열적인 사람이었군요……."

상냥하고 온화한 미소 뒤에 본심을 숨긴, 이해타산적인 전 상인은 사랑을 향해 돌진하는 정열가이기도 한 모양이다. 짙은 갈색 머리에 갈색 눈동자를 가진 차분한 색채에 성실한 듯 보이는 외견으로는 사랑에 정열을 쏟아붓는 모습이 상상이 되지 않았다.

"그 정도로 코린나가 매력적이란 말이다. 일단, 과감하게 구애했지만, 처음엔 거절당했지. 그녀는 실력 있는 유명한 재봉사였는데, 일을 계속하면서 가족들을 소중히 하고 싶다며 여행을 다니는 생활은 절대로 할 수 없다고 했지."

확실히 솜씨가 좋다는 건 어느 정도 만족할 만큼 수입이 있다는 건데, 단골 손님도 안정된 생활도 버리고 불안정한 여행 생활은 못하겠지.

거기다 코린나 입장에서 보면 갑자기 구애해 오는 행상인이 상당히 수상쩍어 보이지 않았을까? 오토 씨를 사기꾼이라고 오해를 해도 이상하지 않을 것 같다.

흠흠 하고 끄덕이며 듣는 사이 오토의 사랑 이야기는 점점 속도를 붙여 가열되어 갔다. 목소리에 힘이 들어가며 손짓 발짓이 커지기 시작했다.

"코린나가 결혼은 이 마을 남자와 할 생각이라는 말을 들은 순간 벼락을 맞았다고 느꼈을 정도로 충격을 받았지. 난 코린나가 다른 남자와 결혼하는 걸 상상할 수가 없어 어떻게 해야 할지 필사적으로 생각한 끝에 곧바로 신전을 찾아가서 시민권을 땄어."

"진짜? 잠깐만요. 진도가 너무 빠른 거 아니에요?"

이 세계에서는 오토의 행동이 평범한 것인지 알 수 없어 벤노를 올려다보니 벤노는 피곤한 듯한 표정으로 관자놀이를 지그시 누르고 있었다.

"꼬마 아가씨도 그렇게 생각하지? 거기다 오토가 이 마을 시민권을 따기 위해 쏟아부은 돈은 부모님이 시민권을 딴 마을에서 장사를 하려고 모아 두었던 자금이었어."

"뭐어어!?"

부모가 시민권을 딴 마을이라면 반값에 시민권을 얻을 수 있어서 남은 자금은 개업에 쓰려고 했다고 벤노가 말했다. 고된 행상인 생활 끝에 모은 소중한 자금을 첫눈에 반한 상대를 위해 쏟아붓다니, 알고 보니 오토는 이해타산적인 상인이 아니라 그냥 사랑에 눈이 멀어 날뛰는 말이었다.

"이 마을에서 가게를 열고 싶지만, 그러려면 돈이 필요한데 그땐 돈을 빌릴 연줄도 없었지. 이 마을에 정착할 각오를 코린나에게 보일 수 있는 직업이 병사였으니까 상인을 관두고 이 마을에 올 때마다 사이좋게 지내던 반장님께 부탁해서 주로 서류 작업을 맡는 병사로 고용된 거야. 그러고 보니 시민권을 사고 병사가 되어 프러포

즈했을 때 코린나가 굉장히 놀라워했었지."

그거야, 당연히 놀라겠죠. 유랑 생활은 안 하겠다고 거절했더니 전 재산을 털어서 시민권을 사고 병사가 되었다고 찾아오면 놀라지 않을 아가씨는 없겠죠.

고삐 풀린 말을 진정시켜야겠다고 생각한 건지, 자기를 이렇게나 사랑해 주는 오토에게 설레었던 건지, 코린나 씨 시점에서 이야기를 들어 보고 싶었다. 오토 씨와는 전혀 다른 이야기를 들을 수 있지 않을까?

"며칠이고 끊임없이 구애한 끝에 내가 코린나 집에 데릴사위로 들어가 결혼했지. 어쩔 수 없는 사람이라며 웃던 코린나는 정말 귀여웠어. 그리고 지금은……."

거기서부터는 자신의 아내가 얼마나 사랑스러운지를 끝없이 늘어놓기 시작했다. 오토의 입은 멈추지 않았다. 상인으로서 길러 온 일류 영업력과 프레젠테이션 실력을 아내 자랑에 쓰지 말아 줬으면 좋겠다. 루츠도 청산유수처럼 쏟아지는 아내 자랑에 압도당해 넋을 잃고 듣고 있었다. 머릿속에 아내밖에 없는 애처가라는 말을 아빠에게 듣긴 했지만, 과장된 말인 줄 알았다. 하지만 전혀 과장이 아니었던 모양이다.

어쩌지? 오토 씨가 이런 사람일 줄은 전혀 몰랐어.

도움을 구하듯 벤노를 쳐다보자 벤노는 익숙한지 가볍게 어깨를 들썩였다.

"오토, 이제 행상인 얘기와는 관계 없잖아? 마누라 얘긴 그쯤에서 끝내고 본론으로 돌아와."

"흠흠! 미안하군. 그런 이유로 행상인은 포기해."

그게 무슨 이유냐! 하고 추궁하고 싶었지만 여기선 참기로 했다. 얘기가 화제에서 상당히 멀어져 버렸지만, 행상인에게는 수습 제도가 없다는 것과 행상인의 고생과 우리가 가진 시민권의 중요성과 사랑에 빠지는 무서움을 잘 알았다.

포기하라고 단호하게 들은 루츠는 고개를 떨군 채 불쌍하다 싶을 정도로 풀이 죽어 있었다. 모처럼 지망 동기도 생각해 왔는데 발언하기도 전에 포기하라는 말을 듣고 혹독한 행상인의 삶과 아내 자랑을 들으면 풀이 죽지 않는 게 이상하다.

"루츠, 이건 마인의 제안인데 행상인이 아니라 상인 수습생이 되어 보는 건 어때? 매입하러 마을을 나가는 정도라면 가능할 거야."

"마인이!?"

얼굴을 벌떡 들고 루츠가 나를 바라봤다. 분노로 찬 녹색 눈이 '내가 행상인이 될 수 없다는 걸 이미 알고 있었던 거야?'라고 말하고 있었다.

"같은 마을에서 자란 내 말보다 행상인에게 제대로 얘기를 듣는 것이 루츠에게 좋겠다고 생각해서였어."

"아……."

루츠는 정곡을 찔린 듯 겸연쩍은 표정으로 시선을 피했다.

"오토 씨한테 얘기를 들었을 때 행상인은 어려울 것 같았어. 될 수 있으면 부모님이 반대하지 않고 마을 밖을 나갈 기회가 없을까 생각했거든. 거기다 나도 지금까지 몰랐지만, 시민권을 포기하면서까지 행상인이 되는 건 아니라고 생각해."

"그렇지……."

오토의 얘기를 듣고 루츠도 느낀 것이 있었던 모양이다. 밖에서 온 사람들의 달콤한 여행담과 현실은 전혀 달랐을 테니까 말이다.

"아빠가 오토 씨는 이 마을 상인들과도 관계가 있다고 말했으니까 루츠가 생각이 있다면 소개받을 수 있을까 해서 상담했던 것뿐이야. 결정하는 건 루츠의 자유야."

"그렇구나……. 이래저래 생각해 줬구나."

깊게 한숨을 내쉰 루츠가 얼굴을 들고 벤노를 올려다봤다. 나도 얼굴을 들어 벤노를 바라봤다. 상인 수습생이 되고 싶다면 넘어야 할 상대는 오토가 아니라 벤노다.

"그래서 오토가 나를 소개한 건데…… 너, 상인이 되고 싶으니?"

"네."

루츠가 끄덕이자 벤노가 쓱 하고 적갈색 눈을 가늘게 떴다. 오토의 아내 자랑을 듣고 있을 때처럼 부드러운 분위기가 온데간데없었다. 벤노는 굴복시킬 상대를 발견한 육식동물처럼 냉정한 눈으로 루츠를 내려다봤다.

"흠, 그래서 네가 뭘 팔 수 있어? 상인이 되어서 팔고 싶은 게 뭐냐?"

"네?"

취직 면접에서 지망 동기를 묻는 건 당연하지만, 루츠가 어제 생각해 온 건 행상인이 되고 싶은 이유였다. 갑자기 상인 수습이 되고 싶은 이유를 짜내라고 해도 간단하게 될 수 있는 것이 아니다.

"상인이 되어서 무엇이 하고 싶은지, 무엇을 할 수 있는지 묻고 있는 거야."

"그건……."

히이익! 세례식도 안 치른 아이를 상대로 압박이 심하잖아요!

그렇게 짓궂게 하지 말라고 하고 싶지만, 상인 입장에서는 수습생 한 명에게 들어갈 지출을 계산해야 하는 셈이다. 오토의 조수의 친구라는 연줄로는 손해를 각오하고 떠맡아야 할 의리도 없다. 루츠에게 상당한 근성이나 의욕, 팔릴 것 같은 상품 정보 등 벤노에게 이익이 될 점이 없다면 당장에 거절당해도 할 말이 없다. 오히려 만나 준 것만으로 감사해야 할 처지였다.

"없으면 얘기는 이걸로 끝이다."

벤노의 말에 루츠가 살짝 고개를 숙여 입술을 깨무는 것 같았다.

내가 지금부터 얘기할 말이 루츠에게 도움이 될지, 아니면 쓸데없이 고생만 사는 것인지 모르겠다. 선택하는 건 루츠다. 나는 루츠만 들릴 수 있는 작은 목소리로 소곤거리며 물었다.

"내 종이…… 루츠가 만들래?"

"할래."

루츠가 힘차게 고개를 들었다. 내 손을 잡는 손에 힘이 들어갔다. 그 손은 떨리고 있었지만 루츠는 한쪽 눈썹을 치켜뜨며 사나운 얼굴을 한 벤노를 찌릿 노려보았다.

"나도 하고 싶은 건 있어! 마인이 고안한 건 전부 내가 만들 거야!"

"응. 루츠는 지금까지 계속 그래 왔어."

"몸이 약한 마인 대신 내가 할 거야."

루츠, 잘 이겨냈어. 똑바로 얘기했어. 벤노 씨를 깜짝 놀라게 만들었다고.

내가 루츠를 말려들게 한 건지, 아니면 내가 루츠에게 말려든 건지는 판단하기 어려운 결과가 되어 버렸지만, 내가 할 수 없는 일을

루츠가 맡아 줬으니 루츠가 할 수 없는 일은 내가 맡으면 된다.

루츠와 달리 나는 시험 면접도 취직 면접도 경험해 봤으니까.

나는 벤노를 올려다본 채 활짝 미소를 지어 보였다. 스읍 하고 숨을 들이쉬고 천천히 뱉으며 호흡을 정리하고 나서 입을 열었다.

"동물 가죽이 아닌 종이를 만들어 팔 생각이에요. 제작비가 양피지보다 싸게 드니까 이익이 될 거라고 생각합니다."

내 말에 벤노는 벌레 씹은 듯한 표정으로 변했다. 루츠를 향한 것보다 훨씬 사납게 빛나는 눈으로 신음하는 듯한 낮은 목소리를 냈다.

"꼬마 아가씨도 상인 지망인가……?"

"네. 두 번째 지망이지만…….."

"첫 번째 희망은 문에서 서류 작업을 하는 건가?"

"아니요. '사서'입니다."

내 말을 들은 세 사람 모두가 의아한 표정을 지었다. 역시 단어가 통하지 않은 모양이다.

"처음 듣는 말인데?"

"책이 많은 곳에서 책을 관리하는 일을 하고 싶습니다."

사서가 하는 일을 알기 쉽게 설명하자 벤노가 웃음을 터트려 버렸다.

"푸…… 푸하하하, 그건 귀족이나 할 수 있는 일이야."

"역시 그런가요…….."

이 귀족놈들…….

기본적으로 귀족만이 책을 가질 수 있다면 그것을 관리하는 사서도 귀족일 것이라고 예상은 했다. 귀족으로 태어난 것만으로 사서가 될 수 있다니 분하다!.

"그나저나 양피지가 아닌 종이, 라고? 실물은 있나?"

나를 힐끗 바라보는 벤노의 눈에 경계심이 나타나 있었다. 분명 벤노의 머릿속에는 양피지와는 다른 종이가 나왔을 때의 영향과 이익이 빙글빙글 돌고 있음이 틀림없다.

"지금은 없습니다."

"얘기 거리가 안 되는군."

얘기 거리도 아니라고 했지만 내 제안에 구미가 당긴 건 틀림없어 보였다. 이제 이 한마디로 결론이 지어질 거다. 나는 더욱 환하게 미소를 지었다.

"실물이 있어야 한다면 만들겠어요. 우리 세례식이 내년 여름이니 봄까지는 종이 시제품을 만들어 보이겠어요. 그것으로 판단해 주세요."

"그렇다면 괜찮겠지……."

불합격을 내릴 생각이었던 벤노에게서 유예를 얻었다. 이것은 훌륭한 우리의 승리였다.

"감사합니다, 벤노 씨."

"아직 결정한 게 아니야."

"그래도 도전할 기회를 주신 거니까요."

이젠 루츠가 힘내 주기만 하면 된다. 취직이 걸려 있는 문제니까 죽기 살기로 해 줄 것이다. 갑자기 하늘에서 떨어진 종이를 손에 넣을 수 있는 전개에 나도 모르게 방긋 웃었다.

"루츠, 열심히 하자."

"응."

"오토 씨, 벤노 씨를 소개해 주셔서 감사합니다."

우리들의 대화를 히죽히죽 웃으며 보고 있던 오토에게도 감사의 마음을 전했다. 오토 덕분에 루츠가 행상인을 포기하고 수습 상인이 되기 위한 첫발을 내디딘 셈이다. 이것은 내가 상상했던 결말 중에서도 단연 최고였다.

"꽤 즐거운 휴일이었어. 다음에 문에 출근하는 날을 기대하고 있을게."

"네."

아무래도 오토한테도 합격을 받은 모양이다.

안심해서 가슴을 쓸어내리고 오토의 말이 해산을 뜻한다는 것을 깨달은 나는 루츠와 함께 집으로 돌아가기 위해 발걸음을 돌렸다.

아, 잊고 있었다.

"저기! 오토 씨와 벤노 씨에게 묻고 싶은 게 있는데요."

나는 발을 멈추고 뒤돌아서서 돌아가려던 오토와 벤노를 불렀다. 두 사람이 동시에 돌아봤다.

"응, 뭐지?"

"몸 안에서 열이 갑자기 퍼지거나 작아지거나 하는 증상에 짐작가는 병이 있나요?"

이곳저곳을 돌아다닌 오토나 여러 방면으로 관계가 있는 듯한 벤노라면 내 몸속의 열에 대해 알고 있을지도 몰랐다.

"의식이 열에 먹힐 것 같은 느낌이 들거나 필사적으로 물리치려고 하면 다시 사그라들어요. 주관적인 질문이라 죄송하지만……."

"글쎄? 들은 적 없는데?"

오토가 천천히 고개를 저었다.

벤노에게 시선을 옮기자 한번 눈을 깔고 생각하더니 천천히 고개를 흔들었다.

"모르겠는데……."

이 두 사람이 모른다는 것은 내 생활권 내에서 아는 사람은 없다고 생각해야겠지.

아무래도 상당히 드문 병인 모양이다.

"그렇군요……. 감사합니다."

나는 루츠의 손을 잡고 걷기 시작했다. 병에 관한 정보는 얻지 못했지만, 조건을 포함한 채용은 받아냈고 종이를 만들어 줄 협력자도 얻었다. 내 야망에 일 보 전진이다.

"같이 열심히 종이 만들어 보자, 루츠."

"응."

스스로 진로에 다가가게 된 루츠의 얼굴에도 기대와 희망에 가득 찬 미소가 보였다.

에필로그

　마인과 루츠와의 회합을 끝낸 오토는 사랑하는 아내가 기다리는 자택으로 돌아왔다.

　"코린나. 다녀왔어. 벤노도 같이 왔어."

　"어서 와요, 오토, 벤노 오빠. 세례식도 안 한 어린애를 괴롭히고 잘도 웃으면서 돌아올 수 있네요."

　"입술을 삐죽거리는 모습마저도 사랑스러워."

　오토가 사랑스러운 아내 코린나의 허리를 감싸 안고 그녀의 크림색 머리에 몇 번이고 입술을 갖다 대며 응접실로 걸어가다 벤노에게 "내가 없는 곳에서 하라고."라며 꿀밤을 먹었다.

　아내 지상주의인 오토로서는 부부의 달콤한 시간을 방해하지 말라고 불평을 터트리고 싶지만, 코린나가 오빠 앞에서 적당히 하라며 화낼 게 분명하니 참기로 했다.

　오토 집 응접실은 평소에 코린나가 손님과 상담할 때 쓰는 방이다. 방 중앙에는 식탁과는 다른 둥근 나무 테이블과 의자가 네 개 놓였다. 오른쪽 벽면에 자리한 선반에는 코린나가 만든 옷 패턴을 알 수 있는 견본을 진열했다. 왼쪽 벽에는 남은 천 자투리로 이은 태피스트리가 걸려 있어 화사함을 뽐내고 있었다.

　"정말이지, 그 전개는 나도 깜짝 놀랐다니까. 천하의 벤노가 한 발 물러서다니 말이야."

　의자에 앉은 오토가 불쾌한 얼굴로 정면에 앉는 벤노를 향해 히죽거리며 웃었다.

"뭐? 벤노 오빠가? 자세히 말해 줘. 오토."

코린나가 회색 눈동자를 반짝이며 살짝 오토 쪽으로 의자를 당겨 앉아 어리광부리듯 졸랐다. 코린나가 이렇게 응석 부리는 경우는 굉장히 드물었다. 오토는 마음속으로 마인에게 박수갈채를 보내며 가볍게 오늘 있었던 일을 들려주었다.

"그런 느낌으로 마인 덕분에 예상보다 훨씬 재미있는 회합이 었어."

"마인이라면 반장님 딸이지? 아주 머리가 총명하다고 당신이 말했잖아."

"맞아. 그런데 내 조수가 된 지 반년이 지났지만, 아직 어떤 아이인지 감을 못 잡겠어. 어떻게 이런 아이로 자랐을까 싶을 정도로 참 이상한 애야."

행상인으로서 여러 마을에서 여러 계급의 사람과 접해 본 오토에게는 마인의 이상함이 더욱 두드러져 보였다. 그 점이라면 오늘 동행한 벤노도 마찬가지로 느꼈던 모양이다. 벤노도 상인으로서 여러 계급의 사람들과 교류해 보았다. 행상인이었던 오토가 얕고 넓은 인맥을 가지고 있다면 마을 대상인인 벤노는 좁고 깊은 인맥을 맺고 있었다.

"있잖아, 오토. 그 아이가 정말 병사 딸 맞아?"

"그건 틀림없어. 하지만 나도 이상하다고 생각해."

"무슨 말이야?"

코린나가 이상하단 듯이 고개를 갸우뚱거렸다. 오토는 마인의 이상스러운 점을 떠올리며 입을 열었다.

"먼저 겉모습이 이상해. 마인은 항상 병사의 딸로 보이지 않을 정도로 깔끔하다 할까. 누더기 같은 옷을 입고 있는 데 반해, 피부와 머리카락이 심하다 싶을 정도로 깨끗해. 반장님은 이 바닥 병사들과 다를 게 없는 아저씨인데, 두 딸은 피부도 깨끗하고 머리카락도 윤기가 흐르다니 이상하지 않아?"

"엄마가 손질해 주고 있는 거 아니야?"

유복한 상인의 딸로 자란 코린나는 빈민 생활이 어떤 것인지 알고는 있었지만, 명확하게 이해하고 있지는 않았다. 피부와 머리 관리에는 시간도 돈도 물품도 필요하다. 빈곤한 생활에선 그런 것에 투자할 여유가 없다는 점을 코린나는 몰랐다.

"음, 겨울에 본 적이 있는데 마인의 엄마가 솔선해서 손질하고 있는 것처럼 보이진 않았어. 마인과 닮아서 반장님한테는 아까운 미인이었지만 말이야."

겨울철 맑은 날에 파루를 따기 위해 마인을 문에 맡긴 적이 있었다. 그때 오토는 마인을 데리러 온 엄마를 봤지만, 대서특필할 정도로 깔끔하다는 인상은 받지 못했다.

"벤노 오빠가 봐도 마인이 이상한 것 같아?"

벤노는 자신에게 화제가 돌려지자 컵을 내리고 천장의 대나무를 올려다보면서 천천히 숨을 내쉬었다.

"응. 빛이 나는 것처럼 윤기 나는 밤하늘 머리색에 새하얗고 깨끗한 피부에 노동과 생활감이 전혀 느껴지지 않는 귀족의 딸 같은 손이었어. 이도 하얗지. 아무리 생각해도 넝마 같은 옷과는 부자연스러울 정도로 어울리지 않았어."

"빛이 나는 것처럼 윤기 나는…… 이라고!? 어떻게 하면 그렇게 되는 거야!?"

"왜? 코린나는 지금도 아주 예뻐!"

"오토는 조용히 해. 벤노 오빠한테 묻고 있잖아."

평소에 볼 수 없는 코린나의 무서운 모습에 오토는 눈을 반짝였다. 여성에게 머리칼의 윤기는 상당한 관심 대상인 모양이다. 코린나가 바느질 외에 이렇게까지 흥미를 보이는 건 드문 일이었다.

"뭔가를 발라서 손질하고 있는 것 같지만 그게 뭔지 알려주지 않았거든."

벤노의 대답에 코린나가 기대에 찬 눈으로 오토를 바라보았다.

"오토는 알아낼 수 있어?"

"아마 이제부턴 경계해서 캐묻지 못할 것 같아."

마인의 머릿결에 대한 비밀을 궁금해하는 코린나를 위해 오토는 밑져야 본전이라며 마인을 만나면 물어보기로 했다. 사랑하는 아내를 위해서라면 수고도 아끼지 않는 청년이었다.

"뭐, 머릿결은 둘째치고 손이 고운 건 작은 체격에 팔심도 없으니 집안일을 해 보지 않아서야. 거기다 새하얀 피부는 병치레를 자주 해서 외출을 할 수가 없으니까 햇빛을 못 받아서라고 생각해."

"그러고 보니 저번에 꼬마 아가씨가 열이 나는 바람에 회합이 취소되었지."

생각난 듯 중얼거린 벤노의 말에 마인이 닷새나 열이 펄펄 끓은 탓에 반장님의 신경이 곤두서 있어 힘들었던 날을 떠올린 오토는 넌더리가 난다는 표정을 드러내며 끄덕였다.

"마인이 병약해서 그런 거라면 특별히 이상하다고 생각할 정도는 아니지 않아?"

이야기를 듣던 코린나는 대수롭지 않다고 판단한 모양이다. 흥미를 잃은 듯 어깨를 들썩이는 코린나에게 벤노가 "그건 아니야." 하고 고개를 저었다.

"외견만이 아니야. 내가 신경 쓰이는 건 자세나 말투다. 이건 예절교육을 받지 않은 이상 몸에 밸 수 없어. 설마 부모가 몰락 귀족이라 예절 교육을 엄격하게 하는 건 아니겠지?"

"반장님한테 딸이 한 명 더 있는데, 그 아이는 극히 평범해. 머릿결은 윤기가 나고 비교적 고운 피부이긴 하지만, 단지 그것뿐이야. 마인처럼 특별하진 않아.

"코린나, 그 꼬마 아가씨는 겉모습만 이상한 게 아니야. 내가 노려봐도 눈을 피하지 않는 박력, 머릿결에 대한 정보를 숨겨 자신에게 유리하도록 이끄는 빠른 머리 회전, 실물이 없어도 오히려 과감하게 나오는 배짱, 조건을 붙인 협상……. 세례식도 안 한 아이가 할 수 있는 행동이 아니야."

"벤노 오빠가 노려보는 눈을 피하지 않는 아이가 있어!? 그 아이, 틀림없이 이상한 애야."

눈을 크게 뜨고 코린나가 외쳤다. 사실 형제 중 막내인 코린나에게 장남인 벤노는 어릴 적 아빠가 돌아가신 후로는 아빠와도 같은 존재였다. 어릴 때부터 야단맞으며 커 온 코린나는 어른도 눈을 피하고 싶어지게 만드는 벤노의 무서움을 뼛속 깊이 알고 있었다.

"아~, 계산능력과 기억력도 훌륭해. 석판을 줬을 때도 깜짝 놀랐지 뭐야. 가르치지도 않았는데 스스로 석판을 들고 쓰더라고. 마치 글자를 쓰는 법을 아는 것처럼."

"당신이 본보기로 보여준 거 아니야?"

고개를 갸웃거리던 코린나는 오토의 잔이 비어 있는 것을 눈치채고 잔을 채웠다. 오토는 코린나가 채워 준 술로 입술을 적시면서 뭐라 말해야 할지 망설였다.

　"그거야 보여주긴 했지. 하지만 한 번 보고 곧바로 술술 쓰는 건 간단한 일이 아니야. 석필을 잡는 법을 가르쳐도 갑자기 막힘없이 선을 긋는 아이는 세상에 없어. 글자라면 더더욱."

　"듣고 보니 그러네."

　코린나도 수습생을 떠맡고 있어서 보면 곧장 따라 할 수 있다는 것이 얼마나 어려운 일인가를 잘 알고 있었다.

　"마인은 계산 능력도 이상할 정도로 높아. 장터에서 엄마에게 숫자를 배웠다지만 숫자를 배운 것만으로 계산할 수 있는 건 아니잖아?"

　"아니, 우리 집에 오는 수습생도 조금은 계산할 수 있어. 부모가 가르치면 조금은 알고 있을 수 있지."

　상인 수습생은 기본적으로 부모가 상인이기 때문에 세례식 즈음에는 읽고 쓰기나 계산이 조금은 가능했다. 오토도 어렸을 때부터 상인인 부모님과 함께 떠돌았으므로 계산도 글자도 배울 수 있었다. 하지만 마인이 하는 계산은 그런 것들과 자릿수가 달랐다.

　"조금 아는 정도가 아니야. 회계 보고서의 경우엔 남문에서 쓰는 비품 수나 가격을 계산하는 거라 장터에서 쓰는 작은 수가 아니라고. 합계로 따지면 자릿수가 커지지. 그걸 그 아이는 당연한 듯이 계산한다는 거야. 그것도 계산기도 쓰지 않고 석판에 숫자를 나열하는 것만으로 말이지."

　"역시 이미 조수로 쓰고 있었잖아. 회계 보고에 저런 꼬마아이한테 도움을 받는 거야?"

오토는 재미있어하는 벤노를 가볍게 노려보며 작은 목소리로 입을 열었다.

"아무한테도 말한 적이 없는데 말이야. 사실 서류 작업의 칠십 퍼센트를 마인한테 맡기고 있어."

"뭐!?"

"칠십 퍼센트라니, 당신……."

두 사람 다 예상 이상으로 놀란 모양이다. 토끼 눈을 하고 굳어진 벤노와 코린나의 얼굴이 닮았다는 생각이 스친 오토는 자신도 모르게 웃어 버리고 말았다.

"아직 알고 있는 단어 수가 적어서 그 정도인 거야. 장래가 기대되는 아이야. 내가 자리를 비운 사이 귀족용 소개장을 완벽하게 대응한 적도 있어."

오토는 그때도 깜짝 놀랐다. 회의를 끝내고 돌아온 오토는 자리를 지킨 마인에게 보고를 받았다. 하급 귀족의 소개장을 가져온 상인이 대기 중이라고.

원래 귀족에서 귀족에게 소개받은 손님은 신변 확인이 되면 되도록 빨리 성벽으로 이동하게끔 편의를 도모하도록 한다. 아무리 손님이 평민이라도 하급 귀족처럼 대해야 했다.

그날은 우연히 상급 귀족이 소집한 회의가 있었다. 당연히 상급 귀족에 관한 일이 최우선이다. 하지만 잘못 대응하면 손님이 무례하다며 화를 내거나 하급 귀족의 소개장을 방패삼아 고압적인 태도로 나오거나, 회의 중에 불쑥 들어와 상급 귀족의 화를 사는 결과를 낳을 수도 있었다.

하지만 마인은 귀족이 아닌 상인을 하급 귀족용 대기실로 안내해 상인의 자존심을 지켜 주었고, 상급 귀족이 소집한 회의라는 설명으로 납득시켰다. 그리고 회의가 끝나자 곧바로 보고함으로써 병사장과 엇갈리지 않도록 했다. 신속한 처리는 물론, 우왕좌왕하던 병사에게 어린애에게 한 수 배웠다는 충격으로 분발할 수 있는 자극까지 주었다. 모든 것이 완벽했다.

"그 아이, 굉장하네?"

"굉장하다기보다…… 이상하다는 게 맞겠지. 그런데 반장님은 마인의 이상한 점을 눈치채지 못하고 있다고 생각해. 그저 병약하고 귀여운 딸을 대하듯 하니까. 내가 조수로 삼고 싶다고 말하지 않았다면 얼마나 우수한 아이인지도 모르지 않았을까?"

"둔한 부모라서 다행인 거지. 기분 나쁘다고 딸을 버린다 해도 이상하지 않아."

벤노의 말에 코린나가 슬픈 표정을 지으며 미간을 좁혔다.

"농담이라도 그런 말 하지 마. 상상하고 싶지도 않아."

"괜찮아, 코린나. 만약 부모가 버린다 해도 벤노가 데려가 키울걸? 마인은 벤노의 뒤통수를 칠 만큼 우수하거든."

오토가 놀리듯 웃으며 말하자 코린나가 킥 웃었다.

"어이, 오토. 꼬마 아가씨가 정말 만들어 올 거라고 생각하나?"

벤노가 손가락으로 테이블을 가볍게 탁탁 두드리며 오토를 응시했다. 벤노의 적갈색 눈이 앞을 읽으려는 상인의 눈으로 변해 있었다.

"양피지가 아닌 종이, 였나? 만들어 올 거야."

"꽤 신뢰하고 있구나?"

"내가 얼마 전에 스스로 하기 힘들면 다른 녀석을 시키라고 부추겼거든. 루츠가 요구했던 대로 마인의 손발이 된다면 분명 완성할 거야."

마인은 자신이 힘도 체력도 없다고 분한 듯 말했지만 그건 분명 제작 방법은 머릿속에 들어 있다는 말임이 틀림없었다. 승산이 있기 때문에 실물을 만들겠다고 제안한 것이다. 절대 허풍이 아니라고 오토는 생각했다.

"만약 실현되면 시장이 발카닥 뒤집힐 거야. 그 꼬마 아가씨를 어떻게 하지?"

"혹시 마인을 떠맡을 생각이야?"

벤노의 말에서 루츠뿐 아니라 마인까지 수습생으로 떠맡을 계획이라고 추측한 오토가 묻자 벤노는 눈을 부릅뜨고 말했다.

"당연하지! 저런 녀석을 다른 놈에게 뺏길까 보냐!? 그 꼬마 아가씨 한 명으로 얼마나 많은 상품이 탄생하겠어? 그 비녀, 머리를 윤기 나게 하는 것, 양피지가 아닌 종이…… . 내가 오늘 안 건 이 셋뿐이지만, 다른 것들도 숨기고 있는 게 분명해. 시장을 뒤집어엎을 인재가 될 거라고!"

"잠깐만! 마인은 내 조수야. 멋대로 데려가지 마."

벤노의 주장은 맞는 말이었지만 오토 쪽도 이의는 있었다. 마인은 오토가 결산 때를 대비해 반년에 걸쳐 키워 온 전력이 될 귀중한 인재다. 중간에 끼어드는 자에게 빼앗길 상황에 가만히 손가락만 빨고 있을 순 없었다.

하지만 벤노는 코웃음을 치며 입술 끝을 끌어 올렸다.

"본인이 두 번째 지망이 상인이라고 했어. 문지기 조수 따위 흥미 없다고. 반년 가르친 것밖에 더 있어? 다른 애를 알아보는 게 어때?"

"반년에 저 정도로 쓸 수 있는 녀석이 또 어디 있단 말이야! 루츠가 대신 만든다면 마인은 문에서 일해도 문제없잖아!"

특히 결산 시기만은 양보할 수 없다. 그렇게 생각한 오토는 힘껏 노려봤지만 벤노는 전혀 양보할 생각이 없다. 컵을 놓고 불쑥 몸을 내밀었다.

"안돼! 꼬마 아가씨를 상업 길드와 계약시킬 거다. 다른 놈이 못 뺏어가게 막을 거야."

"마인의 체력으로 상업 길드는 무리야! 어마어마하게 허약하고 병약한 녀석이라고! 몸을 쓰는 일은 절대 안 돼!"

"그렇게 허약한가?"

벤노가 허가 찔린 것처럼 기세가 빠진 듯하자 오토는 이를 찬스로 더욱 강하게 밀어붙였다.

"난로가 있는 방이라 괜찮겠다 싶어서 다음 타종 시간까지 내버려뒀더니 열을 내고 쓰러졌지."

"뭐?"

문지기 당번을 서야 했던 오토는 마인을 난로가 있는 방에 있게 했는데 잠시 상태를 보러 왔더니 열을 내며 쓰러져 있었다. 데리러 온 귄터가 "신경 쓰지 마. 항상 있는 일이다." 라고 했으니 이 허약함은 가족들에겐 당연한 모양이었다.

"초봄엔 더 가관이었지. 집에서 문까지도 못 걸었어."

"어머, 마을 어디서든지 집에서 문까지의 거리는 그렇게 멀지 않을 텐데?"

마을 주변을 외벽이 둘러싸고 있어 마을 자체는 그다지 크지 않다. 아이 걸음걸이라도 서문에서 동문까지 타종에서 다음 타종이 울릴 때까지의 시간이면 걸을 수 있는 거리였다.

"맞아, 반장님 집은 남문에서 그리 멀지 않아. 하지만 갠 안 돼. 오는 도중에 녹초가 되어서 반장님한테 안겨 와서는 숙직실에서 점심때까지 움직이질 못했지. 거기다 이틀에서 사흘은 반드시 앓아누워."

"어이, 진짜 괜찮은 거야? 일이라도 시키면 죽는 거 아니야?"

그런 위험이 없으리라 장담할 수 없었다. 특히 지금 승승장구하는 벤노의 직장은 활기가 넘치는 만큼 눈코 뜰 새 없이 바쁘다. 마인이 그 체력으로 감당할 수 있을 거라고 오토는 생각하지 않았다.

"이런……."

약하다고 해도 이 정도로 허약할 줄은 몰랐던 벤노는 미간을 누르며 고민에 빠졌다.

그때쯤 화제가 일단락이 났기에 코린나는 식사 준비를 위해 자리에서 일어났다.

테이블 위엔 램프와 따라 마실 작은 술병이 놓이고 안주로 먹는 육포가 그릇에 남아 있었다. 오토는 약간 짠맛이 강한 육포를 잘근잘근 씹으며 술을 따르고 있는 벤노를 쳐다봤다.

"어이, 벤노. 마인이 말한 몸 안에 열이 꿈틀거리는 병에 대해 짐작 가는 거라도 있어?"

마인에게 질문을 받았을 때 벤노가 보인 반응으로 미루어 어쩌면 알고 있지 않을까 했는데, 역시나 벤노는 알고 있었다.

말하는 편이 좋을지 어떨지 고민하는 듯 벤노의 시선이 조금 위를 향했다. 잠시 생각에 잠기더니 벤노답지 않게 잘 들리지 않는 목소리로 중얼거렸다.

"신식(身食), 일지도 모른다고 생각했어. 다만 확증은 없어."

"신식? 뭐야 그거? 무슨 병이야?"

"병이 아니야. 몸이 주체하지 못 할 정도로 증가한 마력에 먹혀서 죽는 거다."

평소에 들어 본 적도 없는 단어가 나오자 오토는 흠칫하며 눈을 부라렸다.

마력이란 것은 평민이 가질 수 없는 불가사의하고 강력한 힘이다. 좀처럼 보지 못하기 때문에 잘 모르지만, 마력 없이는 나라를 움직일 수 없다고 전해진다. 그래서 마력을 가진 귀족들이 국민 위에 서서 나라를 다스리는 것이다.

"많지는 않지만 귀족 이외에도 마력을 가진 인간은 존재해. 다만 마력을 방출하기 위한 마술도구가 비싸서 귀족이 아니고서는 제대로 마력을 쓸 수 없다고 하는 게 맞겠지."

귀족과 인맥이 있는 상회로 부상한 벤노는 이 나라에 관해서 오토보다 지식이 많았다.

"확증은 없지만 만약 신식이라면 꼬마 아가씨가 나이보다 몸집이 작고 자주 쓰러지는 것도 설명이 돼. 그리고 정말 신식이라면, 마술도구가 없으면 그 앤 가까운 시일 내에 죽어."

"뭐!?"

마인을 무척이나 사랑하는 귄터의 모습이 뇌리를 스치자 찬물을 뒤집어쓴 것 같은 느낌을 받은 오토는 벤노를 응시했다. 하지만 벤노의 진지한 표정으로 농담 따먹기를 하는 게 아니란 것을 느꼈다.

"성장과 동시에 증폭하는 마력에 먹혀 버린다더군. 마술 도구가 없는 평민은 세례식까지 견디지 못하고 죽는 모양이야."

"방법은 없어?"

벤노라면 뭔가 좋은 수단을 알고 있을지도 모른다는 기대감에 매달리듯 오토가 묻자 벤노는 자신의 머리를 거칠게 쓸어 올리며 한숨을 내쉬었다.

"귀족과 계약하면 마술 도구를 빌릴 수 있을 테니 죽음은 면할 수 있어. 하지만…… 평생 잡혀 살게 될 거야. 그 귀족만을 위해 힘을 쓰며 살아야 하지. 이대로 가족들 곁에서 죽음을 맞이하는 것과 죽을 때까지 귀족들에게 잡혀 살아야 하는 것, 어느 쪽이 좋은 선택인지 나는 잘 모르겠군."

벤노의 말은 구원의 말도 뭐도 아니었다. 어느 쪽이 좋은 건지 오토 스스로도 알 수 없었다. 죽는 건 싫지만 평생을 귀족의 가축으로 사는 것도 사양하고 싶다고 속으로 생각했다.

"오토, 심각하게 생각하지 마. 아직 신식이라고 정해진 게 아니야. 대체로 정말 신식이라면 지금쯤 죽어가고 있을 상태겠지. 저렇게 밖을 나돌아다니진 못해."

"그런… 건가……."

약간의 안도와 더불어 커지는 불안이 동시에 오토의 가슴속에 들이닥쳤다.

마인은 몇 번이고 죽을 뻔한 고비를 넘겼다고 했다. 밖을 돌아다닐 수 있게 된 것은 봄부터 노력을 쌓아 온 성과였고, 그 전까지는 거의 외출이 불가능한 아이였다고 들었다.

정말 괜찮은 걸까? 반장님께 보고하는 편이 좋지 않을까? 오토

는 가슴 속에서 형용할 수 없이 요동치는 감정을 술과 함께 뱃속 깊
숙이 흘려보냈다.

마인이 없는 일상

"어이, 루츠. 먼저 간다."

"알았어, 랄프. 나도 금방 갈게!"

랄프 형의 목소리에 나는 서둘러 점심때 먹을 햄을 끼운 **빵**을 천으로 말아 사냥도구와 함께 바구니 안에 넣었다. 그리고 지게에 바구니를 동여매 집어 들고는 집을 뛰쳐나왔다.

세례식을 지내고 격일로 수습을 나가게 된 랄프는 모두와 함께 행동하지 않아도 혼자서 숲에 갈 수 있게 되었고, 같은 수습 동기들과 함께 가는 날이 많아졌다. 최근엔 랄프와 함께 숲에 가는 횟수가 줄었던지라 나는 조금 기쁜 마음으로 계단을 뛰어 내려갔다.

"우와! 오늘은 덥겠는데?"

살에 닿는 태양열에서 계절의 변화를 느끼며 숲으로 가는 아이들이 집합하는 장소로 향했다.

집합 장소에는 랄프와 같이 세례식이 끝난 페이와 투리의 모습도 보였다. 오늘은 세례식 전처럼 어린아이들과 함께 숲에 가는 모양이다. 집합 장소에서 세 명이 함께 있는 모습을 보니 조금 반가웠다.

"안녕, 랄프. 루츠."

이쪽을 바라본 투리가 우리 모습을 발견하고 손을 흔들었다.

"안녕, 투리. 마인 상태는 어때? 벌써 삼 일째인데 열은 내렸어?"

마인은 최근 칼로 나무를 깎는 목간이라는 물건을 만든 탓에 피로가 쌓였는지 며칠을 앓고 있다고 했다.

"아니…… 전혀. 창고에서 갑자기 쓰러지고 벌써 삼 일째인데도 열이 내리질 않아. 열이 굉장히 높아서 걱정이야."

마인은 미간을 좁히며 숙인 고개를 좌우로 흔들었다. 마인은 평소에도 하루 이틀 열이 나곤 했지만, 이번엔 고열이 삼 일 이상 계속되니 걱정이 되는지 투리의 얼굴색이 나빴다.

"걱정하지 마. 마인은 아직 책이란 걸 만들지 못했으니까 그렇게 간단하게 죽지 않아."

마인은 체력도 팔심도 없는 허약 체질이지만, 항상 자신의 꿈을 향해 열심이었다. 마인이 갖고 싶다고 한 '책'이라는 물건이 무엇인지 나는 설명을 들어도 전혀 알 수가 없었다. 하지만 마인이 그것을 손에 넣기 위해 자신의 힘이 닿는 데까지 노력하는 건 잘 알고 있다. 나보다 작고 허약한 몸으로 갖고 싶은 것을 손에 넣으려고 힘내는 모습을 보면 나도 지고 싶지 않았다.

거기다 내게 전 행상인을 소개해 주기로 한 약속이 남아 있다.

나는 떠돌이 생활을 하는 행상인이 되고 싶었지만, 이 마을에서 수습할 곳을 찾기란 대체로 힘들었다. 문에 다니는 마인의 글자 선생님이 예전에 행상인이었다는 말을 듣고 마인에게 소개를 부탁했다. 전 행상인에게 부탁해서 친분 있는 현역 행상인을 소개받고 행상인 수습생이 될 거다.

소개해 주겠다고 약속한 마인은 "나도 가끔은 루츠한테 도움이 되고 싶어." 라고 말하며 자랑스러운 듯 웃었다.

"나랑 한 약속도 있으니까 마인은 꼭 건강해질 거야."

"그래, 루츠. 마인은 괜찮을 거야."

투리의 얼굴에 아주 약간 미소가 돌아왔다.

"출발하자!"

랄프의 호령과 동시에 아이들 여러 명이 숲을 향해 걷기 시작했다.

"마인이 없으니까 걷는 속도가 **빨라지는구나.**"

"후훗, 마인은 느리니까. 하지만 루츠한테 도움을 많이 받고 있어."

어린이 집단과 함께 숲으로 가게 되면 제일 언니이면서 잘 챙기는 투리가 아이들을 돌보아야 했기 때문에 마인 한 명만을 챙길 수는 없었다.

"랄프, 나 페이랑 같이 선두로 갈 테니까 루츠랑 뒤에서 와."

"알았어! 투리. 그나저나 루츠, 너 꽤 하는데?"

투리가 선두를 향해 걷기 시작하는 모습을 보고 나서 랄프가 질린 듯 작은 목소리로 말했다. 나는 욱해서 랄프를 쳐다봤다.

"뭐가?"

"마인 챙기는 거 말이야. 옆에서 보기만 해도 엄청 힘들어 보이거든."

아이들을 잘 보살핀다는 평판이 자자한 랄프지만 사실 아이들을 챙기는 건 투리에게 멋진 모습을 보이고 싶어서다. 나를 대하는 태도가 투리가 있을 때와 없을 때가 완전히 다르다.

"내가 투리랑 같은 나이라서 정말 다행이야."

랄프가 진심이 담긴 듯한 말투로 말하자 나는 어깨를 들썩였다. 솔직히 내가 마인을 챙기는 만큼 마인도 내게 도움을 주고 있기 때문에 힘들다는 생각은 크게 하지 않았다.

다들 모르겠지만 마인은 신기한 이야기를 굉장히 많이 알고 있고 글자도 쓸 수 있다. 그리고 내게 행상인을 소개해 주는 것도 가능하다.

"마인도 좋은 점은 있어."

무심코 입에서 튀어나온 말에 랄프가 흥미진진하단 표정으로 내 얼굴을 들여다봤다.

"어떤 점인데?"

가장 먼저 행상인에 대한 것이 머릿속에 떠올랐지만, 이건 말하고 싶지 않았다. 랄프를 포함해 다른 형들이 항상 "네가 행상인 같은 게 될 수 있을 리 없잖아! 바보 아냐?"라고 놀렸으니까. 나는 아무도 모르게 행상인이 되어서 가족들을 깜짝 놀라게 하기로 마음먹었다.

"마인은 항상 내게 점심밥을 나눠주고, 맛있는 조리법도 가르쳐주니까."

"먹는 거뿐이네……."

랄프는 웃었지만 내겐 이것이 가장 중요하고 내가 마인을 챙기는 가장 큰 이유였다. 마인과 함께 먹으면 내가 먹을 양이 많아진다. 거기다 마인한테 협력하면 맛있는 음식을 만들어 먹을 수 있었다.

"뭐야, 랄프도 전에 우걱우걱 먹어댔잖아."

"뭐, 맛있기도 하고 나도 도왔으니까. 먹는 게 당연하잖아?"

평소엔 형들에게 밥을 빼앗겨서 채집 도중에 나무 열매를 따 먹으며 배를 채웠다. 숲에 갈 수 없는 겨울은 최악이었다. 나무 열매를 먹을 수도 없고, 눈보라가 언제까지 계속될지 모르니까 다른 계절보다 식사량을 줄여야 했다.

그런 겨울철 어느 맑은 날에 마인이 배고픈 나를 위해 생각해 준 파루 케이크는 닭 모이로 가져온 파루 찌꺼기로 만든 간단한 요리였다. 가볍게 만들 수 있고 놀랄 만큼 맛있었다.

게다가 한 사람당 한 장씩 접시에 올려서 먹으니 형들에게 뺏길 걱정도 없었다!

그 날 이후부터 파루를 딸 때마다 마인은 우리에게 맛있는 요리를 가르쳐 주게 되었다. 마인의 지시대로 움직이면 맛있는 음식을 배불리 먹을 수 있다는 걸 깨우친 나는 힘도 체력도 없는 마인을 도와주기로 약속했다. 그 대신 되도록 배부르게 음식을 먹었다. 나는 맛있는 음식을 위해서라면 얼마든지 힘낼 수 있다.

"그럼, 다섯 점 종이 울리면 이곳에 집합이다. 알겠나?"

"네~!"

숲에 도착하고 집합 장소가 정해지자 아이들은 뿔뿔이 흩어져 각자 채집을 시작했다. 나는 오늘 랄프, 페이와 함께 사냥하기로 했다.

"슬슬 스밀이 늘어나는 계절이야"

랄프가 그물을 잡고 히죽 웃었다. 스밀은 어린애도 잡을 수 있는 작은 마수다. 내 무릎까지 오는 크기로 고기, 모피, 기름, 털, 뼈 등 쓰이는 부분이 많고 육질도 비교적 연하고 맛있다. 여름 과실인 루토레베를 즐겨 먹는 스밀은 이 시기에 잡으면 고기에 살짝 단 맛이 난다.

스밀을 잡을 때는 여러 명이 모여 사냥감을 몰아내는 역할과 사냥감이 도망치는 길가에 그물을 치고 잠복하는 역할로 나눈다.

"나랑 루츠가 몰아낼 테니까 투리와 랄프가 그물을 쳐 줘."

페이가 말하며 사냥감을 어떻게 몰아세울지 상의했다. 숲 속 깊숙한 곳은 작은 언덕으로 이루어져 있는데 스밀은 쫓아가면 높은 곳으로 도망가는 습성이 있어서 밑에서부터 위쪽으로 몰아 그물 쪽으로 유인하기로 했다.

랄프와 투리가 그물을 들고 정해진 장소로 향하는 모습을 보고 나와 페이는 서로의 목소리가 들릴 정도로 조금 떨어진 상태에서 돌을 주우며 스밀을 찾으러 걸었다. 이 계절은 루토레베가 열린 곳 주변을 찾으면 금방 스밀을 찾아낼 수 있었다. 스밀을 사냥하는 건 우리가 채집할 루토레베를 확보하기 위해서도 필요한 일이었다.

"여기 있다! 호우호~우! 호우호우호우호우!"

입 주변을 과즙으로 빨갛게 물들인 채 굉장한 기세로 루토레베를 먹고 있는 스밀을 발견한 나는 즉시 스밀을 잡아먹는 커다란 야생 동물 울음소리를 흉내 내며 쫓아갔다. 스밀은 흠칫하더니 관목 아래를 달리기 시작했다.

"푸히잇!"

"푸히푸히!"

그러자 근처에서 루토레베를 먹고 있던 스밀들이 동료의 비명 소리를 듣고 뛰기 시작했다. 스밀 몇 마리가 조금이라도 자신들의 생존율을 올리기 위해 언덕 쪽을 향해 달리면서 사방으로 흩어지려고 했다.

"호우호우호~우."

다른 방향에서 페이의 목소리가 울렸다. 그러자 페이가 있는 곳을 향해 달리려던 스밀이 당황하여 방향을 꺾어 도망쳤다. 나도 뛰면서 스밀을 빠짐없이 확보하기 위해 큰소리로 외치며 랄프와 투리가 있는 방향으로 몰아 갔다.

결국 스밀 여섯 마리가 뭉쳐서 달리기 시작했고, 그물을 치고 기다리던 랄프와 투리가 놓치지 않고 잡아 냈다.

"잡았다!"

"좋았어! 강으로 가자!"

그물 안에서 바둥거리며 발버둥 치는 스밀의 목덜미에 칼을 쑤셔 넣고 앞 발톱을 뽑았다. 스밀은 앞 발톱에 독을 가지고 있어서 미리 뽑아 두지 않으면 위험하다.

그리고 사냥감은 스스로 가져갈 양만큼만 죽일 수 있었는데 랄프와 페이는 각각 두 마리씩이지만, 난 아직 한 마리만 가능했다. 투리도 한 마리다.

우리는 그물에서 스밀을 꺼내 뒷다리를 잡고 질질 끌며 강가까지 옮겼다. 아직 숨통이 완전히 끊기지 않은 스밀이 앞발로 공격하려고 필사적으로 날뛰었다. 나는 스밀을 놓치지 않으려고 있는 힘껏 손에 힘을 주었다.

강가에 도착한 우리는 간단한 해체 작업에 들어갔다. 나는 아직 스밀이 살아 있음을 느끼고 안도의 한숨을 쉬었다. 죽어 버리면 고기에 피 냄새가 배어서 지독한 냄새가 나기 때문에 되도록 빨리 피를 빼내야 한다.

"다들 조심해."

랄프의 목소리에 모두가 고개를 끄덕이고 칼을 들었다. 스밀은 마수다. 조심스럽게 해체하지 않으면 몸속에 있는 마석이라 불리는 단단한 돌에 칼이 닿은 순간 스밀이 녹아 없어져 버린다.

모두가 칼 손잡이 부분으로 스밀의 머리를 여러 번 내리쳐 기절시킨 뒤, 아랫배에서 칼을 푹 찔러넣고 목까지 살을 가르며 올라갔다.

"꺅! 실패했어!"

투리가 흐물거리며 녹아내리는 검은 액체를 내려보며 안타까운 표정을 지었다. 투리는 검은 액체 안에서 마석을 꺼내 강물에 헹구고는 어깨를 떨구며 의기소침해졌다.

"투리, 한 마리 줄게. 이걸 해체해서 가져가."

랄프가 그렇게 말하며 자기가 가져온 다른 한 마리를 투리에게 건넸다.

"정말? 고마워, 랄프. 대신 이 마석 가져."

투리가 이번엔 실패하지 않으려는 듯 신중하게 칼을 찌르자 페이가 심술궂은 표정으로 입을 삐죽 내밀었다.

"이 스밀 말이야. 왠지 마인 닮지 않았어? 털 색깔이라든지."

"안 닮았어! 해체하는 데 방해되니까 그런 말 하지 마!"

투리는 페이의 방해에도 흔들림 없이 무사히 해체를 끝내고 내장을 꺼내 강에서 피를 씻어 냈다.

"그렇지만 마인도 스밀도 약한 주제에 화나면 눈이 무지개색으로 빛나면서 달려들잖아? 그러니까 닮았지."

평소엔 도망치기만 하는 스밀도 새끼를 죽이면 어미가 눈을 무지갯빛으로 번뜩이며 덮쳐 온다. 페이는 그 모습이 "화난 마인과 똑같다."고 말했다.

마인이 정말 화가 나면 눈을 살짝 가늘게 뜨면서 분위기가 싹 바뀐다. 그리고 금색 눈동자가 마치 기름 표면에 박막이 뜨는 것처럼 복잡한 색깔로 변했다.

"그건 화나게 한 페이가 나빴어. 마인이 열심히 만든 '**점토판**'을 밟아 뭉개 버렸잖아."

해체 작업을 끝낸 내가 집에 돌아갈 차비를 하면서 두 마리째 해체 작업에 들어간 페이를 가볍게 쏘아봤다.

"그렇게 화낼 줄은 몰랐다고……. 아! 젠장, 실패했다."

화난 마인을 떠올리며 칼질을 하던 페이의 손이 살짝 빗나간 모양이다. 검은 액체로 변한 스밀을 보며 혀를 찬 페이는 포기한 듯 한숨을 내쉬고는 마석을 꺼내 강에서 씻고 집에 갈 준비를 했다.

"어이, 루츠. 페이랑 먼저 마을로 돌아가서 석재상에서 이걸 돈으로 바꿔 와. 나는 투리랑 같이 어린애들 데리고 돌아갈 테니까."

"알았어."

나는 랄프가 던진 마석을 받아 들고 페이와 둘이서 먼저 돌아갈 채비를 서둘렀다. 마석을 돈으로 바꾸어 주는 가게가 문을 닫기 전에 마을로 돌아가야 했기 때문이다.

적당한 나뭇가지에 피를 뺀 스밀을 거꾸로 매단 뒤 나와 페이는 다른 아이들보다 먼저 마을로 내려왔다. 그리고 좁은 골목길을 빠져나가면서 서문 근처에 있는 석재상을 향해 서둘렀다. 문에 도착하기 조금 전에 다섯 점 종이 울렸다. 성급한 가게들이 가게 문을 닫을 준비를 시작하고 있었다.

석재상 옆 가게가 마감 준비를 하는 것을 보고 놀란 나는 페이와 함께 가게 안으로 미끄러지듯 들어갔다.

"아저씨, 이거 돈으로 바꿔 줘."

마석을 사들이는 석재상에서 우리는 손가락 끝 마디 정도 크기인 마석을 카운터에 올려놓았다. 점주가 마석을 집어 들고 살짝 눈을 가늘게 뜨며 살폈다.

"이 크기는 스밀인가?"

"응. 해체에 실패했어."

"하하하, 그것참 안됐구나. 자, 중동화 한 장이다."

"고마워, 아저씨."

쓸모없는 자그마한 마석과 중동화 한 장을 교환하고 나와 페이는 곧장 가게를 나왔다. 페이가 손가락 끝으로 중동화를 튕기더니 시원하게 잡아챘다.

"루츠, 이대로 동쪽으로 가자."

"이건 랄프 돈이야. 돈 없어."

"조금 빌려줄게."

마을 동쪽은 여행객과 여관이 많아서 음식점이 몰려 있다. 여행객들을 상대로 한 호객이 시작되고 주점이 개점하는 지금부터가 동쪽이 번성할 시간이다.

페이는 마을 동쪽으로 가서 조금 전 손에 넣은 중동화로 가볍게 먹을 수 있는 란셀이라는 과일 두 개를 샀다. 그리고 "떨어뜨리지 마."라며 하나를 내게 던졌다. 나는 페이가 사준 란셀을 떨어뜨리지 않게 뛰어서 받아 냈다.

우리는 아작아작 소리 나게 란셀을 먹으면서 집으로 걸어갔다. 땡땡하고 폐점을 알리는 여섯 점 종이 울리자 저쪽 가게에서도 이쪽 공방에서도 일을 마친 사람들이 거리로 빠져나왔다. 거리는 순식간에 우리처럼 귀가하려는 사람으로 가득 찼다.

우리는 인파를 피해 골목길로 들어가 길을 가로지르기로 했다. 날이 저물기 시작하면서 인적 없는 골목길은 점점 어스레해졌다.

"루츠는 마인 옆에 있으면서 무서운 적 없어?"

어두침침한 골목길 안에서 페이가 살짝 입을 열어 소곤거렸다. 생각지도 못한 질문에 엉겁결에 뒤돌아보니 장난기가 싹 가시고 조금 겁에 질린 듯한 페이의 표정이 보였다.

　"무지개색으로 변한 눈으로 날 노려봤을 때 숨이 턱 막히더라구. 그때를 생각하면 지금도 살이 떨릴 정도로 무섭고 마인을 볼 때마다 섬뜩해져."

　나는 고개를 갸웃거리며 잠깐 진지하게 마인의 무서움에 대해 생각해 봤다.

　"무섭다고 해야 할까……. 마인은 우리랑 머리 구조가 달라. 저런 약한 몸으로 무기를 들고 덤비면 쉽게 안 당하겠지만, 마인은 절대 그런 방법을 쓰지 않아. 무슨 짓을 할지 모르는 점이 무섭지. 그래도 화나게 하지 않으면 괜찮아. 마인이 화내는 건 책에 관련했을 때뿐이야."

　내 말에 페이가 조금 안심한 듯 숨을 내쉬었다.

　"그렇구나. 그럼 난 되도록 마인이랑 안 엮일래. 그 녀석이 뭐 때문에 화내는지 전혀 모르니까."

　다른 사람에게 말해도 이해해 주지 않았는데 대처법을 알아내서 다행이라며 중얼거린 페이는 다 먹은 란셀 심지를 휙 하고 공중으로 내던졌다.

　섬뜩하다…… 라. 나는 그렇게 생각해 본 적 없는데.

　나도 다 먹은 란셀 심지를 던지고 파란색이 점점 짙어지는 하늘을 올려다봤다. 마인의 머리색에 가까워지는 하늘에는 마인의 눈동자 색과 닮은 달이 떠 있었다.

변하지 않는 일상

"그럼, 슈. 난 여기 있을게."

"알았어. 폐관 시간까지 데리러 올 테니까 멋대로 나가거나 하면 안 돼."

"모처럼 도서관까지 와서 그런 시간 낭비 안 해."

내 주의를 듣고 우라노는 안경을 고쳐 쓰면서 그렇게 대답하고는 발걸음을 휙 돌렸다. 엄마들 성화에 못 이겨 공들여 땋은 반올림 머리를 한 우라노가 통통 튀는 걸음으로 도서관을 향했다.

아무리 겉모습을 꾸며도 책밖에 흥미가 없는 우리노에게는 다 쓸데없는 짓인데 말이다.

여행이라고 머리 스타일에 공을 들이든, 새 옷을 사 입히든, 결국 우라노가 하는 행동은 항상 똑같다. 여행지에 있는 도서관에 가서 읽은 적 없는 책을 찾아 내가 데리러 올 때까지 온종일 읽던지 아니면 나를 길 안내인 겸 짐꾼으로 데리고 다니면서 서점을 돈다. 우라노와 오랫동안 지내 오면 이 정도는 불 보듯 뻔했다

나는 여행 중 온종일 서점만 도는 쇼핑 따위 하고 싶지 않았다. 도서관에 우라노를 던져 놓고 폐관 시간까지 자유롭게 지내는 편이 훨씬 좋았다.

"폐관 시간은…… 평일이 여섯 시 반이고 휴일은 다섯 시군."

나는 그 자리에서 알람을 설정하고 도서관을 뒤로했다. 도서관을 나와 주위를 둘러보니 넓은 공원이 펼쳐져 있었고, 그 앞엔 거대한 은색 지구본이 보였다. 천장에 대륙이 그려진 플라네타륨 덮개가 밖에서 보면 둥근 지구본 모양을 하고 있는 디자인이다.

"십 년만이구나……."

십 년 전에도 나는 우라노와 함께 이곳으로 여행을 온 적이 있었

다. 사실 나와 우리 엄마가 우라노 아줌마에게 항상 신세를 지는 답례로 일 년에 두 번 우라노네 집에 여행을 선물하고 있었다. 정확히 말하자면 우라노 아줌마가 어떤 선물도 받지 않으려고 해서 우리 엄마의 학회 참석을 빌미로 여행을 제안하고 있는 거지만.

책 읽는 것밖에 머릿속에 없는 우라노는 둘째치고 나도 혼자서 집을 지킬 수 있는 나이였지만, 두 엄마를 위한 효도라고 생각하고 함께 여행을 오고 있었다.

"우라노가 있으면 아줌마가 못 쉬시니까."

이제 도서관 폐관 시간까지 뭘 하며 보낼까 생각하며 십 년이라는 세월이 지나 조금 낡아진 플라네타륨으로 발길을 향했다. 중앙 공원이라 적힌 비석 옆을 지나 봄 날씨에 딱 어울리는 따뜻한 햇볕을 받으며 잔디밭에서 뒹굴며 놀고 있는 어린이들과 연못에 잉어 밥을 던지는 가족들을 곁눈질하며 걸었다.

"오늘은 실수하지 말아야지."

십 년 전, 초등학교 고학년이던 나는 일 년에 두 번 있는 학회 여행이 기다려져 참을 수 없었다. 평소에 바쁜 엄마와 함께 있을 수 있고, 낯선 지방에 가는 것이 즐거웠다.

이번에는 가을 학회 여행이다. 역과 이어진 호텔에서 체크인한 뒤 짐을 내려두고 곧바로 손수건과 티슈, 그리고 과자를 집어넣은 가방을 등에 매고 한결 가벼워진 여행 차림을 했다.

엄마는 밤새 자료를 작성하느라 잠이 부족했는지, "벌써 세 시가 넘었으니까 저녁 식사 시간까지 자게 해 줘."라며 바로 잘 준비를 했다. 나는 옆 방으로 돌진했다.

"아줌마, 우라노, 놀러 가자."

들뜬 마음으로 가득 찬 내 눈에 들어온 것은 의자에 축 늘어져 앉아 있는 아줌마와 그 정면을 바라보는 의자에 앉아 책을 읽는 우라노의 모습이었다.

"슈, 아줌마는 힘들어서 안 되겠어. 조금 쉬게 해 주겠니? 내일은 같이 나갈 테니까."

그런 말을 들은 이상 억지로 끌고 나갈 수는 없었다. 나는 어깨를 푹 떨구고 내 방으로 돌아왔다.

"엄마, 아줌마도 못 움직이겠대……."

"응~, 알았어. 슈한테 이거 줄게."

엄마는 졸린 듯 하품을 하며 가방에서 지도를 꺼내 펼치더니 빨간 펜으로 찍찍 동그라미를 치기 시작했다.

"여긴 연결 통로가 굉장히 넓어서 여러 곳과 이어져 있어. 호텔 2층 접수처 앞에 있는 입구를 지나면 여기가 나오잖아? 이 범위 내라면 차도 안 다니니까 탐험해도 돼. 슈가 가야 할 최종 목적지는 여기, 플라네타륨이야. 지도를 보면서 플라네타륨까지 갈 수 있는지 도전해 보렴. 성공한 증거로 입장권을 가지고 오도록 해. 건투를 빈다."

"땡큐, 엄마. 탐험하고 올게."

지도와 나침반과 돈을 건네받은 나는 왠지 용사가 된 기분이 들었다.

미지의 땅에서 나 혼자 플라네타륨까지 가겠어.

"슈, 아줌마한테도 외출한다고 전하고 나가야 한다!"

"알았어! 푹 쉬어."

다시 옆방으로 가서 엄마에게 받은 지도를 펼쳐 플라네타륨까지 탐험하러 간다고 하자, 아줌마가 우라노도 데려가 달라고 부탁했다.

우라노는 느려터져서 탐험에 방해되는데.

"음~. 난 상관없는데 우라노는 여기서 책 읽고 싶지?"

지금까지 경험으로 보아 우라노는 분명 여기서 책을 읽는 쪽을 택할 거라고 생각했는데, 지도를 보던 우라노가 부랴부랴 외출 준비를 하기 시작했다.

"좋아, 가자, 슈."

웬일로 외출할 마음이 든 우라노와 둘이서 엄마가 알려준 대로 2층 접수처 앞 자동문으로 밖을 나왔다. 처음엔 역과 이어진 길로 호텔로 들어와서 잘 몰랐지만, 지상은 넓은 연결 통로가 쭉쭉 뻗어 있었다. 가지처럼 뻗어 있는 연결 통로에서 목적지까지 가는 바른 길을 선택해야 한다. 나는 지도를 펼치고 히죽 웃었다.

하지만 당장에 나의 앞길을 방해하는 자가 있었다.

"슈, 저쪽 백화점에 가자. 분명 서점이 있을 거야."

우라노가 손가락으로 딱 가리킨 곳은 호텔에서 정확히 반대편에 있는 큰 백화점이었다. 하지만 그런 곳에 가 봤자 나는 하나도 재미없다.

이 책벌레 요괴 자식!

"안 돼! 안 돼! 오늘은 플라네타륨에 갈 거야."

"플라네타륨보다 처음 가 보는 서점이 훨씬 재밌어!"

"재미없어!"

그러자 우라노는 불만을 중얼거리면서 갑자기 가방에서 책을 꺼내 들기 시작했다. 나는 우라노가 책을 꺼내지 못하게 손을 끌며 플라네타륨이 있는 중앙공원을 향해 걸었다.

책벌레 요괴한테 방해받을까 보냐!

연결 통로를 걸으며 큰길을 건너자 완만한 내리막길이 나왔고 길 양쪽에 나무가 길게 늘어서 있는 산책길이 이어졌다. 산책길로 들어서자 큰 도로를 달리는 차 소리는 사라지고 나뭇잎이 바람에 스치는 소리와 안쪽에서 즐겁게 노는 아이들의 목소리가 들려왔다.

"슈, 도서관이야! 도서관이 있어!"

"기, 기다려, 우라노. 오늘은 플라네타륨에……."

평소처럼 막으려던 찰나 좋은 생각이 떠올랐다. 우라노를 도서관에 두면 절대로 거기에서 움직이지 않겠지?

처음부터 우라노는 탐험에 방해였어. 폐관 시간까지 데리러 가면 우라노는 좋아하는 책을 마음껏 읽을 수 있고 나는 혼자서 탐험할 수 있지 않으니까 일석이조잖아?

"좋아, 우라노. 내가 데리러 갈 때까지 도서관에서 꼼짝 말고 있어."

"알았어. 책 읽으면서 기다리고 있을게."

우라노는 만면에 미소를 띠고 손을 흔들면서 도서관으로 뛰어갔다.

무사히 책벌레 요괴를 정리한 나는 처음 예정한 나 홀로 탐험을 시작한다는 들뜬 마음으로 지도를 펼쳤다. 우라노가 들어간 도서관에서 등을 돌려 정면에 보이는 중앙공원 깊숙이 자리한 거대한 은색 지구본을 향해 달렸다.

"아, 재밌었다."

거대한 은색 지구본 안에는 플라네타륨만 있는 게 아니었다. 과학관처럼 여러 가지 기구를 타며 노는 장소도 있어서 나는 플레네타륨은 보지 않고 그곳에서 놀았다.

그곳에서 친구가 된 낯선 아이와 자석으로 누가 더 모래를 잘 움직이는지 경쟁하기도 하고 운석이 얼마나 무거운지 놀라기도 하고 자전거를 밟아서 누가 더 발전량이 많은지 경쟁하면서 폐점 시간인 다섯 시 반까지 신나게 놀았다.

밖을 나왔을 땐 해가 빨리 떨어지는 가을이라 그런지 어두컴컴했고 기온이 단숨에 떨어져 있어 공기가 차가웠다. 해가 나와 있을 땐 따뜻했지만, 지금은 겉옷을 입고 있어도 으스스하게 추웠다.

바스락거리며 바람에 흔들리는 어두운 그림자를 떨구는 나무 사이로 조명이 비치는 산책길을 따라 종종걸음으로 도서관을 향했다.

"어라?"

정면 현관에 밝은 조명을 비추고 있던 도서관은 이미 문이 닫혀 있었다. 창문엔 하얀 롤스크린이 쳐져 있고 인기척이 없는 관람실은 어두컴컴했다.

출입구 근처에서 우라노가 책을 읽고 있을지도 모른다는 생각에 조명이 비치는 장소를 찾으며 도서관 주변을 돌았다. 하지만 우라노의 모습은 없었다.

"호텔로 돌아갔겠지?"

연결 통로를 따라 큰길만 건너면 호텔이다. 낯선 여행지에서 언제 돌아올지 모르는 나를 기다리는 것보다 호텔로 돌아갔을 것이다.

나는 호텔을 향해 뛰기 시작했다.

"우라노? 아직 안 돌아왔는데?"

방에 도착해 아줌마의 말을 들은 순간 핏기가 싹 가셨다.

"슈, 우라노랑 같이 안 있었어?"

나는 노려보는 엄마에게 도서관에 우라노를 두고 혼자 플라네타륨에 갔다고 설명했다.

"난 플라네타륨에 가고 싶었는데 우라노는 밖에 나오자마자 서점에 가고 싶다니, 도서관이 있다니 제멋대로 굴면서 방해하잖아."

내 말을 들은 아줌마가 뭔가 생각난 듯이 고개를 들었다. 나도 퍼뜩 정신이 들었다.

"서점인가!?"

우라노는 연결 통로와 연결된 백화점 구내 서점에 흥미를 보였다. 책에 관련된 일에는 갑자기 적극적으로 돌변하는 녀석이다. 도서관이 문을 닫으면 다음은 서점에 가자고 생각했음이 틀림없었다.

"찾아올게!"

"기다려, 슈. 엄마도 갈게."

나는 엄마와 함께 백화점으로 뛰어가 안내판을 보고 5층 서점으로 향했다. 넓다고 해도 백화점의 한 코너에 불과하다. 구석구석 찾는 데 시간은 그리 걸리지 않았다.

"없구나."

"혹시 다른 곳에도 서점이 있나?"

내 중얼거림을 들은 엄마가 이 근처에 다른 서점이 있는지 점원에게 물었다. 서점에서 만나기로 한 아이가 보이질 않는다고 말하며 엄마가 지도를 펼치자 점원이 연결 통로에서 조금 떨어진 서점을 두 군데 가르쳐 주었다.

"가 보자."

"엄마, 아마도 우라노는 거기에 없을 거야."

"뭐?"

"우라노는 큰 백화점 안이면 분명 서점이 있을 거라고 생각한 거야. 작은 서점은 어디 있는지 모르고, 낯선 곳에서 사람들에게 물어서 혼자 찾아갈 행동력은 없어."

우라노는 눈에 들어온 서점에는 미친 듯이 달려들지만, 도서관이 폐관하고 주변도 컴컴한 낯선 곳에서 점원이나 낯선 사람에게 물어가며 서점을 찾아다니지는 않는다.

"그래? 하지만 초등학교 3학년 여름방학 때 자유연구로 시내 서점을 돌았잖니. 그때도 어두워질 때까지 자전거를 타고 멀리 떨어진 서점까지 가서 다들 깜짝 놀란 적이 있었잖아?"

"그때는 미리 지도랑 전화번호부를 가지고 서점 위치를 알고 간 거였어. 오늘여행은 처음에 오기 싫어고 거절했었으니까 저번이랑 달라. 그것보다 도서관 앞에서 기다리다가 유괴당했을 가능성이 더 커."

"그래…… 그럼 다시 호텔로 돌아가서 경찰에 신고하는 편이 좋을지도 모르겠구나."

"응."

평소대로 도서관 앞에서 나를 기다리다가 유괴당했을 가능성이 컸다. '새 책 사 줄게'라고 하면 두말없이 유괴범을 따라갈 녀석이다.

내가 제대로 폐관 시간을 확인했더라면 이런 일이 일어나지 않았을 텐데!

"못 찾았구나. 경찰에 전화해 보자."

아줌마가 미간을 찌푸리며 한숨을 내쉬었다. 전화번호부로 시청 번호를 알아내어 연락하고 우라노가 도서관에 갇혀 있을지도 모른다고 말해 봤지만, 폐관 작업 중에 이용자가 없음을 확인했다는 답변을 받았다고 했다.

"일단 도서관 안을 확인해 보는 편이 좋겠지? 이미 그랬던 경력이 있으니까."

우리노는 이상한 장소에 주저앉아 책을 읽는 습관이 있었다. 그래서 동네 도서관 직원이 우라노를 눈치채지 못하고 그대로 문을 닫는 바람에 한바탕 소동이 일어난 적이 있었다. 그날 이후 우라노는 도서관에서 반드시 퇴실을 확인해야 하는 요주의 인물로 찍혀 버렸다.

아줌마는 떨리는 손으로 경찰에 전화를 걸어 도서관에 간 딸이 아직 돌아오지 않았다고 전하고 우선 도서관 안부터 수색해 주길 부탁했다.

"제 딸은 도서관이 문을 닫은 것도 모르고 계속 책을 읽는 일은 있어도 도서관을 빠져나가 돌아다니는 일은 절대 안 해요. 그러니 만약 정말 도서관에 없다면 유괴를 당했을지도 몰라요."

동네 도서관에서도 그런 적이 있었다는 것을 밝히자 경찰의 요구로 곧바로 도서관 문이 열렸다.

어두컴컴할 거라 생각했던 도서관은 커다란 창문을 통해 들어오는 바깥 조명이 하얀 커튼에 드러나 은은하게 밝았다.

"유괴당했을 가능성이 클 것 같네요. 폐관할 때도 돌아봤고 이 어두운 곳에서 혼자 남겨지면 초등학교 고학년이라도 카운터 전화는 쓸 수 있잖아요? 화장실 창문에서 도움을 구한다거나 커튼을 열고 지나가는 사람에게 도움을 요청한다거나……."

퇴근 후에 일하게 된 도서관 직원이 이렇게 말하며 전기 스위치를 켰다. 나는 차례로 전기가 들어오며 밝아진 도서관 안을 뛰며 조금이라도 밝았을 창문 쪽을 돌았다.

아니나 다를까 창문 근처에 있는 낮은 책장 위에 책을 펼쳐 놓고 책에 몰두해 있는 우라노를 발견했다.

내가 말을 걸자 우라노는 책에서 시선을 한 번 들더니 탁 하고 책을 덮고는 몸을 돌렸다. 이쪽은 유괴당한 줄 알고 걱정하며 찾아다니고 경찰에까지 연락했다는데도 우라노는 아무 일도 아니라는 듯 무사태평한 얼굴로 말했다.

"아, 슈. 늦었네. 벌써 밖이 어두워졌다고."

"도서관 안도 어두워! 제발 좀 알아차려, 이 바보야!"

나도 모르게 소리치자 우라노는 발끈하며 뾰루퉁한 얼굴로 나를 노려봤다.

"바보라니 너무한 거 아니야? 글자가 잘 안 보인다는 건 알았다고."

"알고서도 그대로 책을 읽고 있는 점이 바보야! 이 책벌레 요괴야!"

◆

　오늘은 플라네타륨을 보고 쇼핑을 즐긴 후, 폐관 시간에 딱 맞춰 우라노를 데리러 도서관에 갔다.

　책장과 가장 가까이에 놓인 의자가 우라노가 제일 좋아하는 자리다. 어느 도서관에서도 책장과 가장 가까운 의자에 앉기 때문에 어떻게 보면 찾기가 수월했다.

　나는 십 년 전에는 제대로 보지 않았던 도서관 안을 둘러봤다. 십년 전에 폐관 작업 중에 우라노가 저녁 해를 피해 책을 읽었던 계단 아래는 출입금지라고 적힌 간판과 노란 플라스틱 사슬이 처져 있었다.

　우라노 때문이겠지.

　그렇게 생각하면서 주변을 돌아보다가 우라노를 발견했다. 우라노는 평소대로 책을 읽고 있었다. 여행이라고 새 옷을 입어도 머리 스타일에 힘을 줘도 우라노가 하는 행동은 항상 똑같다. 입가에 희미한 미소를 띠며 모든 집중을 글을 읽는 데 쏟고 있었다.

　"우라노, 슬슬 폐관 시간이야."

　"아, 슈. 오늘은 저물기 전에 데리러 왔네?"

　탁 하고 책을 덮으며 우라노가 자리에서 일어나 작게 웃었다.

　"기억하고 있었어?"

　"그거야 늦게까지 책 읽고 있으면 다시는 새 책을 안 사주겠다고 엄마한테 혼났는걸. 그때 이후로 주위가 캄캄해지면 흠칫 놀라는 버릇이 생겼어."라며 한숨을 내쉬었다.

　그러고 보니 그날 이후로 도서관에 갇힐 뻔할 때면 "아직 사람

있어요!"라고 소리를 내게 되어 갇힐 때까지 책을 읽는 버릇은 없어졌다는 생각이 들었다.

"책벌레 요괴도 정신을 차린 모양이네……."

십 년 사이에 약간은 발전이 있었다고 속으로 감동하는 사이 책을 정리하러 책장 앞에 간 우라노가 그 자리에서 새 책을 꺼내 읽기 시작하는 모습이 눈에 들어왔다.

"너, 전혀 발전이 없잖아!"

"응? 발전이라니 무슨 말이야?"

내가 우라노의 손에서 책을 잡아채 책장에 꽂아 넣자 불만을 중얼거리는 우라노의 손을 끌며 도서관을 나왔다. "이왕 여기까지 왔는데 서점 가자."라며 백화점을 가리키는 우라노를 억지로 잡아끌며 엄마들이 기다리는 호텔로 돌아갔다.

전혀 발전도 없고 하나도 바뀐 게 없는 전개에 나는 울고 싶어졌다.

너 같은 애는 책이 없고 책을 못 읽는 세계에서 고생이나 해 버려라!

후기

처음 뵙겠습니다. 카즈키 미야입니다.

「책벌레의 하극상~사서가 되기 위해서라면 뭐든지 할 수 있어~ 제1부 병사의 딸 I 」을 읽어 주셔서 감사합니다.

이 작품은 책에 둘러싸여 독서에 푹 빠져 살아 온 우라노가 책만 생각하며 살던 생활에서 주변에 책이 전혀 없는 세계로 떨어져 언제 죽을지 모르는 병을 가진 병사의 딸 마인으로 살아가게 되는 이야기입니다.

책을 사지 못한다면 만들어 버리자. 그런데 그러려면 종이가 필요하다. 종이가 없다면 종이를 만들자. 하지만 종이를 만들 체력, 힘, 키, 나이, 돈이 없다. 아무것도 없는 현실에서 자신이 가진 정보와 맞바꿔 협력자를 구해 함께 분투해 갑니다. 꿈꾸던 사서가 되기 직전에 죽어 버린 원통함을 풀고 책에 둘러싸여 살아가겠다는 야망을 이루기 위해서.

책을 위해서라면 앞만 보고 폭주해 버리는 마인이 분투하는 모습을 즐겁게 읽어 주셨으면 합니다.

제가 '소설가가 되자'에서 이 작품을 연재하기 시작한 지 1년 4개월이 지났지만, 이렇게 출판을 하게 될 줄은 꿈에도 생각지 못했습니다. 그것도 그럴 것이 인터넷 소설이라 제가 적고 싶은 것을 마음껏 꽉꽉 채워 넣어서 내용이 굉장히 깁니다. 일 년 이어진 연재에도 불구하고 아직 완결이 나지 않았습니다.

그런데도 저는 서적화에 있어서 출판사에 어려운 요구를 많이 했습니다.

「제1부 병사의 딸」을 간략하게 한 권으로 줄이는 건 싫다든지, 일러스트는 귀여운 여자아이는 물론이거니와 이제부터 등장할 아저씨들을 멋지게 그릴 수 있는 사람에게 부탁하고 싶다든지, 지도와 집 도면이 있었으면 좋겠다든지…… 어려울 걸 알면서도 생각나는 대로 부탁한 것들을 정말 이루어 주셨습니다. 굉장하죠?

저의 어려운 요구에도 이렇게 훌륭한 책으로 제작해 주신 TO북스 관계자 여러분들께 진심으로 감사드립니다.

그리고 바쁘신 와중에도 예쁘고 깜찍한 일러스트를 그려 주신 시이나 유우 씨 덕분에 등장인물들이 머릿속에서 생생하게 그려 나갈 수 있게 되었습니다. 감사합니다.

마지막으로 이 책을 펼쳐 주신 여러분들에게 가장 정중한 감사 말씀을 전하겠습니다.

다음 달에 발매될 2권으로 다시 만나게 되길 기대합니다.

2014년 12월 카즈키 미야

역자후기

'아무리 책벌레라도 이렇게나 책에 집착할 수 있을까?'

비록 좋아하는 장르가 편향되어 있기는 하나 저 역시 독서를 좋아하여 서점이며 도서관을 즐겨 찾는 편입니다. 어렸을 적에는 아무도 없는 조용한 학교 도서관 구석에 앉아 퀘퀘한 세월의 냄새를 맡는 것에 행복감을 느꼈고, 개학하는 날에는 방학 동안 빌린 책들을 들고 등교하느라 진땀을 뺀 적도 있었죠. 그리고 어떤 때는 책 표지만 펼쳐도 내용을 전부 섭렵한 듯한 충만감을 즐기기도 했습니다(사실 어려운 책일수록 더). 어쨌든 책벌레라고 하기에는 민망하지만, 책이라는 매개체를 좋아하는 사람입니다.

그런 저인데도 마인(우라노)의 책에 대한 집착 앞에서는 저절로 고개가 숙여집니다. 눈이 글자를 쫓지 않으면 불안해진다니. 어쩐지 '책 중독자'라는 표현도 부족하게 느껴지네요. 특히나 이런 '책 중독자' 같은 모습은 에필로그에서 더욱 드러나는데 도서관 폐관조차 모를 정도로 책에 빠져 있었다니 주인공의 집중력에 박수를 보내고 싶습니다.

"처음엔 주인공 성격이 최악이므로 어느 정도 성장할 때까지 독자님들의 기분이 나빠질 수 있습니다."

작가인 카즈키 선생이 본서를 소개하며 남긴 문장입니다. 오죽했으면 15세 이상 관람을 권장했을까 하는 생각이 들었습니다.

실제로 본서에서는 우여곡절을 겪으며 어떻게든 책을 손에 넣으려고 하는 마인이 꽤 자기중심적이고 고집불통인 듯 그려집니다. 닥친 현실을 극복하기 위해 노력하는 모습이 감탄스럽기는 하지만, 주변 인물들을 달달 볶아 귀찮게 할 정도이니 카즈키 작가의 말처럼 주인공으로서 최악이라면 최악일 수 있겠습니다.

하지만 역자는 번역하면 할수록 작가의 이러한 독자를 위한 배려는 없어도 됐는지도 모른다는 생각을 하게 됐습니다. 그리고 마인이 책을 만들기 위해 어떤 차선책을 내놓고 또 어떻게 실패(?!)하는지 딸을 바라보는 아버지의 마음을 담아 매우 흐뭇한 심정으로 지켜보게 되었습니다. 처음부터 매력적인 주인공보다 이렇게 부족한 부분이 있는 주인공일수록 앞으로 어떻게 성장할지 흥미진진하지 않을까요?

우라노 때에는 책에 관련된 일 이외에 특별한 감정 표현을 하지 않아 어딘지 모르게 인간미를 느끼기 어려웠다면, 마인이 되고부터 투리를 위해 머리장식을 만들어 주거나, 루츠의 장래를 함께 고민해 주는 등 하나하나의 일화에 주변 인물들을 통해 그녀의 감정이 드러나는 장면들이 애틋하게 느껴졌습니다. 비록 책을 손에 넣기 위해 생활 환경을 개선하려는 노력의 일환이라 해도 말이죠.

1권은 기나긴 마라톤의 첫 발자욱에 불과하다고 말해 두고 싶습니다. 이후 마인 주변에서 일어나는 사건 사고와 마음이 따뜻해지는 이야기로 독자님들은 점점 마인과 주변 인물들을 더욱 사랑스럽다고 느낄 것이 분명합니다.

2권에서 다시 마인의 멋진 모습과 함께 독자 여러분을 찾아갈 수 있기를 바랍니다.

역자 김 봄

약소취주악부의 목표는 '전국대회'
소녀의 마음이 모여 모든 음이 하나가 된다

울려라! ♪ 유포니엄

키타우지 고등학교 취주악부에 오신 것을 환영합니다

1

타케다 아야노 지음
아사다 닛키 그림

길찾기

 ¥+001 글 : 타케다 아야노 / 그림 : 아사다 닛키 / 번역 : 김 완
가격 : 9,000원

애장판
1

마술사
오펜
뜻밖의 여행

秋田禎信

+002

글 : 아키타 요시노부 / 그림 : 쿠사카 유야 / 번역 : 곽형준
가격 : 11,000원

책벌레의 하극상 [1부] 병사의 딸 I

초판 1쇄 발행   2016년 8월 31일
초판 6쇄 발행   2020년 7월 31일

저자 카즈키 미야

발행인 원종우
발행처 (주)이미지프레임

주소 (13814) 경기도 과천시 뒷골1로 6, 3층
전화 02-3667-2653   **팩스** 02-3667-2655
메일 edit01@imageframe.kr   **웹** vnovel.kr

ISBN 978-89-6052-655-6 02830